MI TORMENTO

UN ROMANCE OSCURO

ANNA ZAIRES

♠ MOZAIKA PUBLICATIONS ♠

Esta es una obra de ficción. Los nombres, los personajes, los lugares y los acontecimientos son producto de la imaginación del autor o se usan de manera ficticia, y cualquier parecido con personas reales, vivas o muertas, establecimientos comerciales, eventos o sitios es pura coincidencia.

www.annazaires.com/book-series/espanol/

Publicado por Mozaika Publications, de Mozaika LLC.
www.mozaikallc.com

Traducción de Scheherezade Surià

Diseño de cuberta de Najla Qamber Designs
najlaqamberdesigns.com

ISBN: 978-1-63142-599-8

Print ISBN: 978-1-63142-600-1

PARTE I

1

MONTAÑAS DEL CÁUCASO SEPTENTRIONAL, 5 AÑOS ANTES

eter

—¡PAPÁ! —A ESE CHILLIDO AGUDO LE SIGUE EL correteo de unos piececitos, los de mi hijo, que entra corriendo; los rizos oscuros brincan alrededor del rostro radiante.

Riendo, atrapo el pequeño cuerpo robusto cuando se abalanza sobre mí.

—¿Me has echado de menos, *pupsik*?

—¡Sí! —Me rodea el cuello con los bracitos e inhalo profundamente, absorbiendo su dulce aroma infantil. A pesar de que Pasha tiene casi tres años, todavía huele a inocencia y a leche materna como cualquier bebé sano.

Lo abrazo con fuerza y siento como el hielo se derrite dentro de mí a la vez que un calor suave y reconfortante me inunda el pecho. Duele, como estar sumergido en agua caliente después de haberse quedado helado, pero es un dolor placentero. Me hace sentir vivo; llena las grietas de mi interior hasta tal punto que casi puedo pensar que soy un hombre íntegro y que merezco el amor de mi hijo.

—Te ha echado de menos —dice Tamila, entrando por el pasillo. Como siempre, se mueve en silencio, casi sin hacer ruido y con la mirada baja. No me mira directamente. Desde la niñez, se le ha enseñado a evitar el contacto visual con los hombres, por lo que lo único que puedo verle son esas largas pestañas negras mientras mantiene la mirada fija en el suelo. Lleva un velo tradicional que oculta el largo cabello oscuro y viste un vestido gris largo y sin forma. Sin embargo, sigue siendo preciosa, tan preciosa como hace tres años y medio cuando se metió en mi cama para escapar del casamiento con un anciano de la aldea.

—Os he echado de menos a los dos —digo mientras mi hijo me presiona los hombros, exigiendo que lo libere. Sonriente, lo dejo en el suelo y, de inmediato, me toma de la mano, tirando de ella.

—Papá, ¿quieres ver mi camión? ¿Quieres?

—Por supuesto —digo. Mi sonrisa se ensancha cuando me arrastra hacia el salón—. ¿Qué clase de camión es?

—¡Uno grande!

—Está bien, vamos a verlo.

Tamila nos sigue y me doy cuenta de que aún no he hablado con ella. Paro, me giro y miro a mi mujer.

—¿Cómo estás?

Me observa a través de las pestañas.

—Bien. Contenta de verte.

—Yo también me alegro de verte. —Quiero besarla, pero se avergonzaría si lo hiciera delante de Pasha, por lo que me abstengo. En cambio, le acaricio la mejilla con suavidad y, luego, dejo que mi hijo me arrastre hasta el camión, que reconozco porque se lo envié desde Moscú hace tres semanas.

Orgulloso, me enseña todas las características del juguete cuando me agacho a su lado, observando su rostro feliz. Tiene la belleza oscura y exótica de Tamila, hasta las pestañas, pero también tiene algo de mí, aunque no puedo definir con exactitud el qué.

—Tiene tu valentía —dice Tamila con serenidad, arrodillándose a mi lado—. Y creo que va a ser tan alto como tú, aunque probablemente sea demasiado pronto para saberlo.

La miro. A menudo lo hace, me observa con tanta intensidad que es casi como si estuviese leyéndome la mente. Pero no es difícil adivinar lo que estoy pensando. Le hice la prueba de paternidad antes de que Pasha naciera.

—Papá. Papá. —Mi hijo me tira de la mano otra vez —. Juega conmigo.

Me río y centro la atención en él. Durante la hora siguiente, jugamos con el camión y varios juguetes más. Todos representan algún tipo de transporte porque Pasha está obsesionado con ellos, desde ambulancias hasta coches de carrera. Da igual cuántos juguetes de otro tipo le traiga, solo se entretiene con los que tienen ruedas.

Después, cenamos y Tamila baña a Pasha antes de dormir. Me doy cuenta de que la bañera está rota y tomo nota mental para pedir una nueva. La pequeña aldea de Daryevo está en lo alto de las montañas del Cáucaso y es difícil acceder a ella, por lo que no puede haber una distribución regular desde una tienda, pero tengo medios para conseguir que traigan cosas aquí.

Cuando le menciono la idea a Tamila, sus pestañas se abren y me dedica una mirada directa, lo que es poco frecuente, acompañada de una sonrisa brillante.

—Eso sería genial, gracias. He tenido que limpiar el suelo casi todas las noches.

Le devuelvo la sonrisa y termina de bañar a Pasha. Después de que lo seque y le ponga el pijama, lo llevo a la cama y le leo un cuento de su libro favorito. Se duerme casi de inmediato, y le beso la frente suave. Siento una gran emoción en el corazón.

Amor. Lo reconozco, a pesar de no haberlo sentido antes, a pesar de que un hombre como yo no tiene derecho a sentirlo. Nada de lo que he hecho importa aquí, en esta pequeña aldea de Daguestán.

Cuando estoy con mi hijo, la sangre que me ensucia las manos no me quema el alma.

Con cuidado de no despertar a Pasha, me levanto y abandono la habitación pequeña que le sirve como dormitorio. Tamila ya me espera en nuestro cuarto, así que me deshago de la ropa y me meto con ella en la cama, haciéndole el amor de la forma más delicada que puedo.

Mañana me tengo que enfrentar a la fealdad de mi mundo, pero esta noche soy feliz.

Esta noche puedo amar y sentirme amado.

—No te vayas, papá. —A Pasha le tiembla la barbilla mientras lucha por no llorar. Tamila le dijo hace unas semanas que los niños mayores no lloran y ha estado haciendo todo lo posible para comportarse como tal—. Por favor, papá. ¿No puedes quedarte más tiempo?

—Volveré dentro de dos semanas —prometo, poniéndome de cuclillas para quedarme a su altura—. Ya sabes que tengo que irme a trabajar.

—Siempre tienes que irte a trabajar. —Le tiembla la barbilla con más fuerza y los grandes ojos marrones se le inundan de lágrimas— ¿Por qué no puedo ir contigo?

Imágenes del terrorista que torturé la semana pasada invaden mi mente y hago lo que puedo por mantener la voz tranquila mientras digo:

—Lo siento, Pashen'ka. Mi trabajo no es lugar para niños. —De hecho, ni para adultos, pero no digo nada. Tamila sabe algo de lo que hago como parte de la unidad especial de Spetsnaz, las fuerzas armadas de la Federación Rusa, pero incluso ella ignora la realidad oscura de mi mundo.

—Pero me portaré bien. —Ahora está llorando a mares—. Te lo prometo, papá. Me portaré bien.

—Sé que lo harás. —Lo aprieto contra mí y lo abrazo fuerte, sintiendo cómo le tiembla el pequeño cuerpo por los sollozos—. Eres un buen chico y tienes que portarte bien con mamá mientras no estoy, ¿vale? Tienes que cuidarla como el niño mayor que eres.

Parecen ser palabras mágicas porque se sorbe los mocos y se separa.

—Lo haré. —Le moquea la nariz y tiene las mejillas húmedas, pero la barbilla está firme cuando se encuentra con mi mirada—. Cuidaré de mamá, lo prometo.

—Es muy listo —dice Tamila agachándose a mi lado para atraer a Pasha entre los brazos—. Parece que tiene cinco años en lugar de casi tres.

—Lo sé. —Se me hincha el pecho de orgullo—. Es increíble.

Ella sonríe y vuelve a encontrarse con mi mirada con esos grandes ojos marrones parecidos a los de Pasha.

—Ten cuidado y vuelve pronto con nosotros, ¿vale?

—Lo haré. —Me inclino y le beso la frente antes de alborotarle el pelo sedoso a Pasha—. Estaré de vuelta antes de que os deis cuenta.

~

ESTOY EN GROZNY, CHECHENIA, SIGUIENDO UNA PISTA sobre un nuevo grupo de insurgentes radicales, cuando recibo la noticia. Es Ivan Polonsky, mi superior en Moscú, quien me llama.

—Peter —dice con voz grave, poco habitual, cuando descuelgo—. Ha habido un accidente en Daryevo.

Se me hielan las entrañas.

—¿Qué clase de accidente?

—Ha habido una operación de la que no se nos informó. La OTAN estaba involucrada. Ha habido... víctimas.

El hielo de mi interior se expande, me desgarra con sus bordes irregulares y apenas puedo hablar por el nudo que tengo en la garganta.

—¿Tamila y Pasha?

—Lo siento, Peter. Algunos aldeanos murieron en el tiroteo y… —Traga saliva sonoramente—. Los informes preliminares indican que Tamila estaba entre ellos.

Casi rompo el teléfono con los dedos.

—¿Y Pasha?

—No lo sabemos todavía. Hubo varias explosiones y...

—Voy para allá.

—Peter, espera...

Cuelgo y salgo corriendo por la puerta.

«Por favor, por favor, por favor, deja que viva. Por favor, deja que viva. Por favor, haré cualquier cosa si lo dejas vivir».

Nunca he sido religioso, pero mientras el helicóptero militar atraviesa las montañas, rezo, suplicando y negociando con lo que sea que haya allí arriba por un pequeño milagro, una pequeña muestra de misericordia. La vida de un niño es insignificante en estos casos, pero lo es todo para mí.

Mi hijo es mi vida, la razón de mi existencia.

El rugido de las aspas del helicóptero es ensordecedor; sin embargo, no es nada comparado con el clamor que tengo dentro de la cabeza. La rabia y el miedo que me ahogan desde dentro hacen que no pueda respirar ni pensar. No sé cómo murió Tamila, pero he visto suficientes cadáveres para imaginarme su cuerpo con absoluta precisión: esos ojos preciosos en blanco, ciegos, y la boca laxa y cubierta de sangre. Y Pasha...

No. No puedo pensar en eso ahora. No hasta que esté seguro.

Se suponía que esto no iba a pasar. Daryevo no está cerca de los puntos conflictivos reconocidos en Daguestán. Es un pequeño poblado pacífico, sin vínculos con ningún grupo insurgente. Se suponía que estarían seguros allí, lejos de la violencia de mi mundo.

«Por favor, deja que viva. Por favor, deja que viva».

El viaje parece durar una eternidad, pero finalmente atravesamos las nubes y veo la aldea. Se me crea un nudo en la garganta, cortándome el aliento.

El humo se eleva desde varios edificios del centro y, alrededor, se mueven soldados armados.

Salto del helicóptero en cuanto toca tierra.

—Peter, espera. Necesitas autorización —grita el piloto, pero ya he salido corriendo, empujando a la gente a un lado. Un soldado joven trata de bloquearme el paso, pero le arranco la M16 de las manos y le apunto con ella.

—Llévame hasta los cuerpos. Ahora.

No sé si es el arma o el tono letal de mi voz, pero el soldado obedece, apresurándose hacia un cobertizo al final de la calle. Lo sigo, sintiendo cómo la adrenalina me recorre las venas como un lodo tóxico.

«Por favor, deja que viva. Por favor, deja que viva».

Veo los cuerpos detrás del cobertizo. Algunos están bien colocados mientras que otros están amontonados sobre la hierba cubierta de nieve. No hay nadie cerca de ellos; los soldados deben estar manteniendo a los aldeanos alejados por ahora. De inmediato, reconozco a algunos de los muertos: al viejo de la aldea con el que Tamila estaba comprometida, a la mujer del panadero y al hombre al que le compré una vez leche de cabra; sin embargo, a otros no los puedo identificar bien por la magnitud de sus heridas o bien por lo poco que he estado en la aldea.

Casi no he pasado tiempo aquí y ahora mi esposa está muerta.

Armándome de valor, me arrodillo al lado de un cuerpo delgado de mujer, dejo la M16 sobre la hierba y le retiro el velo de la cara. Una bala le ha volado parte de la cabeza; no obstante, puedo apreciar los rasgos suficientes para saber que no es Tamila.

Paso al cuerpo de la siguiente, esta tiene varias

heridas de bala en el pecho. Es la tía de Tamila, una mujer tímida de unos cincuenta años con la que he intercambiado menos de cinco palabras en los últimos tres años. Tanto para ella como para el resto de la familia de Tamila siempre he sido un extranjero, un extraño intimidante de un mundo diferente. No entendían la decisión de Tamila de casarse conmigo, incluso la condenaron, pero a ella ni siquiera le importó.

Siempre fue así de independiente.

Otro cuerpo femenino llama mi atención. La mujer está tumbada de lado, pero la suave curvatura del hombro me resulta dolorosamente familiar. Me tiembla la mano al darle la vuelta y un dolor candente me atraviesa al ver su rostro.

La boca de Tamila está tan laxa como imaginaba, pero sus ojos no están en blanco. Están cerrados, las largas pestañas chamuscadas y sus párpados pegados por la sangre. Más sangre le cubre el pecho y los brazos, haciendo que su vestido gris parezca casi negro.

Mi mujer, la preciosa joven que tuvo el valor de elegir su propio destino, está muerta. Murió sin salir de su aldea, sin ver Moscú como había soñado. Su vida se acabó antes de que tuviera la oportunidad de vivir y es culpa mía. Debería haber estado aquí, los debería haber protegido, a ella y a Pasha. Mierda, debería haber tenido conocimiento de esta puta operación, nadie debería haber venido sin informar a mi equipo.

La rabia aumenta dentro de mí, mezclándose con la

agonía de la pena y la culpa, pero la dejo a un lado y me obligo a seguir buscando. Solo hay cuerpos adultos en las filas, pero todavía queda el otro montón.

«Por favor, deja que viva. Haré lo que sea si está vivo».

Siento las piernas como si fuesen fósforos quemados al acercarme al montón. Allí hay extremidades separadas y cuerpos tan deteriorados que no pueden reconocerse. Deben de ser víctimas de las explosiones. Muevo cada parte de los cuerpos a un lado, clasificándolas. El olor a sangre putrefacta y carne carbonizada es asfixiante. Un hombre normal ya habría vomitado, pero yo nunca lo he sido.

«Por favor, deja que viva».

—Peter, espera. Hay una unidad especial en camino y no quieren que toquemos los cuerpos. —Es el piloto, Anton Rezov, acercándose desde detrás del cobertizo. Hemos trabajado juntos durante años y es un amigo cercano, pero si intenta pararme, lo mataré.

Sin responder, sigo con mi espantosa tarea, mirando metódicamente cada extremidad y cada torso quemado antes de dejarlo a un lado. La mayoría de las partes de los cuerpos parecen pertenecer a adultos, aunque también me encuentro con algunas del tamaño de un niño. Son demasiado grandes para ser de Pasha y soy lo bastante egoísta como para sentirme aliviado por ello.

Entonces lo veo.

—Peter, ¿me has escuchado? No puedes hacer eso

todavía. —Anton intenta agarrarme del brazo, pero, antes de que pueda tocarme, me doy la vuelta y formo un puño con la mano de manera automática. Se lo estampo contra la mandíbula, y da unos pasos hacia atrás por el golpe, con los ojos en blanco. No lo veo caerse, puesto que ya estoy en movimiento, lanzando la pila de cuerpos que queda para llegar a la manita que vi antes.

Una manita que envuelve un coche de juguete roto en ella.

«Por favor, por favor, por favor. Por favor, tiene que ser un error. Por favor, deja que viva. Por favor, deja que viva».

Trabajo como si estuviese poseído, todo mi ser se centra en un objetivo: llegar a esa mano. Algunos cuerpos en la parte superior de la pila están casi enteros, pero no siento su peso cuando los tiro a un lado. No siento el ardor del esfuerzo en los músculos ni huelo la peste nauseabunda de la muerte violenta. Tan solo me agacho, me levanto y los lanzo hasta que hay partes de cuerpos esparcidas por todo mi alrededor y estoy empapado en sangre.

No paro hasta que el cuerpecito queda al descubierto en su totalidad y ya no hay ninguna duda.

Temblando, caigo de rodillas, ya que las piernas no me sostienen.

Por algún milagro, la mitad derecha de la cara de Pasha no está dañada, esa suave piel de bebé no tiene ningún rasguño. Uno de los ojos está cerrado, la boquita la tiene abierta y, si estuviera acostado de lado como lo estaba Tamila, podría haberse confundido con un niño dormido. Pero no es así, y veo el enorme agujero provocado por la explosión que le arrancó la mitad del cráneo. También le falta el brazo izquierdo, al igual que parte de la pierna izquierda por debajo de la rodilla. El brazo derecho, sin embargo, está entero y los dedos envuelven el coche de juguete.

A lo lejos, oigo un aullido, un sonido enloquecedor y roto de rabia inhumana. Solo cuando estoy apretando el cuerpecito contra el pecho me doy cuenta de que el sonido proviene de mí. Entonces guardo silencio, pero no puedo evitar mecerme de un lado a otro.

No puedo dejar de abrazarlo.

No sé cuánto tiempo permanezco así, aferrado a los restos de mi hijo, pero ya ha anochecido cuando llegan los soldados de la unidad de trabajo. No me enfrento a ellos. No sirve de nada. Mi hijo se ha ido, esa luz resplandeciente se apagó antes de que tuviera la oportunidad de brillar.

—Lo siento. —Susurro mientras me arrastran. Con cada metro de distancia entre nosotros, el frío en mi interior crece, los restos de humanidad abandonan mi alma. No hay más súplicas ni negociaciones con nada ni nadie. No tengo ninguna esperanza, estoy desprovisto de calor y amor. No puedo retroceder y retener a mi hijo más tiempo, no puedo quedarme como me pidió. No puedo llevar a Tamila a Moscú el año que viene como le prometí.

Solamente hay una cosa que puedo hacer por mi

mujer y mi hijo y es la razón por la que seguiré viviendo.

Haré que sus asesinos lo paguen.

Todos y cada uno de ellos.

Pagarán esta masacre con sus vidas.

2

ESTADOS UNIDOS, ACTUALIDAD

ara

—¿ESTÁS SEGURA DE QUE NO QUIERES VENIR A TOMAR algo con las chicas y conmigo? —pregunta Marsha, acercándose a mi taquilla. Se ha quitado ya el uniforme de enfermera y se ha puesto un vestido sexi. Con el pintalabios de color rojo brillante y esos rizos rubios despampanantes parece una versión antigua de Marilyn Monroe y le gusta divertirse tanto como a ella.

—No, gracias. No puedo. —Suavizo mi rechazo con una sonrisa—. Ha sido un día largo y estoy agotada.

Pone los ojos en blanco.

—Por supuesto que lo estás. Últimamente estás siempre cansada.

—Es lo que pasa cuando trabajas.

—Claro, si trabajas noventa horas a la semana. Si no

te conociera bien, diría que estás intentando trabajar hasta la extenuación. Ya no eres residente, ¿sabes? No tienes que aguantar esta mierda.

Suspiro y cojo el bolso. —Alguien tiene que estar de guardia.

—Sí, pero no tienes que ser tú siempre. Es viernes por la noche y el mes pasado trabajaste todos los fines de semana, además de esos turnos de noche. Sé que eres la doctora más nueva en tu especialidad y todo eso, pero…

—Me da igual trabajar de noche —la interrumpo, caminando hacia el espejo. El rímel que me puse esta mañana me ha dejado manchas negras bajo los ojos, por lo que utilizo una toallita para limpiarme. No mejora mucho mi aspecto demacrado, pero supongo que no importa ya que me voy directa a casa.

—Cierto, porque tú no duermes —comenta Marsha, parándose detrás de mí y yo me preparo, sabiendo que va a abordar su tema favorito. A pesar de que me lleva quince años, Marsha es mi mejor amiga en el hospital y ella me confía, cada vez más, sus problemas.

—Marsha, por favor. Estoy demasiada cansada para esto —digo, recogiendo mis rizos rebeldes en una coleta. No necesito un sermón para saber que me estoy haciendo polvo. Los ojos color avellana parecen rojos y adormilados en el espejo, y me siento como si tuviera sesenta años en lugar de veintiocho.

—Claro, porque trabajas demasiado y tienes falta de sueño. —Cruza los brazos sobre el pecho—. Sé que necesitas una distracción después de lo de George y todo eso, pero...

—Pero nada. —Me giro para mirarla fijamente—. No quiero hablar de George.

—Sara... —Arruga la frente—. Tienes que dejar de castigarte por eso. No fue culpa tuya. Él eligió ponerse al volante, fue decisión suya.

Se me forma un nudo en la garganta y los ojos me pican. Para mi espanto, noto que estoy a punto de llorar y me doy la vuelta esforzándome por controlarme. Pero no hay escapatoria, tengo el espejo enfrente y refleja todo lo que siento.

—Perdona, cariño. Soy una tonta insensible. No debería haber dicho eso. —Marsha parece realmente arrepentida cuando se acerca y me presiona el brazo con suavidad.

Respiro hondo y me doy la vuelta para encararla. Estoy agotada, lo que no ayuda a mis emociones, que amenazan con sobrepasarme.

—Está bien. —Fuerzo una sonrisa—. No es para tanto. Deberías irte, seguro que las chicas te están esperando. —Y yo tengo que llegar a casa antes de que me derrumbe y llore en público, lo que sería el colmo de la humillación.

—De acuerdo, cariño. —Marsha me sonríe, pero veo la pena que esconde su mirada—. Duerme un poco este fin de semana, ¿vale? Prométeme que lo harás.

—Sí, lo haré, mamá.

Pone los ojos en blanco.

—Sí, sí, capto la indirecta. Te veré el lunes. —Sale

del vestuario y espero un minuto antes de seguirla para evitar encontrarme con su grupo de amigas en los ascensores.

Ya he dado toda la lástima que puedo soportar.

EN CUANTO ENTRO EN EL APARCAMIENTO DEL HOSPITAL, reviso el teléfono como de costumbre y se me acelera el corazón cuando veo un mensaje de un número oculto.

Me paro y desbloqueo la pantalla con un dedo tembloroso.

«Todo va bien, pero hay que posponer la visita de este fin de semana», dice el mensaje. «Problemas con el horario».

Suelto un suspiro aliviada y, de inmediato, la culpa que me es tan familiar me golpea. No debería sentirme aliviada. Estas visitas deberían ser algo que quisiera hacer, en vez de una obligación desagradable. Pero no puedo evitar sentirme así. Cada vez que visito a George, me trae recuerdos de aquella noche y no duermo durante días.

Si Marsha cree que no duermo bien ahora, debería verme después de una de esas visitas.

Dejo caer el teléfono de nuevo en el bolso y me acerco al coche. Es un Toyota Camry, el mismo que he tenido durante los últimos cinco años. Ahora que he pagado todos los préstamos de la facultad de medicina y he reunido algunos ahorros, puedo permitirme algo mejor, pero no le veo el sentido.

Era George el interesado en los coches, no yo.

El dolor, conocido e intenso, se apodera de mí y sé que es por ese mensaje. Bueno, eso y la conversación con Marsha. Últimamente tengo días en los que no pienso en absoluto en el accidente, siguiendo mi rutina sin la presión aplastante de la culpa, pero hoy no es uno de ellos.

«Era un adulto», me recuerdo a mí misma, repitiendo lo que todo el mundo dice. «Fue decisión suya ponerse al volante aquel día».

Por supuesto que sé que esas palabras son ciertas; sin embargo, no importa lo a menudo que las escuche, no se graban en mi pensamiento. Mi mente está atascada en un bucle, repitiendo esa noche una y otra vez, y por mucho que lo intente, no puedo parar este desagradable disco rayado.

«Ya es suficiente, Sara. Concéntrate en la carretera».

Respirando despacio, salgo del aparcamiento y me dirijo a casa. Se encuentra a unos cuarenta minutos del hospital, cuarenta minutos que se me hacen demasiado largos en este momento. Siento pinchazos en el estómago y me percato de que parte de la razón por la que estoy tan sensible hoy es porque estoy a punto de tener la regla. Como ginecóloga, sé mejor que nadie lo poderoso que puede ser el efecto de las hormonas y, cuando el síndrome premenstrual se combina con largas horas y recuerdos de George... Bueno, es un milagro que no esté lloriqueando como un niño.

Está claro, es eso. Solo son las hormonas y el cansancio. Necesito llegar a casa y todo irá bien.

Decido calmarme, por lo que enciendo la radio, sintonizo una emisora de música pop de finales de los noventa y empiezo a cantar con Britney Spears. Puede que no sea la música más profunda, pero es animada, y es exactamente lo que necesito.

No me permitiré venirme abajo. Esta noche dormiré, aunque tenga que tomarme un Lexatin para ello.

Mi casa está en un callejón sin salida bordeado por árboles, justo al lado de una carretera de dos carriles que serpentea a través de tierras de cultivo. Como muchas otras en la urbanización de lujo de Homer Glen (Illinois), es enorme, tiene cinco dormitorios y cuatro baños y, además, cuenta con un sótano totalmente terminado. Tiene un enorme jardín trasero y hay tantos robles alrededor de la casa que parece estar en medio del bosque.

Es perfecta para esa gran familia que George quería y demasiado solitaria para mí.

Después del accidente, consideré vender la casa y mudarme más cerca del hospital; sin embargo, no pude hacerlo. Aún no puedo. George y yo renovamos juntos la casa, modernizando la cocina y los cuartos de baño, decorando cada habitación meticulosamente para darle un ambiente hogareño y acogedor. Un ambiente familiar. Sé que las probabilidades de que formemos una familia ahora son inexistentes, pero una parte de mí se aferra a ese viejo sueño, a la vida perfecta que se suponía que tendríamos.

—Al menos, tres hijos —dijo George en nuestra quinta cita—. Dos niños y una niña.

—¿Por qué no dos niñas y un niño? —pregunté sonriente—. ¿Qué pasó con la igualdad de género y todo eso?

—¿Cómo va a ser igualitario dos contra uno? Todo el mundo sabe que las chicas te enredan entre sus bonitos y pequeños dedos y, cuando tienes dos... —Se estremeció de forma teatral—. No, necesitamos dos niños, así hay equilibrio en la familia. De lo contrario, papi está jodido.

Me reí y le di un puñetazo en el hombro, pero, en mi interior, me gustaba la idea de que dos chicos corretearan por ahí armando alboroto y protegieran a su hermana pequeña. Soy hija única, pero siempre he querido un hermano mayor y fue fácil hacer mío el sueño de George.

«No. No vayas por ahí».

Con esfuerzo, alejo aquellos recuerdos porque, buenos o malos, conducen a esa noche y no puedo lidiar con eso ahora. Los calambres han empeorado y todo lo que puedo hacer es mantener las manos en el volante mientras aparco en la cochera con capacidad para tres coches. Necesito un ibuprofeno, una almohadilla térmica y mi cama, en ese orden y, si tengo mucha suerte, caeré rendida y no necesitaré un Lexatin.

Reprimiendo un gemido, cierro la puerta del garaje, introduzco el código de la alarma y me arrastro hasta la casa. Los calambres son tan fuertes que no puedo caminar sin encogerme de dolor, así que voy directamente al armario de las medicinas de la cocina. No me molesto ni tan siquiera en encender las luces, el interruptor está inconvenientemente lejos de la entrada de la cochera. Además, me conozco la cocina lo bastante bien como para moverme por ella en la oscuridad.

Abro el armario, encuentro el ibuprofeno con el tacto, saco dos pastillas y me las meto en la boca. Después, me acerco al fregadero, lleno la mano de agua y me trago las pastillas. Jadeando, agarro la encimera y espero a que la medicina haga su efecto un poco antes de intentar hacer algo tan ambicioso como ir al dormitorio principal en el segundo piso.

Lo siento solo un segundo antes de que ocurra. Es sutil, solo un movimiento de aire detrás de mí, un olor a algo extraño... Una sensación repentina de peligro.

El vello de la nuca se me eriza, pero es demasiado tarde. Un segundo estoy de pie junto al fregadero y, al siguiente, una mano grande me cubre la boca mientras un cuerpo robusto y fuerte me inmoviliza contra la encimera desde atrás.

—No grites —me susurra al oído una voz masculina grave, y algo frío y afilado me presiona el cuello—. No querrás que te clave el cuchillo.

3

ara

No grito. No porque sea lo más inteligente, sino porque no consigo emitir ningún sonido. Estoy paralizada por el miedo, total y completamente paralizada. Todos los músculos se me han bloqueado, incluidas las cuerdas vocales, y me han dejado de funcionar los pulmones.

—Voy a retirar la mano de la boca —me murmura en el oído. Su aliento me calienta la piel húmeda—. Y vas a estar calladita, ¿verdad?

No puedo ni gemir, pero me las arreglo para asentir con la cabeza.

Baja la mano y me coloca el brazo alrededor del tórax. Justo en ese momento, los pulmones deciden reanudar su trabajo. Sin querer, suelto un jadeo. Al instante, me presiona el filo del cuchillo con más fuerza contra la piel y, de nuevo, me paralizo al sentir la sangre caliente resbalándome por el cuello.

«Voy a morir. Ay, Dios, voy a morir aquí, en mi propia cocina».

El terror es una sensación monstruosa en mi interior, que me perfora con gélidas agujas. Nunca he estado tan cerca de la muerte. Solo un centímetro a la derecha y...

—Quiero que me escuches, Sara. —La voz del intruso es dulce mientras sigue presionándome el cuchillo contra el cuello—. Si cooperas, saldrás viva de aquí. Si no, lo harás en una bolsa para transportar cadáveres. Lo dejo a tu elección.

«¿Viva?». Una chispa de esperanza atraviesa la bruma de pánico en mi cerebro y me fijo en que tiene un ligero acento. Algo exótico. Tal vez de Oriente Próximo o de Europa del Este.

Curiosamente, ese detalle hace que me concentre un poco, proporcionándole a mi mente algo concreto a lo que aferrarse.

—¿Qué...? ¿Qué quieres?

Las palabras salen en forma de susurro asustado, pero ya es un milagro que pueda hablar. Me siento como un ciervo ante unos faros, aturdida y abrumada, y mi mente funciona con una lentitud extraña.

—Solo un par de respuestas —dice y retira un poco el cuchillo. Sin el frío acero cortándome la piel, mi pánico disminuye en cierto grado y noto otros detalles, como que mi agresor es al menos una cabeza más alto que yo y que es musculoso. El brazo que me rodea el pecho parece una correa de acero y nada que decir del gran cuerpo que me presiona la espalda, no hay ningún indicio de suavidad. Para ser mujer, soy de estatura media, pero delgada y con huesos pequeños y, si él es tan musculoso como creo, debe doblarme en peso.

Incluso si no tuviera un cuchillo, no podría escapar.

—¿Qué tipo de respuestas? —digo con la voz más serena. Tal vez solo esté aquí para robarme y todo lo que necesite es la combinación de la caja fuerte. Huele a limpio, como a detergente y a piel masculina sana, por lo tanto no es un drogadicto o un vagabundo. ¿Un ladrón profesional, quizás? Si es así, con gusto renunciaré a mis joyas y al dinero para emergencias que George escondió en la casa.

—Quiero que me hables sobre tu marido. En concreto, necesito saber dónde está.

—¿George? —Me quedo en blanco cuando, de nuevo, el miedo se apodera de mí—. ¿Qué…? ¿Por qué?

Presiona el filo del cuchillo.

—Soy yo quien hace las preguntas.

—Por… por favor. —Me asfixio. No puedo pensar, no puedo concentrarme en otra cosa que no sea el cuchillo. Lágrimas ardientes me recorren el rostro y estoy temblando de pies a cabeza—. Por favor, yo no...

—Tan solo contesta a mi pregunta. ¿Dónde está tu marido?

—Yo... —Dios mío, ¿qué le digo? Debe ser uno de ellos, el motivo de todas las precauciones. El corazón me late demasiado rápido, estoy hiperventilando—. Por favor, yo no... No he...

—No me mientas, Sara. Necesito saber dónde está. Ahora.

—No lo sé, lo juro. Por favor, estamos... —Se me quiebra la voz—. Estamos separados.

Se le tensa el brazo con el que me rodea el pecho y el cuchillo se hunde un poco más.

—¿Quieres morir?

—No. No quiero. Por favor... —El temblor se acentúa, las lágrimas me caen por la cara de forma descontrolada. Después del accidente, hubo unos días en los que pensaba que quería morirme, cuando la culpa y el dolor por los remordimientos eran abrumadores; sin embargo, ahora, con el cuchillo en el cuello, quiero vivir. Lo deseo con fuerza.

—Entonces dime dónde está.

—¡No lo sé! —Las rodillas me amenazan con doblarse, pero no puedo traicionar a George. No puedo exponerlo a este monstruo.

—Estás mintiendo. —Su voz es puro hielo—. He leído tus mensajes. Sabes exactamente dónde está.

—No, yo... —Intento pensar en una mentira convincente, pero no se me ocurre nada. El pánico se apodera de mi lengua a medida que surgen en mi mente preguntas frenéticas. ¿Cómo ha podido leer mis mensajes? ¿Cuándo? ¿Cuánto tiempo ha estado siguiéndome? ¿Es uno de ellos?—. Yo... No sé de qué estás hablando.

Presiona el cuchillo con más fuerza y aprieto los

ojos con la respiración entrecortada. La muerte está muy cerca, puedo saborearla, olerla... sentirla en cada centímetro de mi ser. Es el olor metálico de la sangre, el sudor frío que me recorre la espalda, el rugido del pulso en las sienes y la tensión en los músculos temblorosos. En un segundo, me cortará la yugular y me desangraré aquí mismo, en el suelo de la cocina.

¿Me lo merezco? ¿Es así como estoy pagando mis pecados?

Aprieto los dientes para no hablar.

«Por favor, George, perdóname. Si es lo que necesitas...».

Lo escucho suspirar y, al segundo siguiente, el cuchillo desaparece y me empuja contra la encimera. Me golpeo la espalda contra el granito duro y la cabeza se me cae hacia atrás sobre el fregadero, los músculos del cuello se quejan de dolor. Jadeando, doy una patada e intento golpearlo, pero es demasiado fuerte y rápido. En un abrir y cerrar de ojos, salta sobre la encimera y me monta a horcajadas, inmovilizándome con su peso. Me ata las muñecas con algo duro e irrompible antes de agarrarlas con una mano y no importa cuánto me esfuerce, no puedo hacer nada para liberarme. Se me escurren con torpeza los talones sobre la lustrosa encimera y los músculos del cuello me arden al incorporar la cabeza. Estoy indefensa, inmovilizada, y siento cómo un pánico diferente se adueña de mí.

«Por favor, Dios, no. Todo menos una violación».

—Vamos a intentar algo diferente —dice, colocándome un trapo sobre la cara—. Vamos a comprobar si estás, de verdad, dispuesta a morir por ese hijo de puta.

Jadeando, muevo la cabeza de un lado a otro para deshacerme del trapo, pero es demasiado largo y apenas me permite respirar. ¿Está tratando de asfixiarme? ¿Ese es el plan?

Entonces la llave del grifo chirría y entiendo lo que va a hacer.

—¡No! —Intento luchar, pero me coge del pelo con la mano libre, sosteniéndome bajo el grifo con la cabeza arqueada hacia atrás.

Al principio, al notar la humedad, la impresión no es tan mala, pero, en cuestión de segundos, el agua se me sube por la nariz. Me oprime la garganta, los pulmones se me paralizan y todo mi cuerpo se estira mientras me atraganto y me ahogo. El pánico es instintivo, incontrolable. El trapo es como una mano mojada, aplastándome la nariz y la boca, presionándolas y cerrándolas. El agua me ha entrado tanto en la nariz como en la garganta. Me estoy asfixiando, ahogando. No puedo respirar, no puedo respirar...

Cierra el grifo y me quita el trapo de la cara. Toso y cojo aire, sollozando y jadeando. Todo mi cuerpo es un caos tembloroso mientras manchas blancas me distorsionan la visión. Antes de que pueda recuperarme, me coloca de nuevo el trapo y vuelve a abrir el agua.

Esta vez es incluso peor. Me arden los conductos nasales y los pulmones gritan pidiendo aire. Jadeo y siento arcadas, a la vez que lloro y me ahogo. No puedo respirar.

«Oh, Dios, me estoy muriendo; no puedo respirar...».

Al instante siguiente, el trapo desaparece y cojo aire convulsivamente.

—Dime dónde está y pararé —me susurra con voz profundo.

—¡No lo sé! ¡Por favor! —Siento el vómito en la garganta y saber que lo hará de nuevo convierte mi sangre en ácido. Era sencillo ser valiente con el cuchillo, pero no con esto. No puedo soportar morir así.

—Última oportunidad —dice con suavidad mi torturador mientras me tapa la cara con el trapo húmedo.

El grifo empieza a chirriar.

—¡Para! ¡Por favor! —grito en un arrebato—. ¡Te lo diré! Te lo diré.

Cierra el agua y me quita el trapo de la cara.

—Habla.

Estoy sollozando y tosiendo demasiado fuerte como para formar una frase coherente. Me separa de la encimera y se agacha, rodeándome con los brazos. Si alguien nos mirase, podría interpretarlo como un abrazo consolador o el gesto protector de un amante. Como parte de esta fantasía, la voz de mi torturador suena suave y gentil, como si me cantara al oído.

—Dímelo, Sara. Dime lo que quiero y vivirás.

—Él está... —Me detengo un segundo antes de que

se me escape la verdad. El animal asustado de mi interior reclama sobrevivir a toda costa, pero no puedo hacerlo. No puedo guiar a este monstruo hasta George —. Está en el hospital Advocate Christ —digo con dificultad—. En la unidad de cuidados paliativos.

Es mentira y, al parecer, no es buena porque aprieta los brazos a mi alrededor hasta el punto de casi aplastarme los huesos.

—No me mientas, joder —responde con una rabia penetrante, reemplazando el tono suave que ha utilizado antes—. Ya no está allí desde hace unos meses. ¿Dónde está escondido?

Sollozo con más fuerza.

—No... No...

Mi agresor se pone de pie, arrastrándome con él. Grito y forcejeo mientras me empuja hacia el fregadero.

—¡No! ¡Por favor, no! —Estoy histérica cuando me levanta sobre la encimera. Balanceo las manos atadas tratando de arañarle la cara. Golpeo el granito con los talones, a la vez que se pone a horcajadas sobre mí, inmovilizándome de nuevo. La bilis me sube por la garganta mientras me agarra del pelo, haciendo que vuelva a arquear la cabeza hacia el fregadero—. ¡Para!

—Dime la verdad y pararé.

—Yo... no puedo. Por favor, ¡no puedo! —No puedo hacerle esto a George, no después de todo—. ¡Para, por favor!

El trapo húmedo me tapa la cara y, ante el pánico, se me estrecha la garganta. El grifo está todavía cerrado;

sin embargo, ya me estoy ahogando; no puedo respirar, no puedo respirar...

—¡Joder!

Me tira con brusquedad desde la encimera al suelo, donde me derrumbo sollozando y temblando. Pero esta vez no hay brazos que me reconforten y me percato vagamente de que se ha alejado.

Debería levantarme y salir corriendo, pero tengo las manos atadas y las piernas no me responden. Todo lo que puedo hacer es rodar hacia un lado de forma patética e intentar arrastrarme en vano. El miedo es cegador, desconcertante, y no puedo ver nada en la oscuridad.

No puedo verlo.

«Corre».

Lo intentaré con estos débiles y temblorosos músculos.

«Levántate y corre».

Cogiendo aire, me agarro a algo, a una esquina de la encimera, y me pongo de pie. Pero es demasiado tarde, ya está sobre mí, la dura correa de su brazo me envuelve el pecho mientras me agarra desde atrás.

—Vamos a comprobar si esto funciona mejor —susurra y me clava algo frío y punzante en el cuello.

Una aguja. La identifico con una sacudida de terror y pierdo la conciencia.

~

UNA CARA EMERGE DELANTE DE MIS OJOS. ES UN ROSTRO hermoso, incluso atractivo, a pesar de la cicatriz que divide su ceja izquierda en dos. Pómulos altos y sesgados, ojos de color gris acero rodeados por pestañas negras, una mandíbula fuerte y oscurecida por las sombras del anochecer: la cara de un hombre. Mi mente divaga confusa. Tiene el pelo oscuro y abundante, más largo en la parte superior que en los lados. No es ni un anciano ni un adolescente. Un hombre en la flor de la vida.

La cara tiene el ceño fruncido y los rasgos marcados con líneas ásperas y sombrías.

—George Cobakis —pronuncia la boca firme y esculpida. Es una boca sexi, bien formada, pero escucho las palabras como si provinieran de un megáfono en la distancia—. ¿Sabes dónde está?

Asiento o, al menos, lo intento. Siento la cabeza pesada y el cuello dolorido de una manera extraña.

—Sí, sé dónde está. Pensaba que lo conocía, pero no es así, en realidad no. ¿Se llega a conocer de verdad a una persona? No lo creo o, en todo caso, yo no lo conocía a él. Creía que sí, pero no. Tantos años juntos y todo el mundo pensando que éramos perfectos. Nos decían que éramos la pareja perfecta. ¿Te lo puedes creer? La pareja perfecta. Éramos la *crème de la crème*, la joven doctora y la estrella emergente del periodismo. Dijeron que algún día ganaría un premio Pulitzer. —Soy vagamente consciente de lo que estoy balbuceando, pero no puedo parar. Las palabras salen de mí a borbotones, junto a toda la amargura y el dolor acumulados—. Mis padres estaban muy orgullosos y felices el día de nuestra boda. No tenían ni idea, ni la más remota, de todo lo que se avecinaba, lo qué pasaría...

—Sara. Céntrate en mí —dice la voz del megáfono e identifico un acento extranjero en ella. Me gusta, me hace querer alcanzar y presionar esos labios esculpidos con la mano para después pasar los dedos por esa fuerte mandíbula y comprobar si tiene barba. Me gustan con barba. George a menudo, cuando volvía a casa de sus viajes al extranjero, tenía una gran barba, y me gustaba. Me gustaba, aunque le decía que se afeitase. Estaba mejor afeitado; sin embargo, me gustaba el cosquilleo que causaba la barba, me complacía sentir esa aspereza en mis muslos cuando él...

—Sara, para. —La voz córtame interrumpe y el ceño se frunce aún más en el rostro exótico y hermoso.

Me percato de que estaba hablando en voz alta, pero no me avergüenzo, para nada. Las palabras no me pertenecen, solo salen por voluntad propia. Las manos actúan también por sí solas, tratan de alcanzar esa cara, pero algo las para. Cuando bajo la pesada cabeza, veo una brida de plástico rodeándome las muñecas con una mano grande de hombre sobre las mías. Es cálida y me sostiene las manos inmovilizadas sobre el regazo. ¿Por qué está haciendo eso? ¿De dónde ha salido esa mano? Cuando miro confusa, el rostro se ha aproximado y esos ojos grises observan con curiosidad los míos.

—Necesito que me digas dónde está tu marido —

dice la boca y el megáfono parece más cercano. Suena como si lo tuviese justo al lado de la oreja. Me estremezco, pero, al mismo tiempo, esa boca me intriga. Son labios que provocan que quiera tocarlos, besarlos, sentirlos en mi... Espera. Me están preguntando algo.

—¿Dónde está mi marido? —Mi voz suena como si rebotara en las paredes.

—Sí, George Cobakis, tu marido. —Los labios se muestran tentadores mientras forman las palabras y el acento me acaricia por dentro, a pesar del persistente efecto de megáfono—. Dime dónde está.

—Está a salvo. Está en un centro de acogida —digo —. Podrían venir a por él. No querían que publicase esa historia, pero lo hizo. Era tan valiente como para hacer eso. O estúpido, seguro que era estúpido, ¿verdad? Y, luego, ocurrió el accidente, pero aún podrían buscarlo porque es lo que ellos hacen. A la mafia no le importa si ahora es un vegetal, un pepino, un tomate o un calabacín. Bueno, el tomate es una fruta y él es un vegetal. ¿Un brócoli, tal vez? Ni idea. De todas formas, no importa. Tan solo buscan utilizarlo como ejemplo, amenazar así a otros periodistas que se opusieran a ellos. Eso es lo que hacen, así es cómo actúan. Se trata de ensuciarse las manos y sobornar y, cuando uno lo saca a la luz...

—¿Dónde está el centro de acogida? —Hay una luz oscura en esos ojos de acero—. Dame la dirección del centro de acogida.

—No sé la dirección, pero está en la esquina, cerca

de la lavandería Ricky's en Evanston —les digo a los ojos—. Siempre me llevan allí en coche, así que no sé con exactitud la dirección, pero veía ese edificio desde una ventana. Por lo menos hay dos hombres en ese coche y conducen por ahí siempre. Algunas veces, cambian también de coche. Por la mafia, porque podrían estar vigilando. Siempre envían un coche a recogerme y este fin de semana no pueden. Dijeron que por problemas con el horario. A veces, sucede; los turnos de los guardias no coinciden y...

—¿Cuántos guardias hay?

—Tres y, algunas veces, cuatro. Son militares corpulentos. O exmilitares, no lo sé. Solo sé que tienen esa mirada. No entiendo por qué pero todos la tienen. Es como la protección de testigos, pero no, porque él necesita cuidados especiales y yo no puedo dejar mi trabajo. No quiero dejar mi trabajo. Me dijeron que me podían ayudar a mudarme, ocultarme, pero yo no quiero. Mis pacientes me necesitan, al igual que mis padres. ¿Qué haría sin mis padres? ¿No volver a verlos ni llamarlos? No, ni que estuviera loca. Así que ocultaron al vegetal, al pepino, al brócoli...

—Sara, calla. —Unos dedos me presionan los labios, deteniendo las palabras que salen a borbotones y la cara se acerca aún más—. Puedes parar. Se acabó —murmura la boca sexi y separo los labios para lamer esos dedos. Puedo sentir el sabor de la sal y la piel. Quiero más, por lo que hago girar la lengua alrededor de ellos, sintiendo la aspereza de los callos y las uñas cortas y romas. Hace mucho tiempo que no toco a nadie y mi cuerpo se calienta por este ligero sabor, por la mirada de esos ojos plateados.

—Sara... —La voz con acento es, ahora, más baja, profunda y suave. Es menos un megáfono y más un eco sensual, como la música hecha con sintetizador—. No sigas por ahí, *ptichka*.

Oh, pero quiero. Tengo muchas ganas de seguir. Sigo moviendo la lengua entre los dedos, observando como los ojos grises se oscurecen y las pupilas se expanden visiblemente. Es un signo de excitación, lo reconozco, y me incita a querer más. Me tienta a besar esos labios esculpidos, frotar la mejilla contra esa barba. Y el pelo, ese pelo grueso y oscuro. ¿Será suave o moldeable? Quiero saberlo, pero no puedo mover las manos, así que me meto más los dedos dentro de la boca, haciéndoles el amor con los labios y la lengua, chupándolos como si fueran caramelos.

—Sara. —La voz es seca y ronca, y la cara, tensa, porque está reprimiendo esas ganas—. Tienes que parar, *ptichka*. Mañana te arrepentirás.

¿Arrepentirme? Sí, lo más seguro. Me arrepiento de todo, de tantas cosas, y me saco los dedos de la boca para contárselo. Pero, antes de que pueda decir algo, esos dedos se alejan de mis labios al igual que la cara lo hace de mí.

—No me dejes. —La petición es una súplica, como la de un niño empalagoso. Quiero sentir más ese contacto humano, esa conexión. Mi cabeza parece una mochila llena de piedras y me duele el cuerpo por todas partes, sobre todo cerca del cuello y los hombros.

También tengo calambres en el vientre. Quiero que alguien me cepille el pelo y me masajee el cuello, que me abrace y me acune como a un bebé—. Por favor, no te vayas.

Algo parecido al dolor cruza la cara del hombre y vuelvo a sentir el frío pinchazo de la aguja en el cuello.

—Adiós, Sara —murmura la voz y yo me desvanezco a la vez que mi mente va a la deriva como una hoja caída.

4

ara

El dolor de cabeza. Primero noto el dolor de cabeza. Siento como si el cráneo se me estuviera partiendo en pedazos, como si las oleadas de dolor fueran un redoble de tambor en el cerebro.

—Doctora Cobakis... Sara, ¿puede oírme? —La voz de la mujer es dulce y suave, pero me aterroriza. En esa voz hay preocupación mezclada con una urgencia reprimida. Oigo constantemente ese tono en el hospital y nunca es bueno.

Me retumba la cabeza. Tratando de no moverla, abro los ojos y parpadeo de forma espasmódica ante la luz brillante.

—¿Qué...? ¿Dónde...? —Me noto la lengua pastosa y me es difícil manejarla; tengo la boca muy seca.

—Tome, beba esto. —Tengo una pajita cerca de la boca y me aferro a ella, absorbiendo con ansia el agua. Los ojos se me empiezan a adaptar a la luz y puedo ver la habitación. Es un hospital, pero no el mío porque la decoración no me resulta familiar. Además, no estoy en mi puesto habitual. No estoy de pie junto a la cama de alguien, sino tumbada en ella.

—¿Qué ha pasado? —pregunto con voz ronca. A medida que se me aclara la mente, siento náuseas y diversos dolores y molestias. Tengo la espalda que parece un cardenal gigante y el cuello entumecido, dolorido. La garganta también la noto muy irritada, como si hubiera estado gritando o vomitando, y, cuando levanto la mano para tocarla, me encuentro una venda gruesa en el lado derecho del cuello.

—La han agredido, doctora Cobakis —dice con voz tenue una mujer negra de mediana edad. Reconozco esa voz, es como la de antes. La mujer lleva ropa de enfermera, pero no parece una de ellas. Cuando la miro de manera inexpresiva, dice—: En su casa. Había un hombre. ¿Recuerda algo de eso? —Parpadeo y me esfuerzo por encontrarle sentido a esa confusa afirmación. Siento como si me hubieran metido una bola gigante de algodón en el cerebro, junto al tambor.

—¿En mi casa? ¿Agredida?

—Sí, doctora Cobakis —contesta una voz masculina. Me estremezco de forma instintiva y se me acelera el pulso antes de reconocerla—. Pero ahora está a salvo. Ya pasó. Esto es una institución privada donde tratamos a nuestros agentes. Aquí está segura.

Al girar con cuidado la cabeza dolorida, miro fijamente al agente Ryson y siento un vacío en el estómago por la expresión que muestra en la cara pálida y curtida.

Parte del calvario se filtra en mi mente y, junto con los recuerdos, me sobrepasa una ola de pánico.

—¿George está…?

—Lo siento. —Las arrugas de la frente de Ryson se hacen más profundas—. Anoche también atentaron contra el centro de acogida. George… no lo logró. Ni tampoco los tres guardias.

—¿Qué? —Es como si un bisturí me hubiera perforado los pulmones. No puedo asimilar sus palabras ni procesar su inmensidad—. ¿Ha…? ¿Ha fallecido? —Entonces reparo en el resto de la declaración—. ¿Y los tres guardias? ¿Qué…? ¿Cómo…?

—Doctora Cobakis… Sara. —Ryson se acerca aún más—. Necesito saber qué pasó exactamente anoche para poder capturarle.

—¿Capturarle? ¿A «él»? —Siempre ha sido «a ellos», a la mafia, y estoy demasiado aturdida para este cambio de pronombre tan repentino. George ha fallecido. George y los tres guardias. No puedo hacerme a la idea, así que ni lo intento. Por lo menos, todavía no. Antes de dejar que entren el dolor y la pena, necesito recuperar más piezas de esos recuerdos para completar el terrible rompecabezas.

—Puede que no se acuerde. El cóctel en su sangre era bastante potente —dice la enfermera. Me doy cuenta de que debe estar con el agente Ryson, lo que explicaría por qué este habla con tanta libertad delante de ella cuando suele ser discreto hasta el punto de obsesionarse.

Mientras lo asimilo, la mujer se va acercando. Estoy conectada a un monitor de constantes vitales, me pasa el tensiómetro alrededor del brazo y me aprieta ligeramente el antebrazo. Me miro el brazo y, cuando veo una fina línea roja alrededor de la muñeca, una zarpa helada me oprime el pecho. También la tengo en la otra muñeca.

Una brida. Me vienen los recuerdos con una claridad repentina. Llevaba puesta una brida alrededor de las muñecas.

—Me torturó ahogándome. Cuando no le dije dónde estaba George, me clavó una aguja en el cuello.

No me doy cuenta de que estaba hablando en alto hasta que veo la cara de terror de la enfermera. La expresión de Ryson es más contenida, pero sé que también le ha sorprendido.

—Lo siento mucho —dice con voz tensa—. Deberíamos haberlo previsto, pero no había perseguido a las familias de los demás y usted no quería mudarse... Aun así, deberíamos haber previsto que no se detendría ante nada.

—¿Quiénes son los demás? ¿A quién se refiere? —Levanto la voz mientras recuerdo más detalles.

El cuchillo en la garganta, el paño húmedo en la cara, la aguja en el cuello, «no puedo respirar», «no puedo respirar»...

—Karen, ¡le está dando un ataque de pánico, haz

algo! —Cuando los monitores empiezan a pitar, Ryson se pone histérico. Hiperventilo, tiemblo, pero, de alguna forma, saco fuerzas para mirar esos monitores. Me aumenta la presión sanguínea y el pulso me va peligrosamente rápido, pero ver esos números me tranquiliza. Soy médico. Este es mi entorno, mi zona de confort.

Puedo hacerlo. «Inspira». «Espira». Soy fuerte. «Inspira». «Espira».

—Muy bien, Sara. Respire —dice Karen con voz suave y relajante mientras me acaricia el brazo—. Ya lo va entendiendo. Respire hondo otra vez. Ahí lo tiene. Muy bien. Otra vez. Una más...

Sigo sus instrucciones mientras miro los números en los monitores y, poco a poco, la sensación de asfixia disminuye y mis constantes vitales se normalizan. Aparecen más recuerdos oscuros, pero aún no estoy preparada para afrontarlos, así que los aparto a un lado y los encierro con todas mis fuerzas tras una puerta imaginaria.

—¿A quién se refiere? —pregunto cuando puedo volver a hablar—. ¿Qué quiere decir con «los demás»? George escribió ese artículo solo. ¿Por qué está la mafia detrás de otras personas?

El agente Ryson intercambia miradas con Karen y, luego, se gira hacia mí.

—Doctora Cobakis, me temo que no hemos sido totalmente sinceros con usted. No le revelamos la verdadera situación para protegerla, pero, sin duda, hemos fracasado. —Coge aire—. No era la mafia local la que iba detrás de su marido, sino un fugitivo internacional, un criminal peligroso con el que se encontró en una misión en el extranjero.

—¿Qué? —Me estalla la cabeza de dolor, son demasiadas noticias que asimilar. George empezó como corresponsal en el extranjero, pero, en los últimos cinco años, se había hecho cargo cada vez más de historias nacionales. Yo tenía mis dudas acerca de eso dada su pasión por los asuntos exteriores, pero, cuando le pregunté, me dijo que quería pasar más tiempo conmigo en casa y lo dejé estar.

—Ese hombre tiene una lista de personas que lo han traicionado o que cree que lo han hecho —dice Ryson —. Me temo que George estaba en esa lista. Las circunstancias específicas y la identidad del fugitivo son confidenciales, pero, teniendo en cuenta lo que ha pasado, merece saber la verdad, al menos hasta donde yo puedo contar.

Me quedo mirándolo fijamente.

—¿Era un hombre? ¿Un fugitivo? —Me viene a la mente una cara, una cara masculina preciosa. La veo borrosa, como la imagen de un sueño, pero, de alguna forma, sé que es él, el hombre que asaltó mi casa y me hizo esas cosas horribles.

Ryson asiente.

—Sí. Está muy cualificado y tiene muchos recursos. Ha ido un paso por delante de nosotros durante mucho tiempo. Tiene contactos en todas partes, desde Europa del Este hasta Sudamérica y Oriente Próximo. Cuando supimos que el nombre de su marido estaba en la lista, llevamos a George al centro de acogida y debimos haber hecho lo mismo con usted. Solo pensamos que… —Se detiene y niega con la cabeza—. Supongo que no importa lo que pensásemos. Le hemos subestimado y ahora han muerto cuatro hombres.

«Muertos. Han muerto cuatro hombres». Entonces me doy cuenta de que George ha fallecido. Antes no era del todo consciente. Los ojos me empiezan a arder y siento como si me estuvieran atornillando el pecho. En un momento de lucidez, todas las piezas del rompecabezas encajan.

—He sido yo, ¿no? —Me incorporo ignorando el dolor y los mareos—. Yo lo hice. Yo revelé la ubicación del centro de acogida.

Ryson intercambia otra mirada con la enfermera y me da un vuelco el estómago. No responden a mi pregunta, pero su lenguaje corporal lo dice todo.

Soy la responsable de la muerte de George. De las cuatro muertes.

—No es culpa suya, doctora Cobakis. —Karen me toca de nuevo el brazo. Sus ojos marrones se llenan de compasión—. La droga que le dio habría destrozado a cualquiera. ¿Conoce el tiopentato de sodio?

—¿El anestésico barbitúrico? —Parpadeo—. Por supuesto. Se utilizaba mucho para inducir la anestesia hasta que se estandarizó el propofol. Lo que hace es... ¡oh!

—Sí —dice el agente Ryson—. Veo que conoce su otro uso. No es muy común utilizarlo de esa forma, al menos fuera de la Comunidad de Inteligencia, pero es bastante eficaz como suero de la verdad. Disminuye las funciones cerebrales superiores y hace que los individuos hablen y cooperen. Además, esta era una versión de diseño, tiopentato mezclado con otros compuestos que no habíamos visto antes.

—¿Me drogó para que hablara? —Se me revuelve el estómago. Esto explica el dolor de cabeza y las lagunas mentales. Al saber que fui violentada de esa manera, me quiero lavar el cerebro con lejía. Ese hombre no solo asaltó mi casa, sino que invadió mi mente, se metió en ella como un ladrón.

—Eso creemos, sí —dice Ryson—. Su organismo estaba muy afectado por la droga cuando nuestros agentes la encontraron atada en el salón. También tenía sangre en el cuello y en los muslos y, al principio, pensaron que…

—¿Sangre en los muslos? —Me preparo para una nueva pesadilla—. ¿Me ha…?

—No, tranquila. No le hizo daño de esa forma —dice Karen lanzándole una mirada sombría a Ryson—. Le hicimos un chequeo completo cuando la trajeron y era su sangre menstrual, nada más. No había indicios de abuso sexual. Aparte de los hematomas y los cortes superficiales del cuello, está bien. O lo estará una vez que se pase el efecto de las drogas.

«Bien». Me sube una carcajada histérica por la garganta y uso todas mis fuerzas para no soltarla. Mi marido y otros tres hombres han muerto por mi culpa. Invadió mi casa y mi «mente», ¿cree que voy a estar bien?

—¿Por qué se inventó lo de la mafia? —pregunto mientras lucho para contener el dolor que se me expande por el pecho—. ¿Cómo me iba a proteger eso?

—Porque, en el pasado, este fugitivo no perseguía a inocentes, ni a las esposas ni a hijos de las personas que estaban en su lista y que no estaban involucradas de ninguna manera —responde Ryson—. Pero sí mató a la hermana de un hombre, puesto que este confió en ella y la implicó en el encubrimiento. Usted, cuanto menos supiera, más segura estaría, sobre todo porque no quería mudarse y desaparecer junto a su marido.

—Ryson, por favor —dice Karen, bruscamente. Pero es demasiado tarde. Ya estoy sufriendo las consecuencias de este nuevo golpe. Incluso si me perdonaran por la verborrea inducida por las drogas, la negativa a marcharme dependía solo de mí. He sido egoísta pensando en mis padres y en mi carrera en vez de en el peligro al que exponía a mi marido. Creí que era mi seguridad la que estaba en juego y no la suya, pero eso no es excusa.

La muerte de George me reconcome por dentro, tanto como el accidente que le provocó daños cerebrales.

—Pero... —Trago saliva—. ¿Sufrió? Quiero decir, ¿cómo pasó?

—Un tiro en la cabeza —responde Ryson con voz tenue—. Igual que los tres hombres que lo escoltaban. Creo que ocurrió todo demasiado rápido como para que alguno sufriera.

—Madre mía. —De repente me duele el estómago y

me entran ganas de vomitar. Karen debe haberme visto la cara pálida, ya que coge rápido una bandeja metálica de la mesa de al lado y me la acerca. Justo a tiempo, porque el contenido del estómago empieza a derramarse; el ácido me quema el esófago mientras sujeto la bandeja con manos temblorosas.

—Está bien. No pasa nada. Traiga, vamos a limpiarla. —Karen es muy eficiente, como una enfermera de verdad. Con independencia de su papel en el FBI, sabe cómo actuar en el ámbito médico—. Venga, déjeme ayudarla a ir al baño. Enseguida se sentirá mejor.

Coloca la bandeja en la mesilla, me rodea la espalda con el brazo para ayudarme a que me levante de la cama y me lleva al baño. Me tiemblan tanto las piernas que apenas puedo caminar. Si no hubiese sido por su ayuda, no lo habría conseguido.

Aun así, necesito un momento de privacidad, por lo que le digo a Karen:

—¿Puede salir un momento? Ahora estoy bien.

He debido sonar bastante convincente porque Karen contesta:

—Estaré fuera si me necesita. —Cierra la puerta.

Estoy sudando y temblando, pero me las apaño para enjuagarme la boca y lavarme los dientes. Tras ocuparme de otras necesidades urgentes, me lavo las manos y me echo agua fría en la cara.

Cuando Karen llama a la puerta me siento un poquito más humana. Además, mantengo la mente en blanco. Si pienso en cómo murieron George y los demás, volveré a vomitar. He visto varias heridas de bala durante mi estancia en urgencias y sé el daño tan terrible que provocan.

«No lo pienses todavía».

—¿Se lo han dicho a mis padres? —pregunto después de que Karen me ayude a volver a la cama. Ya ha quitado la bandeja y el agente Ryson está sentado en una silla al lado, con la cara curtida, llena de tensión y cansancio.

—No —responde Karen en voz baja—. Todavía no. De hecho, queríamos hablar de eso con usted.

La miro primero a ella y, luego, a Ryson.

—¿Hablar de qué?

—Doctora Cobakis... Sara. Pensamos que lo mejor es mantener la confidencialidad acerca de las circunstancias exactas sobre la muerte de su marido, así como sobre su agresión —dice Ryson—. Se ahorraría mucha atención mediática desagradable y también...

—Quiere decir que «les» ahorraría mucha atención mediática desagradable. —Un ataque de ira ahuyenta parte de la confusión que tengo en la cabeza—. Por eso estoy aquí y no en un hospital normal. Quieren ocultar esto, como si nunca hubiera pasado.

—Queremos mantenerla a salvo y ayudarla a superar todo esto —dice Karen, mirándome con sinceridad—. No puede salir nada bueno de contarle esta historia a todos los periódicos. Lo que ocurrió fue una tragedia horrible y, aunque su marido aún se mantenía con vida, sabe mejor que nadie que era solo cuestión de tiempo que...

—¿Y qué pasa con los otros tres hombres? —interrumpo drásticamente—. ¿También era cuestión de tiempo?

—Murieron estando de servicio —dice Ryson—. Ya se ha informado a sus familias, así que no tiene que preocuparse por eso. En el caso de George, usted era su única familia, por lo que...

—Y ya se me ha informado a mí también. —Tuerzo la boca—. Tiene la conciencia tranquila y ahora toca sanear. ¿O debería decir «cubrirse las espaldas»?

Se le tensa la cara.

—Esto sigue siendo confidencial en gran medida, doctora Cobakis. Si va a los medios, estará agitando un nido de avispas y, créame, no querrá eso. Tampoco lo querría su marido si estuviese vivo. No quería que nadie lo supiese, ni siquiera usted.

—¿Qué? —Fijo la mirada en el agente—. ¿George lo sabía? Pero...

—Él no sabía que estaba en la lista y nosotros tampoco —dijo Karen, poniendo su mano en el respaldo de la silla de Ryson—. Nos enteramos después del accidente y, en ese momento, hicimos lo que pudimos para protegerle.

Me estalla la cabeza, pero dejo a un lado el dolor y trato de concentrarme en lo que me están diciendo.

—No lo entiendo. ¿Qué pasó en esa misión en el extranjero? ¿Cómo se implicó George con este fugitivo? ¿Cuándo?

—Esa es la parte confidencial —dice Ryson—. Lo siento, pero es mejor que lo deje como está. Ahora estamos buscando al asesino de su marido e intentando proteger a las personas que quedan en su lista. Dados sus recursos, no es una tarea fácil. Si los medios nos pisan los talones, no podremos hacer bien nuestro trabajo y podrían morir más personas. ¿Entiende lo que estoy diciendo, doctora Cobakis? Por su seguridad y la de los demás, tiene que dejarlo.

Me pongo tensa al recordar lo que dijo el agente sobre los otros.

—¿A cuántos ha matado ya?

—Me temo que a muchos —dice Karen seria—. No descubrimos la lista hasta que se deshizo de varias personas en Europa. Y, cuando pudimos poner en marcha las medidas de seguridad adecuadas, solo quedaban unos pocos.

Cojo aire de manera irregular y me da vueltas la cabeza. Yo sabía lo que hacía George como corresponsal en el extranjero y leía muchos de sus artículos y reportajes, pero esas historias no me parecían del todo reales. Incluso cuando el agente Ryson se me acercó hace nueve meses para hablarme sobre la supuesta amenaza de muerte que recibió George por parte de la mafia, el miedo que sentí fue más teórico que visceral. Dejando a un lado el accidente de George y los años de dolor previos, había llevado una vida de ensueño, llena de típicas preocupaciones suburbanas sobre la escuela, el trabajo y la familia. Los fugitivos internacionales, que torturan y matan a la gente que está apuntada en una lista misteriosa, son tan ajenos a mi experiencia que siento como si me hubiesen metido en la vida de otra persona.

—Sabemos que son muchas cosas que asimilar —dice Karen con suavidad. Me doy cuenta de que debo llevar escritos algunos de mis sentimientos en la frente—. Aún está impactada por la agresión y, aparte, enterarse de todo esto... —Coge aire—. Si necesita hablar con alguien, conozco a un buen terapeuta que ha trabajado con soldados que padecían TEPT y similares.

—No, yo... —Quería decir que no, decirle que no necesito a nadie, pero no puedo mentir. Siento un dolor asfixiante en el interior del pecho y, a pesar de mi barrera mental, se filtran más recuerdos horribles, destellos de oscuridad, impotencia y pánico.

—Le dejo su tarjeta —dice Karen acercándose a la cama y observando con preocupación a los monitores. No necesito mirarlos para saber que me está aumentando el ritmo cardíaco otra vez y que tengo el cuerpo en un modo de alerta innecesario.

Mi cerebro reptiliano no sabe que los recuerdos no me hacen daño, que lo peor ya ha pasado. A no ser que...

—¿Tendré que desaparecer? —Jadeo por la opresión en la garganta—. ¿Cree que él...?

—No —dice Ryson comprendiendo de inmediato mi miedo—. No vendrá a por usted otra vez. Ya consiguió lo que quería, así que no tiene motivos para volver. Si quiere, podemos intentar reubicarla de nuevo, pero…

—Cállate, Ryson. ¿No ves que está hiperventilando? —lo interrumpe Karen cortante, sujetándome por el brazo—. Respire, Sara —me dice con un tono relajante —. Venga, cariño, respire hondo. Una vez más. Ahí lo tiene…

Me guío por su voz hasta que el ritmo cardíaco se me vuelve a estabilizar y los peores recuerdos se encierran detrás de la barrera mental. Sin embargo, sigo temblando, así que Karen me envuelve con una manta y se sienta a mi lado en la cama, abrazándome con fuerza.

—Todo va a ir bien, Sara —murmura mientras siento que el dolor me sobrepasa y empiezo a llorar. Las lágrimas me resbalan por las mejillas, como si de lava se tratara—. Se acabó. Se pondrá bien. Se ha ido y nunca más volverá a hacerle daño.

5

eter

«POLVO ERES Y EN POLVO TE CONVERTIRÁS».

Oigo la voz monótona del cura, pero, al observar al grupo de afligidos, dejo de prestarle atención. Hay más de doscientas personas, todos con ropa oscura y expresión lúgubre. Bajo un mar de paraguas negros se puede ver a mucha gente con los ojos enrojecidos e hinchados y a algunas mujeres llorando de manera audible.

George Cobakis fue famoso durante su vida.

Recordarlo debería enfadarme, pero no. No siento nada cuando pienso en él, ni siquiera la satisfacción de que haya muerto. La rabia que me ha consumido durante años se ha calmado por el momento, dejándome un vacío extraño.

Estoy de pie detrás de la multitud con un abrigo y un paraguas negros, como los de los demás. Me oculto tras una peluca de color castaño claro y un bigote fino, una postura encorvada y una almohada plana rellenándome el abdomen.

No sé por qué estoy aquí. No he estado en ninguno de los funerales anteriores. Una vez tachado un nombre de la lista, mi equipo y yo pasamos al siguiente de forma fría y metódica. Soy un hombre en busca y captura. No tiene sentido que me quede aquí, en este pueblo pequeño, pero todavía no puedo irme. No sin verla de nuevo.

Paseo la mirada de una persona y a otra, buscando una figura esbelta. Finalmente la veo, en la primera fila, como corresponde a la esposa del difunto. Está de pie junto a una pareja de ancianos, sujeta un gran paraguas sobre los tres e, incluso entre la multitud, consigue parecer alguien distante y lejano a todos los demás. Es como si se encontrara en otra dimensión, como yo.

La reconozco por las ondas de color castaño que se ven bajo su pequeño gorro negro. Hoy se ha dejado el pelo suelto y, a pesar del cielo lluvioso y gris, observo los destellos rojizos de esa melena marrón oscuro que le cae unos centímetros por debajo de los hombros. No puedo captar mucho más, hay demasiada gente y paraguas entre los dos, pero aun así la miro, como lo he estado haciendo durante el mes pasado. Solo que, ahora, mi interés por ella es diferente, infinitamente más personal.

«Daños colaterales». Así es cómo pensaba en ella al

principio. Para mí, no era una persona, sino una extensión de su marido. Sí, una prolongación bonita e inteligente, pero no me importaba. No tenía un interés especial en matarla, pero habría hecho lo necesario para conseguir mi objetivo.

Hice lo que fue necesario.

Se heló de miedo cuando la agarré. Su reacción fue la respuesta propia de los inexpertos, el instinto primitivo de la presa incapacitada. Debería haber sido fácil en ese momento: un par de cortes superficiales y listo. Fue impresionante e irritante que no se desmoronara en el acto bajo el filo del cuchillo. He conocido asesinos experimentados que se orinaban encima y empezaban a cantar con menos motivación.

Llegados a ese punto, podría haberle hecho algo más. Podría haberla torturado de verdad con el cuchillo, pero, en lugar de eso, opté por una técnica de interrogación menos dañina.

La puse bajo el grifo.

Funcionó a la perfección. Y ahí fue cuando cometí un error. Después de la primera sesión, temblaba y sollozaba tanto que la tiré al suelo y la abracé, sujetándola, y, al mismo tiempo, tranquilizándola. Lo hice para que pudiese hablar, pero no conté con mi respuesta.

Ella se sentía pequeña y frágil, indefensa por completo, mientras tosía y lloraba entre mis brazos y, por alguna razón, me acordé de cuando cogía a mi hijo de esa forma y lo consolaba cuando lloraba. Pero Sara no es una niña, por lo que mi cuerpo reaccionó a sus delgadas curvas con un apetito sorprendente, un deseo tan primitivo como irracional.

Anhelaba a la mujer que había venido a interrogar, esa a cuyo marido quería matar.

Traté de ignorar mi reacción inapropiada y continuar como antes, pero, cuando la tuve de nuevo en la encimera, no fui capaz de abrir el agua. Estaba demasiado pendiente de ella, se había convertido en una persona, en una forma de vida, en una mujer que respiraba y no era una simple herramienta, lo que dejó la droga como única opción. No había planeado usarla con ella; primero, por el tiempo que se necesita para que funciones de forma correcta y, segundo, porque era nuestro último lote. Hace poco asesinaron al químico que la fabricaba y Anton me advirtió de que llevaría tiempo encontrar otro proveedor. Había estado guardando ese lote para un caso de emergencia, pero no tuve otra opción.

Yo, que había torturado y matado a cientos de personas, no podía hacerle más daño a esa mujer.

—Era un hombre amable y generoso, un periodista con talento. Su muerte es una pérdida irreparable tanto para su familia como para su profesión…

Dejo de mirar a Sara para centrarme en la oradora. Es una mujer de mediana edad, con la cara delgada y llena de lágrimas. Sé que es una compañera del periódico. Los investigué a todos para averiguar su complicidad, pero, por suerte para ellos, Cobakis era el único implicado.

Continúa enumerando sus cualidades

excepcionales, pero vuelvo a dejar de prestarle atención. La figura esbelta que hay bajo ese enorme paraguas atrae mi mirada. Solo le veo la espalda, pero puedo imaginar con facilidad su rostro pálido y en forma de corazón. Sus rasgos se me han quedado grabados en la mente, desde esos ojos color avellana y la nariz pequeña y recta, hasta los labios suaves y aterciopelados. Hay algo en Sara Cobakis que me hace pensar en Audrey Hepburn, una especie de belleza antigua que recuerda a las estrellas de cine de los años cuarenta y cincuenta. Además, no pertenece a este lugar, es distinta a las personas que la rodean.

De alguna forma, está por encima de ellos.

Me pregunto si estará llorando, si estará de luto por el hombre al que admitió no haber conocido de verdad. La primera vez que Sara me dijo que se había separado de su marido no la creí, pero algunas cosas que dijo bajo los efectos de las drogas hicieron que me replanteara esa conclusión. Algo había ido muy mal en su supuesto matrimonio perfecto, algo que dejó en ella una huella imborrable.

Conoce el dolor, ha vivido con él. Pude vérselo en los ojos y en la suave y temblorosa curva de la boca. Eso me intrigó, esa mirada dentro de su mente hizo que quisiera adentrarme aún más en sus secretos y, cuando colocó los labios alrededor de mis dedos y empezó a chuparlos, regresó el deseo que había estado tratando de reprimir. Se me endureció el pene de manera incontrolable.

Podría habérmela tirado y me habría dejado. Joder,

me habría dado la bienvenida con los brazos abiertos. La droga había reducido sus inhibiciones, le había quitado todas las defensas. Se habría mostrado dispuesta y vulnerable, necesitada de una forma que atraía hasta lo más profundo de mi ser.

«No me dejes, por favor. No te vayas».

Incluso ahora, puedo oír sus súplicas, tan parecidas a las de Pasha la última vez que lo vi. No sabía lo que estaba pidiéndome, no sabía quién era yo ni lo que estaba a punto de hacer, pero sus palabras me llegaron al alma, me hicieron añorar algo completamente imposible. Necesité toda mi fuerza de voluntad para marcharme y dejarla atada a esa silla a la espera de que la encontrara el FBI.

Me costó horrores irme y continuar con mi misión.

Cuando la compañera de Cobakis termina de hablar y Sara se acerca al podio, vuelvo a centrarme en el presente. Su delgada figura, vestida con ropa oscura, se mueve con una elegancia involuntaria y, cuando se gira y mira a la gente, el deseo se enrosca en mi interior.

Lleva una bufanda negra alrededor del cuello, protegiéndose del viento frío de octubre y escondiendo el vendaje que debe tener ahí. Por encima de la bufanda se le ve la cara en forma de corazón, pálida como un fantasma, pero tiene los ojos secos, al menos hasta donde puedo ver desde esta distancia. Me gustaría estar más cerca, pero es demasiado peligroso. Ya me estoy arriesgando al estar aquí. Hay, por lo menos, dos agentes del FBI entre los presentes y un par más sentado de manera discreta en la calle, en los coches que proporciona el gobierno. No se imaginan que estoy aquí (habría mucha más seguridad si lo hicieran), pero eso no significa que pueda bajar la guardia. Anton y los demás creen que estoy loco por venir.

Lo normal es que nos vayamos de la ciudad a las pocas horas de haber logrado nuestro objetivo.

—Como todos sabéis, George y yo nos conocimos en la universidad —dice Sara por el micrófono. El sonido de su voz suave y melodiosa me hace sentir un hormigueo en la columna vertebral. He estado observándola lo suficiente para saber que canta bien. A menudo canta música pop cuando está sola, en su coche o mientras hace las tareas domésticas.

La mayoría de las veces, lo hace mejor que el cantante original.

—Nos conocimos en un laboratorio de química —continúa—. Porque lo creáis o no, en ese momento, George estaba pensando en hacer medicina.

Oigo algunas risitas entre la multitud y los labios de Sara se curvan formando una leve sonrisa mientras dice:

—Sí, George, el que no podía soportar la sangre, se planteó la posibilidad de ser médico. Por suerte, pronto descubrió su verdadera pasión: el periodismo. El resto es historia.

Continúa hablando de diversas costumbres y manías de su marido, incluido su amor por los sándwiches de queso recubiertos de miel. Luego sigue con sus logros y sus buenas acciones y detalla su apoyo incondicional hacia los veteranos y los vagabundos. Mientras habla, me doy cuenta de que todo lo que dice tiene que ver con «él», en vez de con los dos. Aparte de mencionar cómo se conocieron por vez primera, el discurso podría haberlo hecho un compañero de piso o un amigo. En realidad, cualquiera que conociese a Cobakis. Hasta su voz es firme y calmada, sin rastro de dolor. Lo vi en sus ojos esa noche.

Solo cuando habla del accidente muestra una emoción real en la cara.

—George era muchas cosas maravillosas —dice mirando al público—. Pero todas esas cosas se terminaron hace dieciocho meses, cuando su coche chocó con aquella barandilla y volcó. Todo lo que fue murió ese día. Lo que quedaba no era George, sino su coraza. Un cuerpo sin mente. Cuando la muerte le acechó el sábado por la mañana temprano, no se llevó a mi marido. Solo a esa coraza. Para entonces, George ya se había ido hacía tiempo y nada podía hacerle sufrir.

Levanta la barbilla mientras dice esta última parte y fijo la mirada en ella. No sabe que estoy aquí (el FBI se me echaría encima si lo supiera), pero siento que me está hablando directamente para decirme que he fracasado. ¿Me percibe de alguna manera? ¿Siente que la observo?

¿Sabe que cuando estuve al lado de la cama de su marido hace dos noches, por un instante pensé en no apretar el gatillo?

Termina su discurso con las típicas frases sobre cuánto se echará de menos a George y, luego, baja del podio, dejando que el cura diga sus últimas palabras. La veo regresar junto a la pareja de ancianos y, cuando la multitud empieza a dispersarse, sigo en silencio a los demás afligidos para salir del cementerio.

El funeral ha terminado y mi admiración por Sara también debe hacerlo.

Hay más personas en mi lista y, por suerte para Sara, no es una de ellas.

PARTE II

6

ara

—CARIÑO, ¿HAS DEJADO DE COMER OTRA VEZ? —pregunta mamá frunciendo el ceño con preocupación. Aunque estaba pasando la aspiradora cuando llegué, lleva el maquillaje tan perfecto como siempre, el canoso pelo corto precioso y rizado y los pendientes a juego con el elegante collar—. Estás muy delgada últimamente.

—La mayoría de la gente pensaría que eso es bueno —digo con frialdad. Pero, para tranquilizarla, me sirvo una segunda porción de su tarta de manzana casera.

—Cuando parezcas un chihuahua, ya no habrá solución —comenta mamá, acercándome más tarta—. Tienes que cuidarte, sino no podrás ayudar a tus pacientes.

—Lo sé, mamá —respondo entre muerdo y muerdo —. No te preocupes, ¿vale? Ha sido un invierno ajetreado, pero pronto se calmarán las cosas.

—Sara, cielo… —Enfatiza sus líneas de expresión—. Ya hace seis meses desde que George…—Para y coge aire—. Escucha, lo que digo es que no puedes seguir trabajando hasta que te mueras. Es demasiado: la cantidad de trabajo que tienes normalmente más todo este nuevo voluntariado. ¿Duermes algo?

—Claro, mamá. Duermo como un muerto. —No es mentira. Caigo rendida en el momento en que toco la almohada con la cabeza y no me despierto hasta que suena la alarma. Al menos eso es lo que pasa si estoy exhausta. Los días que tengo un horario más normal, me despierto temblando y sudando por las pesadillas, así que hago todo lo que puedo para agotarme.

—¿Cómo va la venta de la casa? ¿Alguna oferta? —pregunta papá mientras entra en el comedor arrastrando los pies. Otra vez está usando el andador, así que la artritis le debe estar molestando, pero me alegra ver que adopta una postura un poco más recta. De hecho, esta vez está siguiendo las instrucciones de su fisioterapeuta y va todos los días a nadar al gimnasio.

—El agente inmobiliario hace una jornada de puertas abiertas la semana que viene —contesto, ocultando mis ganas de felicitar a papá por hacer lo correcto. No le gusta que le recuerden su edad, así que está prohibido tratar cualquier tema que tenga que ver con su salud o la de mamá durante la cena. Me saca de quicio, pero no puedo dejar de admirar su determinación.

Con casi ochenta y siete años, mi padre está tan fuerte como siempre.

—Oh, ¡genial! —exclama mamá—. Espero que, a partir de ahí, recibas alguna oferta. Acuérdate de hornear galletas esa mañana, así luego la casa olerá bien.

—Puedo pedirle al agente inmobiliario que compre unas cuantas y las caliente en el microondas antes de que lleguen los primeros clientes —contesto con una sonrisa—. No creo que me dé tiempo a hornearlas.

—Por supuesto que no, Lorna. —Papá se sienta al lado de mamá y coge un trozo de tarta. Me mira y dice con brusquedad—: Puede que incluso no estés en casa, ¿verdad?

Asiento con la cabeza.

—Ese día supongo que iré a la clínica directamente desde el hospital.

Frunce el ceño.

—¿Sigues haciendo eso?

—Esas mujeres me necesitan, papá. —Intento mantener la voz calmada—. No tienes ni idea de cómo es ese barrio.

—Pero, cariño, justo por eso no queremos que vayas —interrumpe mamá—. ¿No puedes ir de voluntaria a otro sitio? Además, ir por la noche después de haber hecho uno de los turnos largos…

—Mamá, nunca llevo dinero ni objetos de valor encima y solo estoy allí un par de horas por las tardes

—digo manteniendo a duras penas la paciencia. Hemos discutido sobre esto por lo menos cinco veces en los últimos tres meses y mis padres siempre fingen que no lo hemos hecho antes—. Aparco justo enfrente del edificio y entro directamente. No puede ser más seguro.

Mamá suspira y niega con la cabeza, pero no discute más. Sin embargo, papá sigue frunciéndome el ceño por encima de su trozo de tarta. Para distraerle, me levanto y pregunto:

—¿Alguien quiere té o café?

—Un descafeinado para tu padre —contesta mamá —. Y una infusión de manzanilla para mí, por favor.

—Marchando un descafeinado y una infusión de manzanilla. —Me acerco a la cafetera maravillosa que les regalé las navidades pasadas. Tras preparar las bebidas que me han pedido y llevarlas a la mesa, vuelvo y me hago una taza de café auténtico.

Después de esta cena, estaré de guardia y me vendrá bien la cafeína.

—¿Sabes qué, cariño? —dice mamá cuando regreso a la mesa con ellos—. Vamos a invitar a los Levinson a cenar el sábado.

Le doy un sorbo al café. Está fuerte y caliente, como a mí me gusta.

—Qué bien.

—Han estado preguntando por ti —comenta papá mientras remueve el azúcar del café.

—Vaya, pues… —Mantengo una expresión neutral —. Saludadlos de mi parte.

—¿Por qué no vienes tú también, cielo? —pregunta mamá como si se le acabase de ocurrir la idea—. Les encantaría verte y, además, prepararé tu plato favorito.

—Mamá, no quiero salir con Joe ni con nadie ahora mismo —contesto, suavizando mi rechazo con una sonrisa—. Lo siento, pero todavía no estoy preparada para eso. Sé que quieres mucho a los padres de Joe y que él es un abogado fantástico y un hombre muy agradable, pero, simplemente, aún no puedo.

—Nunca sabrás si estás preparada hasta que salgas y lo intentes —dice papá mientras mamá suspira y mira su taza—. No puedes dejarte morir junto a George, Sara. Tú eres más fuerte que eso.

Me bebo el café de un trago en vez de contestar. Se equivoca. No soy fuerte. Apenas puedo sentarme aquí y fingir que estoy bien, que sigo entera, operativa y sana. Mis padres, como todos los demás, no saben qué pasó ese viernes por la noche. Creen que George murió mientras dormía, que su muerte fue el resultado del accidente de coche que lo dejó en coma dieciocho meses antes. Justifiqué que estaba el ataúd cerrado en el funeral con que era una forma de sobrellevar mi dolor y nadie lo cuestionó. Si mis padres supieran la verdad, estarían destrozados y nunca podría hacerles eso.

Excepto el FBI y mi terapeuta, nadie sabe nada sobre el fugitivo y mi papel en la muerte de George.

—Bueno, piénsatelo —insiste mamá cuando me quedo callada—. No tienes que comprometerte ni hacer nada que no quieras. Solo piénsate bien lo de venir este sábado, por favor.

La miro y, por vez primera, noto la tensión que esconde bajo su maquillaje perfecto y sus elegantes accesorios. Mi madre es nueve años más joven que mi padre y es tan esbelta y enérgica que a veces olvido que la edad también la está afectando, que toda esta preocupación por mí no puede ser buena para su salud.

—Lo pensaré, mamá —le prometo mientras me levanto para quitar los platos de la mesa—. Si no trabajo el sábado, intentaré venir.

7

ara

Mi turno de guardia es un no parar de emergencias: desde una embarazada de cinco meses con una hemorragia grave hasta una de mis pacientes poniéndose de parto siete semanas antes de salir de cuentas. Tengo que hacerle una cesárea, pero, por suerte, el bebé, un niño pequeñito, aunque formado por completo, puede respirar y mamar por sí mismo. Los padres lloran de alegría y me lo agradecen de todo corazón. Cuando me dirijo hacia los vestuarios para quitarme la bata quirúrgica, estoy agotada tanto física como mentalmente. Aun así, también estoy muy satisfecha.

Cada niño que traigo al mundo o cada mujer a la que curo hacen que me sienta un poquito mejor, aliviando esa culpa que me ahoga y me deja hecha polvo.

«No, no vayas por ahí. Para». Pero ya es demasiado tarde y los recuerdos me inundan, oscuros y tóxicos. Jadeando, me desmorono sobre el banco que está junto a mi taquilla mientras me aferro al duro tablero de madera.

«Una mano que me tapa la boca. Un cuchillo en la garganta. Un trapo mojado sobre la cara. Agua en la nariz, en los pulmones…»

—Hola, Sara. —Unas manos suaves me agarran por los brazos—. Sara, ¿qué te pasa? ¿Te encuentras bien?

Sigo respirando con dificultad y tengo un nudo tremendo en la garganta, pero consigo asentir levemente. Cierro los ojos y me concentro en ralentizar la respiración como me ha enseñado el psicólogo y, tras unos instantes, esa sensación horrible de asfixia disminuye.

Abro los ojos y veo a Marsha con la mirada fija en mí y cara de preocupación.

—Estoy bien —le digo con voz temblorosa mientras me levanto para abrir la taquilla. Tengo la piel fría y húmeda y la sensación de que las rodillas me van a ceder de un momento a otro, pero no quiero que nadie en el hospital se entere de mis ataques de pánico—. Se me ha olvidado comer otra vez, así que seguro que es una bajada de azúcar.

Marsha abre los ojos azules como platos.

—No estarás embarazada, ¿verdad?

—¿Qué? —A pesar de que todavía tengo la

respiración entrecortada, me sorprendo soltando una carcajada—. No, por supuesto que no.

—Ah, vale. —Me sonríe—. Creía que por fin estabas disfrutando de la vida.

La miro como diciendo: «¡baja de las nubes!».

—Aunque lo estuviera haciendo, ¿crees que no sé cómo prevenir un embarazo?

—Bueno, nunca se sabe. Los accidentes ocurren. —Abre su taquilla y empieza a quitarse la bata—. Te lo digo en serio, deberías venir a tomar algo con nosotras. Vamos a ir a Patty's ahora mismo.

Arqueo las cejas.

—¿Un bar a las cinco de la mañana?

—Sí, ¿qué pasa? No vamos a emborracharnos. Sirven desayunos veinticuatro horas al día durante toda la semana y son mucho mejores que los de la cafetería. Deberías probarlos.

Estoy a punto de rechazar la oferta cuando me acuerdo de que tengo la nevera vacía. No he mentido cuando dije que no había comido hoy. La cena en casa de mis padres fue hace diez horas y me estoy muriendo de hambre.

—Vale —digo sorprendiendo a Marsha casi tanto como a mí misma—. Iré.

Y, haciendo caso omiso de los gritos de emoción de mi amiga, me pongo la ropa de calle y me dirijo hacia el lavabo para refrescarme.

~

Cuando llegamos a Patty's, no me sorprende ver caras familiares. La mayoría del personal del hospital viene a este bar para relajarse y socializar después del trabajo. No me esperaba que el sitio fuera a estar tan lleno a estas horas de la noche, o de la mañana, dependiendo de la perspectiva de cada uno, pero, teniendo en cuenta que sirven tanto desayunos como alcohol, tiene sentido.

Marsha, dos de las enfermeras de urgencias y yo nos dirigimos hacia la mesa que hay en la esquina, donde una camarera que parece agobiada nos toma nota. En cuanto se marcha, Marsha se aventura a contarnos una historia sobre su fin de semana de locura en una discoteca del centro de Chicago y las dos enfermeras, Andy y Tonya, se ríen y se meten con ella por el chico al que casi se liga. Después, Andy nos cuenta que su novio insiste mucho en utilizar condones morados y, cuando llega la comida, las tres se están riendo con tantas ganas que la camarera nos mira mal.

Yo también me estoy riendo porque la historia es graciosa, pero no siento esa alegría que suele acompañar a la risa. Llevo sin sentirla mucho tiempo. Es como si algo en mi interior estuviera congelado, anulando todas las emociones y sensaciones. Mi psicólogo dice que es otra de las formas en que mi TEPT se manifiesta, pero yo no creo que tenga razón. Mucho antes de que el intruso entrara en casa, incluso antes del accidente, ya sentía como si hubiera una barrera entre el resto del mundo y yo, un muro de apariencias falsas y mentiras.

Hace años que llevo una máscara y ahora es como si me hubiera convertido en ella, como si ya no hubiera nada real debajo.

—¿Y tú qué, Sara? —pregunta Tonya y me doy cuenta de que estaba ensimismada masticando los huevos como un autómata—. ¿Qué tal tu fin de semana?

—Bien, gracias. —Dejo el tenedor sobre la mesa e intento sonreír—. Nada interesante. Voy a vender la casa así que tenía que limpiar el garaje y hacer otras cosas aburridas. —Estuve de guardia dieciocho horas y, luego, de voluntaria en la clínica cinco horas más, pero eso no se lo digo a Tonya. Marsha ya se piensa que soy adicta al trabajo. Si se entera de que estoy sustituyendo a algunos médicos en el consultorio y que hago voluntariado en la clínica, además de mi carga habitual de trabajo, no me dejaría en paz.

—Deberías salir con nosotras el viernes que viene —dice Tonya mientras estira el brazo delgado de piel tostada para coger el salero. A sus veinticuatro años, es una de las enfermeras más jóvenes de la plantilla y, por lo que me ha contado Marsha, es incluso más fiestera que mi amiga; con esos hoyuelos y ese cuerpazo vuelve locos a los chicos de cualquier edad—. Vendremos a tomar algo a Patty's y, después, iremos a la ciudad. Conozco a un relaciones públicas en una nueva discoteca de moda del centro, así que no tendremos que hacer cola.

Pestañeo ante la oferta inesperada.

—Mmm, no sé... No estoy segura de si...

—No trabajas el viernes por la noche —dice Marsha —. Lo sé porque he mirado el cuadrante.

—Sí, pero ya sabes cómo va esto. —Pincho el huevo con el tenedor—. Los bebés no siempre se ciñen a un horario.

—Venga, Marsha, déjala en paz —dice Andy mientras se coloca un rizo pelirrojo detrás de la oreja —. ¿No ves que la pobre está cansada? Si quiere ir, ya irá. No hace falta que la arrastres a ningún sitio.

Me guiña un ojo y le sonrío agradecida. Es la primera vez que interactúo con ella fuera de los pasillos del hospital y, para ser sincera, me estoy dando cuenta de que me cae bien. Al igual que yo, tiene veintitantos y, según Marsha, lleva con su novio desde hace cinco años. Por lo visto, el novio (el de los condones morados) es un gilipollas que se cree el ombligo del mundo, pero Andy lo quiere de todos modos.

—Te mudaste desde Michigan, ¿no? —le pregunto. Ella asiente sonriendo y, después, me dice que Larry, su novio, consiguió trabajo en la zona y se vieron obligados a trasladarse. Escuchándola, me queda claro que Marsha no está muy equivocada en su opinión sobre el novio de Andy.

Larry parece un capullo egoísta.

El resto de la comida se me pasa volando al tener una conversación normal y amistosa y, cuando pagamos la cuenta y salimos del bar, me siento mucho más ligera de lo que me he sentido en meses. Puede que mi padre tenga razón: salir y socializar podría sentarme bien.

Igual voy a la cena con los Levinson e incluso a la discoteca con Tonya.

Sigo de buen humor cuando me despido de las tres chicas y mientras camino dos manzanas hasta llegar al aparcamiento del hospital para coger el coche. Lady Gaga canta a través de los cascos y el cielo se empieza a iluminar. Es como si el amanecer me hablara, prometiéndome que en un futuro no muy lejano toda la oscuridad que hay en mí también se va a disipar.

Ese pequeño haz de esperanza me hace sentir bien. Es como un paso adelante.

Ya estoy en el aparcamiento cuando vuelve a ocurrir.

Empieza con un ligero cosquilleo en la piel... uno pequeño tañido en los nervios. La descarga de adrenalina es lo siguiente, acompañada de una oleada de terror debilitante. El ritmo cardíaco se me dispara y el cuerpo se me pone tenso frente a un posible ataque. Respirando con dificultad, giro sobre mí misma, arrancándome los cascos mientras rebusco en el bolso hasta dar con un bote de espray de pimienta, pero aquí no hay nadie.

Es solo esa sensación de miedo, la impresión de que me están observando. Jadeando, me doy la vuelta agarrando el espray con fuerza, pero no veo a nadie.

Nunca veo a nadie cuando mi cerebro hace este tipo de cosas.

Temblando, consigo llegar al coche y entrar. Paso varios minutos haciendo ejercicios de respiración hasta que consigo calmarme lo suficiente como para conducir y soy consciente de que, a pesar de mi cansancio, esta noche no voy a poder dormir.

Al salir del aparcamiento, giro hacia la izquierda en lugar de hacia la derecha.

Puede que vaya a la clínica. No me esperan hasta mañana, pero nunca les viene mal una ayudita extra.

8

—Háblame sobre ese último episodio, Sara —dice el doctor Evans cruzando las largas piernas—. ¿Qué hizo que pensaras que alguien te estaba observando?

—No lo sé. Fue solo… —Respiro hondo para tratar de encontrar las palabras adecuadas antes de negar con la cabeza—. No fue nada en concreto. La verdad es que no lo sé.

—Vale, vamos a volver sobre ello un segundo. —Su tono es tierno a la vez que profesional. Esta es una de las razones que hacen que sea un buen psicólogo: esa habilidad de mostrar empatía sin involucrarse emocionalmente—. Me has dicho que saliste a desayunar con algunas compañeras del trabajo. Después, volviste caminando hasta el coche, ¿verdad?

—Sí.

—¿Escuchaste o viste algo? ¿Algo que pudiera haber desencadenado el ataque? Tal vez la puerta de algún coche cerrándose, hojas volando… ¿un pájaro?

—No, nada específico que recuerde. Tan solo iba caminando mientras escuchaba música cuando lo sentí. No sé cómo explicarlo. Fue como… —Trago saliva y se me acelera el corazón por los recuerdos—. Fue como aquella vez en la cocina, cuando lo sentí justo antes de que me agarrara. La misma sensación.

La cara delgada e inteligente del psicólogo muestra ahora un semblante preocupado.

—¿Con qué frecuencia te ocurre?

—Es la tercera vez esta semana —le confieso y me ruborizo mientras apunta algo en la libreta. Odio este sentimiento de estar fuera de control, de saber que mi cerebro me la está jugando—. La primera vez estaba en el supermercado, la segunda entrando en la clínica y, ahora, en el aparcamiento del hospital. No sé por qué sucede. Pensaba que estaba mejorando, en serio. Solo había tenido un pequeño ataque de pánico en las dos últimas semanas y tenía verdaderas esperanzas después del desayuno de ayer. No tiene sentido.

—Sara, las mentes necesitan tiempo para curarse, igual que los cuerpos. A veces tienes una recaída y, a veces, la enfermedad toma otra dirección. Lo sabes tan bien como yo. —Hace una anotación en la libreta y, después, mira hacia arriba—. ¿Has pensado en hablar con el FBI de nuevo?

—No, van a pensar que me he vuelto loca.

Hablé con el agente Ryson después del primer episodio paranoide hace un mes y me dijo que, en ese momento, la Interpol estaba buscando al asesino de mi marido en Sudáfrica. Aunque, por si acaso, me asignó una escolta. Después de seguirme varios días, decidieron que no había ningún peligro y el agente Ryson la retiró mascullando una disculpa por la insuficiencia de fondos y de personal. No me acusó de manera directa de ser una paranoica, pero sé que lo pensaba.

—Porque el hombre del que tienes miedo está lejos —dice el doctor Evans y yo asiento.

—Sí. Se ha ido y no tiene ningún motivo para volver.

—Bien. Racionalmente, eres consciente de ello. Vamos a trabajar en convencer también a tu subconsciente. Aunque, lo primero que tenemos que hacer es averiguar qué desencadena la paranoia. Así, podrás aprender a detectar los desencadenantes y controlar tu respuesta ante ellos. La próxima vez que te pase, presta atención a lo que estés haciendo y cómo te sientes en el momento en el que notes esa sensación. Si estás en público o a solas. Si hay mucho ruido o es un lugar tranquilo. Si estás dentro o fuera.

—De acuerdo, me aseguraré de tener todo eso en cuenta mientras me da un ataque de pánico y trato de agarrar el espray de pimienta.

El doctor Evans sonríe.

—Confío en ti, Sara. Ya has hecho un progreso tremendo. Puedes volver a acercarte al fregadero de la cocina, ¿verdad?

—Sí, pero sigo sin poder tocar el grifo —digo con las manos apretadas en el regazo—. Lo que es un poco inútil.

El fregadero es uno de los motivos por los que vendo la casa. Al principio, ni siquiera podía entrar en la cocina, pero, después de meses de terapia intensiva, he llegado a un punto en el que puedo acercarme al fregadero sin tener un ataque de pánico, aunque todavía no pueda usar el agua.

—Poco a poco —dice el doctor Evans—. Conseguirás abrir el grifo algún día. A no ser que vendas la casa antes, claro. ¿Todavía tienes en mente hacerlo?

—Sí, de hecho, la inmobiliaria va a hacer una jornada de puertas abiertas en un par de días.

—Vale, bien. —Me sonríe y aparta la libreta—. La sesión ha terminado por hoy. Estaré de vacaciones la semana próxima y la mitad de la siguiente, así que te veré otra vez a finales de mes. Mientras tanto, por favor, sigue haciéndolo como hasta ahora y apunta todo con detalle si tienes otro episodio paranoide. Hablaremos de ello y abordaremos cómo te sientes respecto a la venta de la casa en esa sesión, ¿de acuerdo?

—Me parece bien. —Me levanto y le estrecho la mano al doctor—. Nos vemos entonces. Que disfrutes de las vacaciones.

Salgo de la oficina y me dirijo al coche, reteniendo la mano junto a mí para evitar meterla en el bolso y agarrar el espray de pimienta.

Esa noche duermo bien. Y la siguiente. Trabajo tanto que, literalmente, caigo rendida. Cuando estoy tan cansada, puedo dormir en cualquier sitio, incluso en la gran casa de roble. Los federales no entendían cómo el fugitivo había entrado sin hacer saltar la alarma o romper ninguna cerradura, así que, aunque haya mejorado mi sistema de seguridad, me siento tan poco protegida durmiendo dentro de casa que fuera, en la calle.

La tercera noche vuelven las pesadillas. No sé si es porque horas antes he tenido otro episodio paranoide, esta vez en una calle llena de gente cerca de una cafetería, o porque solo he trabajado doce horas, pero esa noche sueño con él.

Como siempre, no tengo un recuerdo nítido de su cara. Solo veo con claridad esos ojos grises y esa cicatriz que le atraviesa la ceja izquierda. Esos ojos me paralizan cuando sujeta el cuchillo contra mi garganta, una mirada tan cruel y penetrante como el filo del cuchillo. Entonces aparece George y los ojos marrones se vuelven ausentes a medida que se aproxima a mí.

—No —susurro, pero George sigue acercándose y le veo sangre goteando de la frente. Es una herida pequeña y limpia. Nada que ver con el enorme agujero que le dejó la bala en la cabeza y una parte de mí sabe que estoy soñando. Aun así, sollozo y tiemblo mientras el hombre de ojos grises me coge y me lleva hasta el fregadero.

—No, por favor —le suplico, pero es implacable y me pone la cabeza bajo el grifo mientras George sigue arrastrándose hacia mí, con su rostro muerto corroído por el odio.

—Por lo que me hiciste —dice mi marido abriendo el agua—. Por todo lo que hiciste.

Me despierto chillando y con la respiración agitada. Las sábanas están empapadas en sudor. Cuando consigo calmarme un poco, bajo y me hago una taza de té descafeinado con el agua del dispensador de la nevera. Mientras me lo bebo, el reloj del microondas me mira fijamente; esos números verdes cegadores me informan de que ni siquiera son las tres de la mañana, demasiado pronto para levantarme si quiero aguantar el turno tan largo de mañana. Tengo quirófano por la tarde y debo tener las pilas cargadas para eso. De otra forma, podría poner en peligro a mi paciente.

Después de un pequeño debate interno, me levanto y cojo un Ambien del botiquín. Corto la pastilla por la mitad, me la tomo con lo que queda del té y vuelvo arriba.

Por mucho que odie medicarme, hoy no me queda otra opción. Solo espero no soñar con el fugitivo otra vez. No porque tenga miedo de esa pesadilla que me tortura, pues nunca se repite dos veces la misma noche, sino porque en mis sueños, no siempre me está torturando.

A veces, me está follando y yo le estoy follando a él.

9

*eter*

Estoy de pie al lado de la cama viendo cómo duerme. Me estoy arriesgando mucho al estar aquí en persona en lugar de verla desde las cámaras que mis hombres instalaron alrededor de la casa, pero el Ambien debería mantenerla dormida. Aun así, tengo cuidado de no hacer ningún ruido. Sara es sensible a mi presencia, tenemos un vínculo un tanto extraño. Por eso se ha acostumbrado a llevar el espray de pimienta en el bolso y parece una presa de caza cada vez que me acerco.

Su subconsciente sabe que he vuelto. Siente que voy a por ella. Todavía no sé por qué estoy haciendo esto, pero ya he dejado de intentar comprender mi locura. He tratado de mantenerme al margen, centrarme en mi misión, pero, incluso cuando averigüé el paradero y me deshice de todos los nombres de mi lista (excepto uno), seguía pensando en Sara, recordando cómo iba vestida el día del funeral y rememorando el dolor que mostraban esos dulces ojos color avellana.

Evocando cómo envolvió los labios alrededor de mis dedos y suplicó que me quedara.

No hay nada normal en esta obsesión que tengo con ella. Estoy lo bastante cuerdo para reconocerlo. Es la mujer de un hombre al que he matado, una chica a la que he torturado igual que hice en su día con presuntos terroristas. No debería sentir nada por ella, como me ha ocurrido con las otras víctimas, pero no me la puedo sacar de la cabeza.

La deseo. Es algo irracional e inadecuado en muchos sentidos, pero la deseo. Quiero probar esos labios aterciopelados y sentir la suavidad de su pálida piel, enterrar los dedos en ese abundante pelo castaño y respirar su aroma. Quiero que me suplique que la folle y, después, quiero cogerla y hacer exactamente eso, una y otra vez.

Quiero curarle las heridas que le abrí y que me desee de la misma manera que yo la deseo a ella.

Continúa durmiendo mientras la observo y mis dedos se mueren por tocarla, por sentir su piel, aunque solo sea un segundo. Pero si lo hago, podría despertarse y todavía no está lista para eso.

Cuando Sara me vuelva a ver, quiero que sea diferente.

Quiero que me conozca cómo algo más que un

agresor.

10

ara

En los días siguientes, la paranoia aumenta. No dejo de sentirme observada. Hasta cuando estoy sola en casa, con todas las cortinas cerradas y las cerraduras echadas, siento unos ojos ocultos que me vigilan. He empezado a dormir con el espray de pimienta bajo la almohada. Incluso voy al baño con él, pero no es suficiente.

No me siento segura en ningún sitio.

El martes me vengo finalmente abajo y llamo al agente Ryson.

—Doctora Cobakis. —Parece receloso y sorprendido—. ¿En qué puedo ayudarla?

—Me gustaría hablar con usted —le contesto—. A ser posible, en persona.

—Ah, ¿sí? ¿Sobre qué?

—Prefiero no hablar del tema por teléfono.

—Entiendo. —Se queda callado unos segundos—. Está bien. Creo que puedo reunirme con usted esta tarde para tomar un café rápido. ¿Le viene bien?

Compruebo mi horario en el portátil y respondo:

—Sí. ¿Podríamos vernos en el Snacktime Cafe que hay junto al hospital? ¿Sobre las tres?

—Allí estaré.

AL FINAL, UNA PACIENTE ME MANTIENE OCUPADA Y, cuando entro corriendo en la cafetería, ya son las tres y diez.

—Estaba a punto de irme —dice Ryson poniéndose de pie tras una pequeña mesa en un rincón.

—Siento mucho la tardanza. —Sin resuello, me dejo caer en la silla frente a él—. Le prometo que seré rápida.

Ryson vuelve a sentarse. El camarero se acerca y nos toma nota: un *espresso* para él y un descafeinado para mí. Estando tan nerviosa, hoy lo último que necesito es más cafeína.

—Bueno —comenta cuando el camarero se marcha —, usted dirá.

—Necesito más información sobre el fugitivo —le suelto sin rodeos—. ¿Quién es y por qué iba a por George?

Ryson junta las pobladas cejas y responde:

—Sabe que eso es información confidencial.

—Lo sé, pero también sé que ese hombre me torturó, me drogó y asesinó a mi marido —contesto sin perder la calma—. Y también que usted sabía que él venía a por nosotros y no se preocupó de avisarme. Eso es lo que sé; en realidad, lo único que sé. Si supiera más sobre él, por ejemplo, su nombre o sus razones... me sería más fácil entender y superar lo ocurrido. De lo contrario, es como tener una herida abierta o una ampolla sin reventar. Ya sabe, se infecta y no paro de darle vueltas. Tal vez, un día, no sea capaz de evitarlo y la ampolla estalle por sí sola. ¿Entiende mi dilema?

Ryson aprieta la mandíbula y contesta:

—No nos amenaces, Sara. No te gustarán las consecuencias.

—No le he dado permiso para tutearme, agente Ryson. —Me enfrento a su mirada gélida—. Además, de todas formas, no estoy conforme con la situación actual. A los compañeros de George en el periódico tampoco les gustaría, sobre todo si escuchasen los rumores. Por eso me habló del fugitivo, ¿no? ¿Para que mantuviese la boca cerrada y apoyase la estupidez esa de que «falleció tranquilamente mientras dormía»? Usted sabía que los compañeros de George habrían investigado y desmontado toda la historia del supuesto golpe de la mafia y no podía permitírselo. Y sigue sin poder, ¿verdad?

Me fulmina con la mirada y noto cómo se debate por dentro. ¿Divulgar información confidencial y quizá meterse en problemas o no hacerlo y meterse sí o sí en problemas? Debe ganar el instinto de supervivencia porque dice con tono sombrío:

—De acuerdo. ¿Qué quiere saber?

—Empecemos por su nombre y nacionalidad.

Ryson echa un vistazo alrededor, se inclina hacia adelante y responde:

—Tiene muchos alias, pero creemos que su verdadero nombre es Peter Sokolov. —Mantiene la voz baja aunque no hay nadie sentado en las mesas de al lado—. Según nuestros registros, nació en un pueblo pequeño cerca de Moscú, en Rusia.

Eso explica lo del acento.

—¿Cuál es su historia? ¿Por qué es un fugitivo?

Ryson se reclina en el asiento y contesta:

—No tengo respuesta para la última pregunta. No tengo el nivel de autorización suficiente para saberlo. —Se calla cuando el camarero trae nuestras bebidas. Al alejarse, añade—: Lo único que puedo contarle es que antes de convertirse en fugitivo pertenecía a la Spetsnaz, una unidad dentro de las fuerzas especiales rusas. Su trabajo era rastrear e interrogar a cualquiera que fuera considerado una amenaza para la seguridad de Rusia: terroristas, insurgentes de las antiguas Repúblicas Soviéticas, espías, etc. Según se dice, era muy bueno en su trabajo. Entonces, hace unos cinco años, cambió de bando y empezó a trabajar para lo peor del submundo criminal: dictadores condenados por crímenes de guerra, cárteles mexicanos, traficantes de armas ilegales... Así fue cómo consiguió hacerse con una lista de nombres de personas que cree que le han hecho daño de algún modo. Los ha ido liquidando de forma sistemática desde entonces.

Me tiembla la mano cuando alcanzo la taza de café.

—¿Y George estaba en esa lista?

Ryson asiente y se bebe el *espresso* de un solo trago. Deja la taza en la mesa y responde:

—Lo siento, doctora Cobakis. No puedo contarle nada más porque no lo sé. No tengo ni idea de lo que hicieron su marido o cualquiera de los demás para acabar en la lista. Entiendo que quiera obtener más respuestas. Puede creerme si le digo que nosotros también, pero la mayor parte del expediente de Sokolov está censurada. —Deja de hablar mientras el camarero pasa junto a la mesa y, después, añade—: Tiene que olvidarse de él, doctora Cobakis. Es lo más seguro para usted y para nosotros. Créame, no le conviene llamar su atención de nuevo.

Asiento con un nudo en el estómago. No sé por qué pensé que conocer más detalles acerca del hombre que invade mis sueños sería mejor que permanecer en la ignorancia. Más bien al contrario, ahora estoy más angustiada. Tengo las manos y los pies helados por la ansiedad.

—¿Está seguro de que se ha marchado? —le pregunto al agente cuando se levanta—. ¿De que se encuentra lejos de aquí?

—Nadie puede estar seguro de nada cuando se trata de ese psicópata, pero, si le sirve de consuelo, hace poco más de seis semanas, asesinó a otra persona de su lista en Sudáfrica —dice Ryson de manera sombría—.

Y, antes de eso, eliminó a dos más en Canadá a pesar de nuestros esfuerzos por protegerlos. Así que sí. Por lo que sabemos, se encuentra lejos de territorio estadounidense.

Lo miro fijamente, muda de terror. Tres víctimas más en los últimos seis meses. Tres vidas más que se han perdido mientras yo lucho contra las pesadillas y la paranoia.

—Buena suerte, doctora Cobakis —se despide Ryson sin sonar malintencionado antes de dejar un par de billetes en la mesa—. Es verdad que el tiempo lo cura todo. Un día dejará esto atrás. Estoy seguro.

—Gracias —respondo con voz ahogada, pero él ya se está alejando y su silueta robusta desaparece tras las puertas de cristal de la cafetería.

ESA NOCHE SUEÑO CON EL ATAQUE DE PETER SOKOLOV otra vez, pero la pesadilla se convierte en lo que más temo. No está sujetándome bajo el grifo. En vez de eso, me tiene en una cama, atrapada bajo su cuerpo con las manos firmes aprisionándome las muñecas. Lo siento moverse en mi interior con la polla larga y gruesa invadiéndome el cuerpo, el calor latiendo bajo mi piel, mis pezones erectos y doloridos al rozarle el pecho musculoso.

—Por favor —le suplico, envolviendo las piernas alrededor de sus caderas mientras clava esos ojos metalizados en los míos—. Más fuerte, por favor. Te necesito.

Estoy húmeda por el deseo, caliente y oscuro, que me quema por dentro y él lo sabe. Lo nota. Lo veo en la frialdad de su mirada plateada, en la mueca cruel de esa boca sensual. Sus manos me aprietan las muñecas y me cortan la piel como si fueran bridas; su polla se convierte en una hoja afilada que me rasga desde dentro y me hace sangrar.

—Más duro —ruego mientras levanto las caderas para acomodar sus estocadas, afiladas como puñales—. No pares. Fóllame más fuerte.

Hace justo lo que le digo; cada envite me desgarra desde dentro hacia fuera haciéndome gritar de dolor y placer perverso, de alivio y dulce agonía.

Grito mientras muero entre sus brazos. Y es la mejor muerte que puedo imaginar.

ME DESPIERTO CON EL SEXO HÚMEDO Y PALPITANTE Y EL estómago revuelto por las náuseas.

De todas las malas pasadas que me juega la mente, los sueños pervertidos son lo peor. Comprendo los ataques de pánico y la paranoia porque son una consecuencia lógica de lo que he vivido, pero la inclinación sexual de mis pesadillas no es nada natural. Pienso en ello y me muero de la vergüenza.

Me levanto, me pongo una bata sobre el pijama y bajo

a la cocina. Tengo la respiración y el corazón acelerados, pero esta vez no se debe al miedo. Estoy ruborizada y excitada. Me duele el cuerpo por el deseo frustrado.

Casi me corro durante el sueño. Unos segundos más y habría llegado al orgasmo, como me ha ocurrido las otras dos veces que he soñado con él.

Siento la repugnancia hacia mí misma como un peso en el estómago mientras me preparo un té descafeinado. ¿Qué clase de pervertida tiene fantasías sexuales con el asesino de su marido? ¿Cómo de jodida se tiene que estar para disfrutar muriendo en los brazos de dicho asesino?

He pensado en hablar de esto con el doctor Evans, pero cuando trato de sacar el tema en nuestras sesiones, me quedo sin palabras. Hablar de esos sueños les daría poder, pasarían de ser un producto difuso de mi subconsciente a algo en lo que pienso y de lo que hablo cuando estoy despierta. Y eso es algo que no puedo soportar.

De cualquier modo, sé lo que me diría el terapeuta. Diría que soy una mujer joven y sana que no ha tenido relaciones sexuales en mucho tiempo y que es normal sentir este tipo de necesidades. Que son la culpa y el autodesprecio los que convierten mis fantasías sexuales en algo oscuro y retorcido y que eso no significa que me sienta atraída de verdad por el hombre que me torturó y que mató a George.

El doctor Evans trataría de aliviar mi culpa y vergüenza, cosa que no merezco.

Cuando el té está listo, lo llevo a la mesa de la

cocina y me siento. Estoy a punto de dar el primer sorbo cuando empiezo a sentir que me observan de nuevo. Siendo razonable, sé que estoy sola, pero se me acelera el pulso y me empiezan a sudar las palmas de las manos.

El espray de pimienta está en la planta de arriba, así que me levanto y, lo más tranquila posible, me acerco al soporte de los cuchillos en la encimera. Escojo el más grande y afilado y me lo llevo a la mesa. Soy consciente de que no me serviría de nada contra alguien como Peter Sokolov, pero es mejor que nada. Después de respirar hondo un par de veces, me tranquilizo lo suficiente para beberme el té. Sin embargo, la sensación inquietante de tener unos ojos fijos en mí continúa.

«Aunque no consiga vender la casa pronto, me mudaré igualmente», decido mientras vuelvo a la cama.

Puedo permitirme otra vivienda y, a estas alturas, hasta un estudio cochambroso sería mejor que esto.

11

ara

—¿QUÉ TAL FUE LA JORNADA DE PUERTAS ABIERTAS DE ayer? —grita Marsha por encima de la música mientras esperamos a que nos sirvan la cuarta ronda de bebidas en la barra.

—El agente inmobiliario dice que fue bien —le respondo alzando la voz e intentando no arrastrar las palabras. Hace mucho que no salgo y el alcohol me está afectando bastante—. Ahora falta esperar a ver si hacen alguna oferta.

—No me puedo creer que seas propietaria de una casa y que la hayas puesto en venta —comenta Tonya mientras empieza a sonar la siguiente canción y el volumen de la música pasa de ensordecedor a simplemente alto—. Me encantaría poder comprar una casa algún día, pero tendría que estar toda la vida ahorrando para conseguir lo suficiente.

—Sí, claro. Sobre todo si te gastas la mitad del sueldo en ropa y zapatos —dice Andy sonriendo, con los rizos de color rojo moviéndose mientras contonea las caderas voluptuosas al ritmo de la música—. Además, Sara es doctora. Gana mucha pasta, aunque no se comporte como el resto de los médicos estirados.

Tonya suelta una risita nerviosa que hace que sus pendientes largos se zarandeen.

—Es verdad. Claro. Pareces tan joven, Sara, que siempre olvido que eres toda una doctora en medicina.

—Es joven —agrega Marsha enfatizando la primera palabra antes de que yo pueda responder—. Es nuestra niña prodigio de la medicina.

—Cierra la boca. —Le doy un codazo a Marsha con las mejillas coloradas por el bochorno mientras observo cómo el camarero tatuado me sonríe. Está preparando nuestros chupitos con movimientos expertos sin apartar los ojos castaños de mí. Es evidente que le gusto.

—Aquí tienen, señoritas —dice al entregarnos las bebidas. Andy me guiña el ojo cuando me pasa una.

—De un trago —nos anima antes de que todas vaciemos los vasos. Después, volvemos a la pista de baile, donde la canción siguiente empieza a retumbar en los altavoces.

No tenía planeado salir este viernes después de la

semana de mierda que he tenido, pero a última hora pensé que salir y emborracharme era mejor que acostarme temprano y arriesgarme a pasar otra noche de retorcidas fantasías sexuales. Por suerte, guardo un par de bonitos zapatos planos de color plateado en la taquilla del hospital y Tonya me ha prestado un vestido corto negro que, para mi sorpresa, me queda muy bien.

—H&M, nena —soltó ella con orgullo cuando le pregunté dónde lo había comprado. Me apunté mentalmente que debía pasarme por la conocida tienda y hacerme con algo parecido, por si me daba por repetir esta locura.

Hemos empezado con un par de copas en Patty's. Después, vinimos en coche a la discoteca de la que Tonya nos había hablado. Fiel a su palabra, el relaciones públicas consiguió colarnos dentro sin tener que esperar. Ya llevamos dos horas bailando sin parar. Estoy sudando, me duelen los pies y, con seguridad, mañana tendré una resaca de campeonato, pero esto es lo más divertido que he hecho en...años, creo.

Puede que en más de cinco años.

En la discoteca hay desde chavales de universidad hasta cuarentones sexis como Marsha, pero la mayoría parece tener veintimuchos, como yo. El DJ es espectacular, mezclando los últimos éxitos con clásicos del hip-hop. Canturreo las canciones mientras bailamos y, cuando suena alguna de mis favoritas, canto a viva voz sin complejos. Siempre me ha encantado la música y bailar. Hice ballet durante primaria y secundaria y fui a clases de salsa en la universidad. Con alcohol en las venas, me siento por una vez sexi y despreocupada, igual que cualquier mujer joven del local. Esta noche, no soy la estudiante formal ni la doctora que trabaja demasiado ni la hija obediente ni la esposa perfecta. Ni siquiera soy la viuda con episodios paranoides y sueños jodidos.

Esta noche, simplemente soy yo.

Bailamos las cuatro solas durante un rato. Luego, un par de chicos se acercan y se ponen a bailar con Tonya y Marsha. Andy me arrastra hacia el baño y, cuando volvemos, ellas ya están coqueteando a tope con los chicos.

—¿Te apetece otra copa? —grita Andy por encima de la música. Asiento y la sigo hasta la barra. La habitación da vueltas a mí alrededor, así que solo pediré agua.

La discoteca se ha llenado aún más en la última hora. La pista de baile se extiende hasta la barra y la zona de los reservados. Cuando un grupo de mujeres se me coloca delante entre risas, pierdo de vista a Andy. No es algo que me preocupe, ya que puedo alcanzarla en la barra, así que rodeo al grupo para evitar las zonas más abarrotadas.

Estoy a escasos metros de mi destino cuando una mano fuerte me agarra del brazo y una voz profunda y masculina murmura junto a mi oreja:

—Baila conmigo, Sara.

Me quedo paralizada. Se me hiela la sangre en las venas.

Conozco esa voz, ese sutil acento ruso.

Con lentitud, giro la cabeza y me encuentro con esos ojos metalizados que me acechan en sueños.

Peter Sokolov está frente a mí, con una ligera sonrisa dibujada en la boca esculpida.

12

eter

Con la cara blanca como el papel, Sara se tambalea y yo la sujeto por el otro brazo para estabilizarla. Sabe a la perfección quién soy. Me ha reconocido.

—No grites —le advierto—. No vengo a hacerte daño.

Tiene los ojos color avellana desorbitados y me doy cuenta de que no está procesando lo que le digo. Todo lo que ve es una amenaza de muerte y está reaccionando en consecuencia. En unos segundos, va a desmayarse o ponerse histérica y ninguna de las dos opciones es buena.

—Sara —digo con voz firme—. No quiero hacerle

daño a nadie, pero lo haré si hace falta. ¿Lo entiendes? Si haces algo para llamar la atención, morirá gente.

El terror instintivo en su mirada disminuye ligeramente, reemplazado por un miedo más racional, pero no menos intenso. Comienza a entenderme.

Que no me esté marcando un farol ayuda.

—¿Qué quieres? —Incluso pintados con una capa de brillo, noto que tiene los labios temblorosos y pálidos —. ¿Por qué estás aquí?

—Quería verte —le respondo, tirando de ella mientras me muevo entre la multitud, alejándome de las cámaras colocadas alrededor de la barra. Siento lo tensos que tiene los brazos, la piel helada al roce, pero, como esperaba, no grita.

Por lo que sé de ella, la doctora preferiría morir antes que poner en peligro a un montón de extraños.

—Baila conmigo —le repito cuando la tengo justo dónde quiero, cerca de una pared en una zona apenas iluminada de la pista de baile, donde las otras personas nos sirven como barrera humana. Para que le sea más fácil aceptar mi petición, le suelto los brazos y la sujeto por la cintura, teniendo cuidado de agarrarla con suavidad.

Tiene el cuerpo tan rígido como un bloque de hielo mientras la mantengo cerca; sin embargo, para cualquier observador, parecemos una pareja más balanceándose al ritmo de la música. La ilusión se intensifica cuando Sara alza las manos y las coloca sobre mi pecho. Trata de empujarme, pero está tan conmocionada que apenas invierte energía en ello. Tampoco lo lograría aunque utilizara todas sus fuerzas.

Puedo someter a la mayoría de los hombres con un mínimo esfuerzo, no digamos a una mujer tan pequeña como ella.

—No tengas miedo —murmuro sosteniéndole la mirada. Incluso en una pista de baile abarrotada, puedo apreciar su aroma sutil y floral. Mi cuerpo reacciona a su cercanía, se me endurece la polla al notar su cintura esbelta entre las manos. Quiero acercarla aún más, sentir ese cuerpo contra el mío, pero me obligo a mantener una distancia mínima. Mi necesidad de ella es tan intensa que podría aterrorizarla y eso es lo último que quiero. Con esa mirada, Sara parece un animalillo en una trapa, lleno de miedo y desesperación. Tengo ganas de alzarla y abrazarla contra el pecho, pero eso solo conseguiría asustarla más. A estas alturas, cualquier cosa que haga la va a aterrorizar. Podría invitarla a un karaoke y le daría un ataque de pánico.

—¿Qué quieres de mí? —Tiene la respiración agitada y superficial mientras me mira fijamente—. No sé nada…

—Lo sé —la interrumpo con delicadeza—. No te preocupes, Sara. Eso se acabó.

La confusión sustituye parte del miedo en sus ojos.

—Entonces, ¿por qué…?

—¿Por qué he venido?

Asiente con desconfianza.

—No estoy del todo seguro —le digo, siendo con total sinceridad.

Durante los últimos cinco años y medio, la venganza ha marcado mi vida. Todo lo que he hecho ha sido con ese fin, pero ahora que he tachado casi todos los nombres de la lista, el futuro que me espera se me presenta aburrido y vacío, un camino cubierto por una niebla desoladora. En cuanto elimine al último responsable de la muerte de mi familia, no tendré ningún propósito en la vida. La razón de mi existencia habrá desaparecido del todo.

O eso creía hasta que la encontré y vi el dolor en esos ojos de cervatillo. Ahora ella consume mis noches y llena mis días. Cuando pienso en Sara, no veo el cuerpo desgarrado de mi hijo ni la cara ensangrentada de Tamila.

Solo la veo a ella.

—¿Vas a matarme?

Está intentando hablar con voz firme, sin conseguirlo. Aun así, admiro su intento de mantener la compostura. La he abordado en público para que se sienta más segura, pero no es tonta. Si le han contado algo sobre mi pasado, debe saber que podría romperle el cuello antes de que tenga tiempo de gritar pidiendo ayuda.

—No —respondo y me acerco cuando ponen la siguiente canción aún más alta—. No voy a matarte.

—¿Qué quieres de mí, entonces?

Está temblando entre mis brazos y algo en ese gesto me intriga y me inquieta a la vez. No quiero que me tenga miedo, pero, al mismo tiempo, me gusta tenerla a mi merced. Su miedo despierta al depredador que hay en mi interior, convirtiendo mi deseo por ella en algo mucho más oscuro.

Ella es la presa, suave, dulce y mía, hecha para que la devore.

Agachando la cabeza, hundo la nariz en su pelo fragante y le susurro al oído:

—Reúnete conmigo mañana a mediodía en el Starbucks que hay cerca de tu casa y hablaremos. Te diré todo lo que quieras saber.

Me aparto y ella se queda mirándome con esos ojos enormes en su rostro en forma de corazón. Sé lo que está pensando, así que me inclino de nuevo, agachando la cabeza, para que la boca me quede junto a su oreja.

—Si hablas con el FBI, intentarán esconderte de mí, igual que intentaron esconder a tu marido o a las demás personas de la lista. Te arrebatarán tu vida, te alejarán de tus padres y de tu trabajo, y todo será en vano. Te encontraré, no importa dónde vayas, Sara… no importa lo que hagan para mantenerte lejos de mí. —Le rozo el lóbulo de la oreja con los labios y escucho cómo se le corta la respiración—. También podrían usarte como cebo. Si ese es el caso… si me tienden una trampa, me enteraré y nuestro próximo encuentro no será para tomar café.

Se estremece y yo respiro hondo, inhalando por última vez el aroma sutil que desprende, antes de soltarla.

Me alejo mezclándome entre la gente y le envío un mensaje a Anton para que sitúe al equipo en posición.

Tengo que asegurarme de que llega a casa sana y salva. Yo soy el único que puede acosarla.

13

ara

No sé cómo consigo llegar a casa, pero, de alguna manera, me veo en la ducha, desnuda y temblando bajo el chorro de agua caliente. Solo tengo un vago recuerdo de haberle puesto alguna excusa a Andy y haber salido tambaleándome de la discoteca para coger un taxi. El resto del trayecto es una mezcla de entumecimiento provocado por la impresión y de confusión, por el alcohol.

Peter Sokolov me ha hablado. Me ha tocado.

El asesino de mi marido, el hombre que me torturó y me destrozó la vida, ha bailado conmigo.

Me ceden las rodillas y me hundo hasta el suelo, jadeando. Una sensación de mareo hace que las paredes de la ducha giren a mi alrededor y todo lo que he bebido amenaza con salir.

Peter Sokolov estaba conmigo en la discoteca. No era mi mente jugándome malas pasadas, estaba allí de verdad.

Trago saliva de manera convulsiva cuando las náuseas empeoran. El agua me cae encima, el chorro está tan caliente que me resulta casi doloroso, pero no puedo dejar de temblar.

El monstruo de mis pesadillas es real.

Viene a por mí.

El mareo se intensifica y me tumbo, acurrucándome en posición fetal sobre el suelo de baldosas. El pelo me cubre toda la cara, mojado y espeso, y se me forma un nudo en la garganta cuando los recuerdos de esa noche vuelven a mí. Durante los primeros días después del ataque, evité lavarme el pelo porque no podía soportar la sensación del agua cayéndome sobre la cabeza, pero, al final, la necesidad de estar limpia ganó a la fobia.

«Inspira. Espira. Despacio y sin parar».

Poco a poco, la sensación sofocante desaparece y deja solo la tristeza. Estoy borracha y siento náuseas. Tengo que hacer acopio de todas mis fuerzas para conseguir ponerme en pie y cerrar la ducha.

¿Por qué está aquí? ¿Qué le ha hecho volver? ¿Qué quiere de mí?

Las preguntas atraviesan mi mente a toda velocidad mientras me seco, pero no estoy más cerca de esas respuestas de lo que lo estaba en la discoteca. Me siento abrumada y todos mis pensamientos son vagos y lentos.

Me envuelvo el pelo mojado con la toalla, entro al dormitorio tambaleándome y caigo sobre la cama de matrimonio. El techo se mece de un lado a otro, como si estuviese en un barco, y sé que mañana tendré una resaca brutal. No he estado tan borracha desde la universidad y mi cuerpo no sabe cómo manejarlo.

Tomo bocanadas de aire pequeñas y superficiales mientras me acurruco de lado y me aprieto la manta contra el pecho. El alcohol me arrastra, pero, por una vez, lucho contra la tentación de dormir. Tengo que pensar, entender lo que ha pasado y averiguar qué hacer.

«El asesino que casi me ahogó torturándome quiere que quedemos mañana para tomar un café».

Sería gracioso si no fuera tan aterrador. No entiendo qué busca. ¿Por qué se me ha acercado en la discoteca? ¿Por qué me ha pedido que nos volvamos a ver en público? Está en la lista de personas buscadas de casi todos los organismos de seguridad que existen. Seguro que lo sabe. ¿Por qué asume ese tipo de riesgo?

A no ser que... a no ser que sienta que no es un riesgo.

A lo mejor es tan arrogante que cree que siempre podrá escapar de la justicia.

La ira se desata dentro de mí, despejando, en parte, la confusión de mi mente. Me incorporo, luchando contra una oleada de mareo, y alcanzo el teléfono fijo que hay en la mesilla. Es un dinosaurio, rudimentario e innecesario en la era de los teléfonos móviles, pero George insistió en que tuviésemos una línea fija en casa.

—Nunca se sabe —dijo como respuesta a mis objeciones—. Los teléfonos móviles no siempre son fiables. ¿Qué harás si se va la electricidad durante una tormenta en invierno?

Los ojos me escuecen al evocarlo y descuelgo el teléfono con una mano temblorosa. Tengo facilidad para recordar los números, así que marco de memoria el del agente Ryson, pulsando una tecla tras otro.

Casi he terminado de marcarlo cuando un pensamiento repentino me deja paralizada.

¿Podría Peter haberme pinchado el teléfono? ¿Era eso lo que quería decir con que lo sabrá si le tienden una trampa?

Mi mente da un giro hacia otra posibilidad.

«¿Podría estar observándome ahora mismo?».

La respiración se me acelera y siento un cosquilleo de adrenalina en la piel. Antes de la discoteca, habría considerado la idea como una manifestación de mi paranoia, pero no lo es si es real.

No estoy loca si está pasando de verdad.

Peter tiene recursos, o eso dijo Ryson. ¿Podría tener acceso a programas espías de alta tecnología?

«¿Hay cámaras y dispositivos de escucha dentro de mi casa?».

Con el corazón martilleándome, vuelvo a colocar el teléfono en la horquilla y agarro la manta, tirando de ella para cubrirme los pechos desnudos. Casi nunca me molesto en ponerme una bata en el dormitorio. Incluso en invierno duermo desnuda, tapada solo con la manta. Nunca me he sentido cohibida con mi cuerpo —a George le encantaba que anduviese por aquí desnuda—, pero pensar que su asesino me haya podido ver así hace que me sienta vulnerada y dolorosamente expuesta.

También me hace recordar mis retorcidos sueños.

«No. No, no, no». Jadeando, me envuelvo en la manta y voy tambaleándome hasta el armario para coger una camiseta y unas bragas. No puedo rememorar en esos sueños. Me niego. Estoy borracha, esa es la única razón por la que mi mente ha ido en esa dirección al pensar en ese monstruo.

Pero no tiene apariencia de monstruo. Incluso con la cicatriz que le atraviesa la ceja, es un hombre increíblemente guapo, el tipo de hombre que vuelve locas a las mujeres. Si me lo hubiera encontrado en la discoteca sin saber quién era, habría bailado con él.

Habría deseado que me rodearan esos brazos fuertes, que su cuerpo duro se apretara contra el mío.

Me tiemblan las manos al subirme las braguitas y noto una mancha de humedad en la tela de algodón que me roza el sexo.

«No. Esto no está pasando. No estoy cachonda».

Me pongo la primera camiseta que encuentro, vuelvo a la cama vacilando, me desplomo sobre ella y me envuelvo con la manta. La habitación da vueltas a mi alrededor, y el estómago se me agita con ella. Respiro con dificultad por las náuseas y me doy cuenta de que los párpados me pesan cada vez más mientras mis pensamientos van a la deriva.

Aprieto los dientes y me fuerzo a abrir los ojos. No puedo perder el conocimiento hasta que decida lo que haré mañana.

Con la mirada fija en el techo giratorio, barajo mentalmente mis opciones.

Lo más cuerdo sería hablarle de esto a Ryson y esperar que ellos puedan protegerme. Claro que, si mis sospechas son ciertas y Peter Sokolov está, de verdad, observándome, sabrá que he contactado con el FBI y puede que no sobreviva el tiempo suficiente para que los agentes den conmigo.

Por supuesto, si decide matarme, no sobreviviría ni siquiera bajo la protección del FBI. Las personas de su lista, desde luego, no lo hicieron y ha dicho que vendría a por mí.

Ha prometido encontrarme allá donde vaya.

Aun así, seguro que vale la pena arriesgarse, porque la alternativa es seguirle la corriente a Peter con cualquiera que sea su juego cruel. No sé qué quiere de mí, pero, sea lo que sea, no puede ser bueno. Quizás odiara a George hasta el punto de querer atormentar a su viuda o, a lo mejor, a pesar de lo que ha dicho, cree que yo sé algo, como la hermana de ese pobre hombre al que mató.

En este preciso instante, es posible que esté ideando alguna tortura nueva y exótica para mí, algo horrible de verdad que de alguna manera tenga que ver con el café.

Los párpados se me vuelven a cerrar y me froto la cara con las manos, intentando mantener los ojos abiertos. Sé que no estoy pensando con claridad, pero no puedo irme a dormir sin tomar una decisión.

¿Llamo al FBI o no? Y, si no, ¿voy en serio a ese Starbucks?

Un estremecimiento violento me recorre por dentro cuando intento imaginarme quedando con el asesino de mi marido para tomar un café. No creo que pueda hacerlo. La mera idea hace que se me revuelvan las tripas. Pero ¿qué hago, entonces? ¿Esconderme en la cama todo el día y, después, ir a casa de mis padres para cenar con los Levinson, como prometí? ¿Hacer como si el monstruo que destrozó mi vida no viniese a por mí?

Pensar en mis padres hace que me decida. Si estuviera yo sola, me arriesgaría con la dudosa protección del FBI, pero no puedo poner a mis padres en peligro de esa manera. No puedo obligarlos a que dejen su casa y a todos sus conocidos con la improbable posibilidad de que Ryson y los suyos puedan protegernos mejor de lo que han protegido a los otros. Y dejar a mis padres atrás es imposible. Incluso si su edad no supusiera un problema, no me puedo arriesgar a que Peter los interrogue como me interrogó a mí acerca de George.

Solo puedo hacer una cosa.

Tengo que reunirme con mi torturador mañana y esperar que lo que sea que me haga no se extienda al resto de mi familia.

Cuando por fin cierro los ojos y me duermo, sueño

con él de nuevo. Pero esta vez no está torturándome ni folländome.

Está sentado en la cama observándome, con una mirada cálida y extrañamente posesiva clavada en mi cara.

14

ara

CUANDO APARCO EN EL STARBUCKS A MEDIODÍA, EL dolor punzante que siento en la cabeza se ha aplacado y se ha convertido en un zumbido apagado y ya no tengo continuamente el estómago revuelto. Sin embargo, tengo las palmas de las manos húmedas por la ansiedad y me tiemblan tanto que casi se me caen las llaves al salir del coche.

Cruzo el aparcamiento y siento como si me dirigiera hacia mi propia ejecución. Cada latido acelerado del corazón hace que el miedo palpite en mi interior. Me podría matar en este preciso momento, eliminarme con el fusil de un francotirador. Quizá por eso me haya hecho venir, para asesinarme en un lugar público y dejar aquí mi cuerpo para aterrorizar a todo el mundo.

Pero no me alcanza ninguna bala y, cuando entro en la cafetería, lo veo enseguida. Está sentado en una de las mesas vacías que hay en el rincón, sujetando un vaso de papel con la enorme mano.

Nuestras miradas coinciden y todo dentro de mí se sacude, como si hubiera recibido una descarga con un desfibrilador. Es la primera vez que lo veo a la luz del día, sin alcohol ni drogas en el sistema.

Por vez primera asimilo por completo lo peligroso que es.

Está reclinado en la silla, con las piernas largas estiradas y cubiertas por la tela vaquera y los tobillos cruzados bajo la pequeña mesa redonda. Es una postura relajada, pero no hay relajación en las oleadas de poder oscuro que emanan de él. No es solo peligroso; es letal. Lo veo en el hielo metálico de su mirada y en la posición tensa de ese cuerpo enorme, en la rigidez arrogante de la mandíbula y la curva cruel de los labios.

Es un hombre que vive y respira violencia, un depredador supremo para quien las normas de la sociedad no existen.

Un monstruo que ha torturado y matado a un número incontable de personas.

El torbellino de ira y odio que me recorre al pensarlo se abre camino a través del miedo y doy un paso adelante, después, otro y otro, hasta que estoy caminando hacia él con zancadas casi firmes. Si deseara matarme, podría haberlo hecho ya de mil maneras diferentes, así que sea lo que sea lo que quiere hoy tiene que ser otra cosa.

Algo aún más perverso.

—Hola, Sara —dice, poniéndose de pie, mientras me aproximo—. Me alegro de volver a verte.

Su voz profunda me envuelve y el suave acento ruso me acaricia los oídos. Debería sonar fea, es la voz de mis pesadillas, pero, como el resto de su ser, resulta atractiva de una manera engañosa.

—¿Qué quieres? —Utilizo un tono grosero, pero me da igual. Hace tiempo que dejamos atrás la educación y las buenas formas. No sirve de nada comportarse como si esto fuera una reunión normal.

El único motivo por el que estoy aquí es porque no haber venido podría poner en peligro a mis padres.

—Siéntate, por favor —Hace un gesto hacia la silla que tiene enfrente y se sienta— . Me he tomado la libertad de pedirte un café. Solo, sin azúcar... y descafeinado, ya que hoy no trabajas.

Miro el segundo vaso, preparado exactamente como lo habría pedido yo, y, después, nuestras miradas vuelven a encontrarse. Noto el corazón palpitándome en la garganta, pero mi voz suena tranquila cuando digo:

—Me has estado vigilando.

—Sí, claro. Pero ya te diste cuenta anoche, ¿no?

Me encojo de miedo. No puedo evitarlo. Si me vio intentando hacer esa llamada, también me vio tambalearme borracha hasta el baño y salir desnuda.

Si lleva tiempo vigilándome, me habrá visto en todo tipo de situaciones íntimas.

—Siéntate, Sara. —Vuelve a hacer el gesto hacia la silla y esta vez le hago caso, aunque solo sea para poder calmarme. La rabia y el miedo se me enmarañan como cables electrificados en el pecho y siento como si estuviera a un suspiro de explotar.

Nunca he sido una persona violenta, pero, si llevara una pistola encima, le dispararía. Le volaría los sesos contra la moderna pared del Starbucks.

—Me odias —dice con calma, en forma de afirmación más que de pregunta, y me quedo mirándolo, pillada por sorpresa. ¿Sabe leer la mente o soy tan transparente? —. No pasa nada —dice y detecto un destello de diversión en sus ojos—. Puedes admitirlo. Prometo no hacerte daño hoy.

¿Hoy? ¿Y qué hay de mañana y pasado mañana? Cierro los puños bajo la mesa, y las uñas se me clavan en la piel.

—Claro que te odio —contesto con toda la tranquilidad posible—, ¿te sorprende?

—No, por supuesto que no. —Sonríe y se me tensan los pulmones, impidiéndome respirar. No es una sonrisa perfecta, tiene los dientes blancos, pero uno está ligeramente torcido en la parte de abajo y su labio inferior tiene una diminuta cicatriz que no había visto hasta ahora, pero que resulta igualmente atractiva.

Es una sonrisa creada por la naturaleza con el único propósito de atraer a mujeres incautas y hacerles olvidar el monstruo que hay detrás.

Las uñas se me clavan con más profundidad en las palmas de las manos y el pinchazo de dolor me ayuda a concentrarme cuando afirma:

—Tienes todo el derecho a odiarme por lo que hice.

Me quedo mirándolo boquiabierta.

—¿Estás tratando de disculparte? ¿De verdad te piensas que...?

—No me has entendido. —La sonrisa desaparece y un destello de furia aparece en sus ojos plateados—. Tu marido se lo merecía. Si no hubiera sido por su muerte cerebral, le habría hecho sufrir mucho más.

Retrocedo de manera instintiva, empujando la silla hacia atrás, pero, antes de que pueda levantarme, me atrapa la muñeca con la mano, aprisionándola contra la mesa.

—No he dicho que te puedas ir, Sara. —Su tono es gélido y perverso—. No hemos acabado.

Sus dedos son como un grillete de hierro fundido alrededor de la muñeca, su agarre ardiente e irrompible. Me quedo sentada y miro por instinto a mi alrededor. Los clientes más cercanos están como mínimo a cuatro metros de distancia y nadie nos está prestando atención. El pánico me golpea el pecho, pero me recuerdo a mí misma que la falta de atención es algo bueno. No he olvidado cómo amenazó a los otros en la discoteca.

Dejando a un lado el miedo, me centro en ralentizar mi respiración.

—¿Qué quieres de mí?

—Aún estoy intentando decidirlo —responde,

relajando la expresión. Me suelta la muñeca, coge el vaso de café y bebe un sorbo—. Verás, Sara, yo a ti no te odio.

Parpadeo, me ha vuelto a pillar desprevenida.

—Ah, ¿no?

—No. —Suelta el vaso y me observa con esos ojos de un gris glacial—. Seguro que parece que sí, teniendo en cuenta lo que te he hecho, pero no te deseo ningún mal. Justo lo contrario.

Se me para el corazón antes de comenzar a palpitar a un ritmo frenético.

—¿Qué quieres decir?

Las comisuras de los labios se le tuercen hacia arriba.

—¿Qué crees que quiero decir, Sara? Me intrigas. Me fascinas. —Se inclina hacia delante y su mirada me deja inmóvil—. No recuerdas lo que me dijiste cuando estabas drogada, ¿verdad?

Un rubor caliente me sube por el cuello y se me extiende por la cara. No recuerdo todo lo de esa noche, pero sí lo suficiente. Fragmentos de mi confesión estando drogada emergen en mi mente en momentos aleatorios cuando estoy despierta y aparecen en mis sueños por la noche.

En los sueños más retorcidos, en los que intento no pensar.

—Veo que te acuerdas. —Baja el tono de voz, volviéndolo más grave, y tiene los párpados a medio cerrar mientras coloca la mano enorme y cálida sobre mi palma temblorosa—. Me he estado preguntando qué habría pasado si me hubiese quedado aquella noche... si hubiese aceptado tu oferta.

Su tacto me quema por dentro antes de que aparte la mano de un tirón y la cierre en un puño bajo de la mesa.

—No hubo ninguna oferta. —El corazón me palpita en los oídos y mi tono es tenso por la humillación—. Estaba drogada. No sabía lo que decía.

—Lo sé. Los fármacos que reducen la inhibición tienden a tener ese efecto. —Se reclina hacia atrás, liberándome del potente efecto de su proximidad, y mis pulmones absorben una bocanada de aire completa por vez primera desde hace dos minutos—. No sabías quién era yo ni lo que estaba haciendo. Habrías reaccionado de la misma manera con cualquier otro hombre atractivo que te tuviera en esa posición.

—Eso... eso es. —La cara aún me arde, pero la explicación racional me tranquiliza un poco—. Podrías haber sido cualquiera. No iba dirigida a ti.

—Sí. Pero verás, Sara. —Vuelve a inclinarse hacia mí, mirándome con una intensidad perversa—. Mi reacción sí iba dirigida a ti. Yo no estaba drogado y, cuando te insinuaste, te deseé. Aún te deseo.

El terror me hiela la sangre, aunque se me contrae el sexo como respuesta. No puede estar diciendo lo que creo que está diciendo.

—Estás... estás mal de la cabeza. —Me siento como si me hubieran dejado caer desde un avión sin paracaídas—. Yo no... esto es una locura. —Quiero pegar un salto y salir corriendo, pero aguanto, obligándome a superar el pánico. Tengo que dejarle esto claro, parar toda esta locura de una vez por todas —. Me da igual lo que quieras o la reacción que tuvieras. No pienso acostarme contigo después de matar a mi marido y quién sabe a cuántas personas más. Después de que me hayas torturado y...

—Lo sé, Sara. —Con la mano bajo la mesa, me encuentra la rodilla y la apoya en ella—. Ojalá pudiera volver atrás, porque habría encontrado otra manera.

Sorprendida, echo la silla a un lado, apartándome a toda velocidad de su alcance.

—¿No habrías matado a George?

—No te habría torturado a ti —aclara, volviendo a poner la mano sobre la mesa—. Podría haber localizado a ese *sukin syn* de alguna otra forma. Habría tardado más, pero habría valido la pena no hacerte daño.

Mi caída libre desde el avión se reanuda y el aire me zumba en los oídos. Pero ¿de qué planeta es este hombre?

—¿Consideras que torturarme es un problema, pero que matar a mi marido estuvo bien?

—¿El marido que te mintió? ¿Al que decías que no conocías en realidad? —La rabia vuelve a avivársele en los ojos—. Puedes decirte a ti misma lo que quieras, Sara, pero te hice un favor. Le hice un favor a todo el puto mundo al deshacerme de él.

—¿Un favor? —Como respuesta, la ira se dispara en mi interior, arrasando con toda la prudencia que pudiera tener—. Era un buen hombre, y tú un... ¡un psicópata! No sé lo que crees que hizo, pero...

—Masacró a mi mujer y a mi hijo.

Las cuerdas vocales se me paralizan por la impresión.

—¿Qué? —suelto cuando por fin consigo hablar.

Un músculo se contrae en la mandíbula de Peter.

—¿Sabes a qué se dedicaba tu marido, Sara? ¿Lo que de verdad hacía?

Una sensación nauseabunda se expande dentro de mí.

—Era... era corresponsal en el extranjero.

—Esa era su tapadera, sí. —El labio superior del ruso se contrae cuando se incorpora en la silla—. Suponía que no lo sabrías. Los cónyuges rara vez lo saben, incluso aunque se huelan las mentiras.

Mi mundo deja de girar.

—¿Qué quieres decir con tapadera? Sí que era periodista. Escribía reportajes para...

—Sí, los escribía. Y, en el proceso, recopilaba información para la CIA y llevaba a cabo, para ellos, misiones encubiertas.

—¿Qué? No. —Niego frenéticamente con la cabeza —. Te equivocas. Has cometido un error. Fuiste a por el hombre equivocado. Sabía que debías haberte equivocado de hombre. George no era un espía. Eso es imposible. Ni siquiera sabía cambiar una rueda. Él...

—Lo reclutaron en la universidad —responde Peter con firmeza—. La Universidad de Chicago, en la que ambos estudiasteis. Suelen hacer eso, visitar los campus universitarios para reunir a los mejores y a los más brillantes. Buscan unos rasgos concretos: pocos lazos familiares, inclinación patriótica, inteligentes y ambiciosos, pero que no tengan las cosas claras... ¿No te recuerda nada de eso a tu marido?

Me quedo mirándolo y siento una presión creciente en el pecho. La madre de George murió en un accidente de coche cuando él estaba en su último año de instituto y a su padre, un marine, lo mataron en Afganistán cuando George era solo un bebé. Su tío anciano le ayudó a pagar la universidad, pero también murió hace varios años, quedando sólo algunos primos lejanos que asistieron al funeral de George hace seis meses.

«No. No puede ser verdad. Yo lo habría sabido».

—Sólo si él te lo hubiese contado —dice Peter y me doy cuenta de que he dicho ese último pensamiento en alto—. Les enseñan a ocultar su verdadero trabajo a todo el mundo, incluso a sus propias familias. ¿No te pareció sospechoso que Cobakis descubriera su pasión por el periodismo de la noche a la mañana? ¿Que un día fuera experto en biología y al siguiente estuviera de becario en revistas en el extranjero?

—No, yo... —Noto tanta presión en el pecho que casi no puedo respirar—. Así es la universidad. Se supone que tienes que descubrirte a ti mismo, encontrar tu pasión.

—Y él la encontró: trabajar para vuestro gobierno. —No hay ni un ápice de piedad en la mirada plateada del ruso—. Lo entrenaron, le dieron algo en lo que centrarse. Le enseñaron a mentir, a ti y a todo el mundo. Cuando se graduó, le consiguieron un trabajo en el periódico, lo que le sirvió de excusa para acceder a todas las zonas conflictivas del mundo.

Me pongo de pie como un resorte, incapaz de escuchar nada más.

—Te equivocas. No sabes de qué hablas.

Él también se levanta, su enorme complexión se eleva por encima de mí.

—Ah, ¿no? Haz memoria, Sara. Piensa en el hombre con el que te casaste, en la vida que teníais juntos en realidad. No en esa perfecta que mostrabais al mundo, sino en la que llevabais de puertas para adentro. ¿Quién era tu marido? ¿Cuánto le conocías realmente?

Mis entrañas pesan como el plomo cuando doy un paso atrás, negando con la cabeza sin poder parar.

—Te equivocas —repito con voz ahogada y, tras darme media vuelta, salgo de la cafetería a toda velocidad y me dirijo a ciegas hacia mi coche.

Solo cuando estoy parada en un semáforo en rojo cerca de mi casa, me percato de que Peter Sokolov no ha hecho nada para detenerme.

Se ha quedado allí, viendo cómo me iba.

15

eter

Miro a través de los prismáticos mientras Sara entra en casa de sus padres; luego, echo hacia atrás la pantalla del portátil y abro la ventana que muestra la transmisión de la cámara que hay colocada en el recibidor.

Los padres de Sara viven en una casita pequeña y cuidada a la que le vendría bien un par de mejoras, pero que es cálida y acogedora. Incluso yo soy capaz de ver que es un hogar, no solo un sitio donde vivir. Por alguna extraña razón, me recuerda a la casa de Tamila en Daryevo, aunque este hogar americano en la periferia no se parece en nada a la cabaña de un pueblo de montaña.

Sara da un beso a sus padres en el recibidor y,

después, los sigue hasta el comedor. Cambio a la transmisión de la cámara que hay ahí, enfocando a su cara cuando saluda al resto de invitados: una pareja más mayor y un hombre alto y delgado de unos treinta y tantos.

Son los Levinson y su hijo Joe, el abogado con el que los padres de Sara quieren que salga.

Algo desagradable se revuelve dentro de mí cuando Sara le estrecha la mano al abogado con una sonrisa educada. No quiero verla con él, sólo de pensarlo me dan ganas de hundirle el cuchillo entre las costillas. Ayer, cuando el camarero le estaba sonriendo, quería estamparle el puño en el careto sonriente y el ansia de violencia es hoy aún más fuerte.

Puede que todavía no la haya reclamado, pero va a ser mía.

Sara ayuda a sus padres a sacar los aperitivos y se sienta junto al abogado. Subo el volumen del audio y escucho mientras los dos charlan sobre cosas triviales. Para alguien que acaba de descubrir la doble vida de su marido, la doctorcita se muestra extraordinariamente serena, con su máscara sonriente colocada a la perfección. Nadie que la mirara podría saber que antes de venir aquí ha estado escondida en su armario durante horas y ha salido hace menos de cuarenta minutos con los ojos rojos e hinchados.

Nadie sospecharía que está aterrorizada porque la deseo.

Me ha sido casi imposible dejar que se quedara en ese armario llorando a solas. Se ha metido ahí para escapar de mis cámaras y le he dejado ese tiempo para ella. Se habría molestado aún más si hubiera entrado y la hubiera abrazado, si hubiera intentado reconfortarla de la forma que quiero.

Tengo que darle más tiempo para que se haga a la idea de nosotros juntos y para que confíe en que no le haré daño.

La cena dura un par de horas y, después, Sara ayuda a su madre a quitar la mesa y pone una excusa para marcharse. El abogado le pide su número de teléfono y ella se lo da, pero veo que lo hace sobre todo por educación. Tiene las mejillas de un pálido impoluto, no hay ni una pizca del color que le inunda la cara en mi presencia, y su lenguaje corporal muestra indiferencia. Joe Levinson no la excita y eso es algo bueno.

Significa que podrá volver vivo a casa.

Sigo a Sara desde cierta distancia cuando conduce hasta la clínica. Después, espero en mi coche hasta que sale y me entretengo observándola a través de las cámaras que instalé dentro de la clínica. Sé que lo que estoy haciendo es un comportamiento de acosador como poco, pero no puedo parar.

Tengo que saber dónde está y qué está haciendo.

Tengo que asegurarme de que está a salvo.

Podría confiarle la tarea de protección física a Anton y a mis otros hombres, que ya la vigilan cuando yo no puedo, pero quiero estar aquí en persona. Quiero verla con mis propios ojos. Cada día que pasa, mi necesidad se intensifica y, ahora que he tenido una conversación de verdad con ella, mi fascinación se está transformando con rapidez en obsesión.

Tiene que ser mía. Pronto.

Sale de la clínica unas tres horas más tarde y la sigo mientras conduce hasta un hotel. Probablemente piense que allí estará más segura que en su casa con todas las cámaras, pero se equivoca.

Espero hasta que se registra en el hotel y sube a su habitación y, después, salgo del coche y entro.

16

Sara

HOY, EL TURNO EN LA CLÍNICA HA SIDO HA SIDO MÁS duro de lo normal. He atendido a una paciente de catorce años que me ha pedido la pastilla del día después porque su hermano la había violado y también a otra, poco más que una adolescente, que ha venido por un tercer aborto espontáneo. He hecho lo que he podido, pero sé que no es suficiente.

Nada de lo que haga por esas chicas será suficiente.

Estoy tan agotada emocionalmente que consumo toda mi energía en ducharme y lavarme los dientes con el diminuto cepillo que me han dado en la recepción. Venir aquí a pasar la noche ha sido una decisión impulsiva, así que ni siquiera tengo una muda limpia. Tendré que pasarme por casa mañana por la mañana antes de ir a trabajar, pero es mejor que quedarme allí y saber que mi mortífero acosador podría estar observándome en ese mismo momento.

Observándome y deseándome, puede que incluso masturbándose al contemplar mi cuerpo desnudo.

Es enfermizo, pero siento cómo el calor se cuela entre mis piernas ante tal pensamiento.

Salgo de la ducha, me envuelvo una toalla alrededor del pecho y me miro en el espejo. El colirio ha eliminado el enrojecimiento de mis ojos, pero mis párpados siguen hinchados a causa de la llorera de antes y se me ha puesto la cara roja por la ducha caliente. Por si fuera poco, también tengo una cefalea tensional que no me deja pensar, lo que tampoco está tan mal.

Ya he pensado demasiado por hoy.

George siendo un espía. George llevando una doble vida. Parece imposible y, sin embargo, explicaría tantas cosas. La protección de los agentes del FBI que surgió de la nada. Sus largas ausencias cuando supuestamente perseguía una historia, aunque normalmente volvía a casa sin ninguna. Los cambios de humor que empezaron hace seis años, poco después de nuestra boda. ¿Acaso algo salió mal en una de sus misiones encubiertas?

¿Puede que su verdadero trabajo fuera la razón por la que cambió tanto los años previos al accidente?

El dolor de cabeza se vuelve más intenso y me doy cuenta de que lo estoy haciendo otra vez. Estoy pensando en George, obsesionándome con un pasado que no puedo cambiar en lugar de centrarme en un futuro que todavía está bajo mi control. Debería tratar de averiguar qué hacer con el asesino que me está acosando, pero mi mente se niega a pensar en ello.

Ya pensaré en él más tarde, cuando haya dormido lo suficiente y mi cerebro esté algo más despierto.

Abro la puerta del baño mientras me envuelvo otra toalla alrededor del pelo mojado, salgo y doy un brinco con un grito de sorpresa.

Peter Sokolov está sentado en la cama, mirándome fijamente con los ojos entrecerrados.

17

ara

—No grites, Sara. —Se pone de pie con agilidad—. No hay por qué involucrar a los demás huéspedes.

Trato de tomar aire mientras se acerca a mí, sintiendo la adrenalina como agujas perforándome la piel. Su cuerpo enorme se mueve con la soltura de un depredador.

—Me… me has seguido hasta aquí. —Junto las rodillas al alejarme instintivamente y aprieto la fina toalla que me cubre el cuerpo.

—Sí. —Se detiene a un par de pasos de mí con los ojos grises brillándole—. No deberías haber venido. Al menos el sistema de alarma de tu casa me supone un pequeño reto. En este lugar puedo entrar sin más.

—¿Qué haces aquí? —Siento como si el corazón se me fuera a salir del pecho—. ¿Qué quieres?

Tuerce los labios en una mueca de oscura diversión.

—Eres doctora, conoces las consecuencias de esta acción. Supongo que puedes adivinar lo que quiero.

«Dios mío». Siento la piel caliente y helada al mismo tiempo y el pulso se me acelera todavía más.

—Sal de aquí. Yo... gritaré, lo juro.

Ladea la cabeza de manera burlona.

—¿Seguro? ¿Entonces por qué no lo has hecho ya?

Doy otro paso hacia atrás y dirijo la mirada hacia la puerta durante una fracción de segundo. «¿Podría llegar antes de que me atrapara?».

—No lo intentes, Sara. Si huyes, te perseguiré.

Sigo alejándome de él.

—Ya te lo he dicho, no pienso acostarme contigo.

—¿No? Bueno, ya veremos.

Viene hacia mí y yo doy otro paso atrás mientras me da un vuelco el estómago. Sé lo que el abuso sexual les hace a las mujeres. He visto las secuelas, la devastación física y mental que les queda después. No sé si podría sobrevivir a eso con todo lo que ha pasado.

No sé si podría sobrevivir si me lo hace él.

Alcanzo a tocar la puerta con una mano temblorosa. Sin embargo, antes de poder girar el pomo, él la golpea con las palmas de las manos, encerrándome entre los poderosos brazos.

—No puedes escapar de mí, *ptichka* —dice con suavidad, mirándome fijamente—. Ni ahora ni nunca. Deberías empezar a acostumbrarte.

No me está tocando, pero está tan cerca que puedo sentir el calor que emana de ese cuerpo enorme y descubrir más cicatrices pequeñas en el rostro simétrico. Las imperfecciones le añaden un toque peligroso a su magnetismo, lo que intensifica el impacto en mis sentidos. Escucho los latidos de mi corazón como un grito de pánico y, aun así, el cuerpo se me tensa de una forma que no tiene nada que ver con el miedo. Debería estar gritando a pleno pulmón o, al menos, tratando de resistirme, pero no puedo moverme. Lo único que puedo hacer es mirar al apuesto asesino letal que me mantiene cautiva.

—Ven, Sara. —Desliza la mano para agarrarme de la muñeca con una firmeza que me resulta familiar—. No voy a hacerte daño.

Cojo aire de manera temblorosa.

—¿No? —Quizás será delicado. «Por favor, que al menos sea delicado». Ya he experimentado la violencia a manos de él y me aterra aún más que la idea de una violación.

—No. Ven conmigo.

Me separa de la puerta, pero, en lugar de llevarme a la cama, me guía hacia la silla situada frente al tocador.

—Siéntate. —Me presiona los hombros y yo me hundo en la silla, tratando de acompasar mi respiración entrecortada. ¿Qué está haciendo? ¿Por qué no me fuerza sin más? El reflejo de mi cara en el espejo es tan pálido como el de un muerto. Abro mucho los ojos cuando se coloca detrás de mí y saca algo del bolsillo interior de la chaqueta.

Es un cepillo pequeño envuelto en plástico, uno de esos cepillos baratos que dan a veces en hoteles o aerolíneas de lujo.

—Era lo único que tenían en la tienda de regalos de abajo —dice, sacando el cepillo de su envoltorio antes de nuestras miradas se encuentren en el espejo—. He pensado que es mejor que nada.

¿Mejor para qué? ¿Algún extraño juego fetichista? Se me contrae la garganta, pero, antes de que el pánico pueda adueñarse de mí, me quita la toalla de la cabeza y la deja caer al suelo. Con unas manos fuertes y bronceadas por el sol, enormes en comparación con mi cabeza, me recoge el pelo en una coleta húmeda y empieza a desenredarme los nudos con el cepillo.

La sorpresa me arrebata todo el aire de los pulmones. ¡El asesino de mi marido, el hombre que me ha estado acosando, me está cepillando el pelo!

Su contacto es delicado y, a la vez, firme, sin rastro de vacilación, como si ya hubiera hecho esto muchas veces. Primero pasa el cepillo por las puntas, dejándolas lisas y sin nudos y, después, empieza a ascender sistemáticamente hasta que el cepillo pequeño recorre todo el largo del cabello sin engancharse. Durante el proceso, no siento dolor; de hecho, todo lo contrario. En cada pasada, las púas de plástico me masajean el cuero cabelludo y un cosquilleo de placer me recorre la columna cada vez que esos dedos cálidos me rozan la nuca.

Con miedo o sin él, es la experiencia más sensual que he vivido nunca.

Una extraña sensación de irrealidad se apodera de mí mientras permanezco sentada, observando en el espejo cómo me peina. En cada uno de nuestros encuentros anteriores, había estado tan centrada en el peligro que representaba que no había prestado atención a detalles menos importantes como su ropa. Ahora, por vez primera, me doy cuenta de que lleva una chaqueta desgastada de cuero gris encima de una camiseta térmica negra y unos vaqueros oscuros a juego con unas botas negras. Se trata de un atuendo casual, algo que cualquier hombre llevaría a comienzos de primavera en Illinois, pero no se puede confundir a mi torturador con un tipo cualquiera que pasa por la calle.

Peter Sokolov no es más que una fuerza de la naturaleza, despiadada e imposible de detener.

Me cepilla el pelo durante varios minutos mientras permanezco sentada lo más quieta que puedo. No me atrevo a mover ni un músculo, menos aún a tratar de hacer algo para detenerlo. Cada pasada del cepillo es como una caricia y cada roce de esas manos ásperas me resulta reconfortante y estremecedor al mismo tiempo. Lo que es más importante, mientras me está peinando no está haciéndome otras cosas, cosas que me aterran.

Demasiado pronto, sin embargo, deja el cepillo sobre el tocador y me sostiene la mirada en el espejo.

—Arriba —ordena y me agarra los hombros desnudos con las manos, forzándome a ponerme en pie.

Trago saliva con dificultad. Cuando me suelta, me

giro para enfrentarme a él, pero ya se ha alejado y se está quitando la chaqueta.

Me da un vuelco el corazón. Veo cómo la deja sobre la silla y agarra el dobladillo de la camiseta térmica de manga larga. Con un ágil movimiento, se la saca por encima de la cabeza y me quedo sin aire cuando la coloca sobre la chaqueta.

Tiene los hombros anchos y capas gruesas de músculos bien definidos en los brazos. Los músculos también le cubren el torso esbelto en forma de v y el abdomen, plano y esculpido, carece del más mínimo rastro de grasa. Al igual que las manos, el pecho y los hombros están bronceados, como si hubiera pasado mucho tiempo bajo el sol. El brazo izquierdo está prácticamente cubierto de tatuajes que se extienden desde el hombro hasta la muñeca. A través de la capa fina de pelo oscuro que le cubre el pecho, puedo apreciar algunas cicatrices desdibujadas. Me sorprendo observando el atractivo rastro de pelo que le nace en el ombligo y se desvanece bajo la pretina de los pantalones de tiro bajo.

Después alcanza los vaqueros y se desabrocha la bragueta. Me obligo a mirar a otro lado. A pesar de su enorme atractivo masculino, una capa de sudor frío me cubre el cuerpo y el pulso se me acelera a una velocidad vertiginosa. Puede que sea una bestia hermosa, pero eso es todo lo que es: una bestia, un monstruo sin corazón. No importa que en otras circunstancias me hubiera sentido atraída por él de forma salvaje. No deseo lo que está a punto de ocurrir, me destrozará.

Por el rabillo del ojo, veo que se quita las botas y se baja los pantalones, dejando a la vista unos calzoncillos de color azul marino que se aprietan sobre un bulto grueso y largo, además de unas piernas musculosas salpicadas de vello oscuro. Se agacha para terminar de quitarse los pantalones y mi terror llega a un nuevo nivel.

Me olvido de sus advertencias y me giro hacia la puerta.

Esta vez ni siquiera soy capaz de acercarme a mi objetivo. Me atrapa a dos pasos de la puerta, me rodea las costillas con uno de los brazos y me levanta mientras me tapa la boca con la otra mano, ahogando así el grito instintivo que se me escapa.

Le araño los antebrazos y le golpeo en la espinilla mientras me lleva hasta la cama, pero no sirve de nada. Lo único que consigo es que la toalla se me abra en la espalda. El brazo que me sujeta impide que caiga al suelo, pero la espalda, la parte derecha del cuerpo y las nalgas quedan completamente expuestas. Siento su pecho desnudo rozándome la espalda y huelo la almizclada fragancia masculina de su piel. Esa intimidad no deseada acrecienta mi pánico, por lo que me resisto con más fuerza todavía.

—Mierda —gruñe cuando, con el talón, le alcanzo la rodilla y siento una pequeña chispa de triunfo.

No dura demasiado, ya que un segundo después cae de espaldas sobre la cama y me arrastra con él. Antes de que pueda reaccionar, rueda sobre sí mismo, atrapándome bajo su cuerpo. Me quedo con la cara enterrada en la manta arañando la blanda superficie sin resultado y con las piernas inmovilizadas bajo el peso de esas musculosas pantorrillas. Con su mano sobre la boca, lo único que puedo soltar son ruidos ahogados y lágrimas de pánico me arden en los ojos cuando siento la larga y dura erección contra la curva del trasero. Su ropa interior es lo único que nos separa, así que redoblo mis esfuerzos a pesar de lo inútil que resulta.

Tardo un par de minutos en cansarme y en darme cuenta de que no se está moviendo.

Me está reteniendo, pero no está intentando follarme.

—¿Ya has acabado? —murmura cuando me quedo sin fuerzas. Los músculos me tiemblan debido a la extenuación y los pulmones me estallan por la falta de aire—. ¿O quieres forcejear un poco más? Podemos estar así toda la noche.

Le creo. Es mucho más grande que yo, lo único que tiene que hacer es quedarse tumbado sobre mí y no podré hacerle daño ni huir. El esfuerzo que tendría que hacer es mínimo, mientras que yo gastaría toda mi energía sin éxito.

—¿Te portarás bien si retiro la mano? —Revolotea con los labios sobre mi oreja y siento su respiración cálida sobre la piel. Encojo los hombros para protegerme el cuello de esos labios invasores y él deja escapar un suspiro sonoro—. Está bien, supongo que tendré que amordazarte y esposarte. —Emito otro sonido ahogado contra su mano y ríe entre dientes—. ¿No? ¿Te vas a portar bien? —Asiento como puedo. El sabor amargo de la derrota me quema la garganta, pero no quiero que me amordace y me espose.

—Buena chica. —Se levanta y me aparta la mano de la boca, lo que me permite tomar aire y saciar mis pulmones hambrientos de oxígeno—. Ahora que has terminado, ¿qué te parece si nos vamos a dormir? Sé que mañana te espera un día largo y a mí también.

—¿Cómo? —Estoy tan sorprendida que me giro, olvidando mi desnudez.

Una sonrisa lenta y pícara le curva los labios mientras pasea la mirada por mi cuerpo antes de volver al rostro.

—Duerme, *ptichka*. Nos hace falta a los dos.

Me incorporo y cojo una almohada. La sostengo contra el pecho mientras me deslizo hacia el cabecero, lo más alejada de él que me permite la cama. Lo que dice no tiene sentido. Es evidente que me desea: su erección enorme está a punto de rasgarle la ropa interior.

—¿Quieres... quieres dormir? ¿Solo dormir?

Se le borra la sonrisa del rostro y le brillan los ojos con un fuego oscuro.

—Claro que quiero algo más, pero esta noche me conformaré con dormir. Ya te lo dije, Sara: no voy a volver a hacerte daño. Esperaré hasta que estés preparada... hasta que me desees tanto como yo a ti.

¿Desearlo? Quiero gritarle que está loco, que nunca me acostaré con él por voluntad propia, pero me trago la réplica. Ahora mismo soy demasiado vulnerable y él, demasiado impredecible. Además, cuando esté dormido, tendré la oportunidad de escapar. A lo mejor incluso puedo golpearlo en la cabeza y llamar a la policía.

—Está bien. —Intento parecer aún más indefensa de lo que estoy—. Si prometes que no me harás daño…

Forma con los labios una mueca divertida.

—Lo prometo. —Sale de la cama y, de un solo tirón, saca la manta que tengo debajo antes de dejarla caer y ahuecar las almohadas que quedan. Dando palmaditas sobre las sábanas que ha dejado al descubierto, me dice —: Ven aquí.

Me acerco a él unos cuantos centímetros. Sigo abrazando la almohada contra el pecho.

—Más cerca.

Repito la maniobra con el corazón acelerado por la ansiedad. No confío en él. Podría estar jugando conmigo, mintiéndome sobre sus intenciones con algún retorcido propósito.

—Métete bajo la manta —insiste, y yo obedezco, agradecida de tener algo más que una almohada con lo que cubrirme. Por desgracia, el alivio me dura poco. En cuanto me tumbo, apaga la luz del techo y se coloca a mi lado, metiéndose también bajo la manta. Ese cuerpo largo y musculoso se coloca junto a mí como si fuera el lugar que le corresponde—. Sobre el costado derecho —ordena, y él hace lo mismo tras apagar la lámpara de la mesita de noche, la única fuente de luz que quedaba.

El pecho se me contrae cuando comprendo lo que pretende.

El asesino de mi marido quiere dormir abrazado a mí.

Ignorando la oscuridad que me desorienta y la sensación de asfixia, me pongo de lado y trato de respirar de la forma más acompasada que puedo al sentir que un brazo musculoso se estira bajo la almohada y otro me rodea posesivamente las costillas, atrayéndome hacia la curva que forma su cuerpo enorme. Sin embargo, respirar tranquila es imposible. Mi trasero desnudo se acopla a la longitud dura del miembro erecto y su aliento cálido, de olor mentolado, me acaricia el cabello fino de la sien a la vez que acomoda las piernas a las mías. Estoy rodeada, totalmente superada por su tamaño y fuerza. Y su calor. Por Dios, este cuerpo genera muchísimo calor. Dondequiera que la piel desnuda roza con la mía, siento que quema, como si tuviera la sangre más caliente que la de un ser humano normal. Aunque no es él, soy yo. Tengo tanto frío que estoy tiritando ahora que el sudor se ha evaporado.

No sé cuánto tiempo permanecemos tumbados, pero al final su calidez acaba penetrando en mí y se transforma en un tipo de calor distinto, ese calor traicionero que invade mis sueños y me hace arder de vergüenza. Ahora que no tengo tanto miedo, soy consciente de que su cuerpo musculoso supone algo más que una amenaza... de que esa polla erecta es algo más que una herramienta para violar. Su cálido aroma masculino me rodea y noto los pechos pesados y sensibles sobre la gruesa banda que forma con el brazo.

Los pezones se me endurecen y el sexo me duele debido al resbaladizo y palpitante vacío que siento. ¿Hace cuánto que no me abrazaban así? ¿Dos años? ¿Tres? No soy capaz de recordar la última vez que George y yo hicimos el amor, menos aún la última vez que estuvimos tumbados así, como amantes. A pesar de lo erróneo de la situación, mi parte animal disfruta al ser abrazada así, al sentir el calor del cuerpo de un hombre y el zumbido punzante de la excitación en mi interior.

Menos mal que no pienso dormir porque de esta forma sería imposible, no con el corazón a mil por hora y la mente yendo aún más rápido, perdida en un revuelo de pensamientos: ira y terror, excitación y vergüenza. Todo se mezcla disparándome los latidos del corazón y haciendo que me dé un vuelco el estómago. ¿Qué quiere Peter realmente? ¿Qué saca de estos abrazos extraños? La erección tremenda tiene que resultarle incómoda, si no dolorosa, pero parece satisfecho con estar tumbado y abrazarme sin más. ¿Por qué? ¿Qué es lo que pretende? ¿Por qué se ha aferrado a mí? ¿Puede que sea cierto lo que dijo sobre George? ¿Pudo mi marido haber dañado a su familia de alguna manera?

Sé que es una idea terrible, pero no puedo controlarme. Mi boca parece actuar por voluntad propia cuando susurro:

—Peter… ¿me contarías algo sobre ti?

Me doy cuenta de que lo he sorprendido al sentir que contrae los músculos y le cambia el ritmo de la respiración. Es la primera vez que lo llamo por su nombre, pero sería extraño llamarlo de otra forma cuando me tiene desnuda entre los brazos. Además, puede que un poco de intimidad lo haga más propenso a responder a mis preguntas y menos a querer herirme por hacerlas.

—¿Qué quieres saber? —murmura tras unos segundos, moviéndose para colocarme de forma más cómoda contra él.

«¿Por qué crees que mi marido masacró a tu familia?». Me muero de ganas de preguntárselo, pero no soy tan tonta como para soltárselo de sopetón. Me acuerdo de su ira la última vez que tocamos este tema. En vez de eso, pregunto con suavidad:

—Me han dicho que naciste en Rusia, ¿es verdad?

—Sí. —Hay una leve nota de diversión en su voz—. ¿No se aprecia por el acento?

—No, es muy leve. Podrías ser de cualquier parte de Europa o de Oriente Medio. En general, tu inglés es excelente —hablo muy rápido debido a los nervios, así que tomo aire y freno un poco—. ¿Lo aprendiste en el colegio?

—No, en el trabajo.

¿El trabajo donde localizaba e interrogaba a personas que suponían una amenaza para Rusia? Intento no estremecerme ni pensar en los métodos de sus interrogatorios. «Que sea una conversación trivial», me digo a mí misma. «Poco a poco, hasta llegar a las cosas más serias». Con un tono animado, le digo:

—¿De adulto? Impresionante. Normalmente tienes

que aprender una lengua de pequeño para poder hablarla tan bien como tú.

Así está bien, unos cuantos cumplidos y un poco de admiración genuina. Se supone que es lo que debes hacer cuando estás en una posición vulnerable: conseguir cierta compenetración con tu atacante para que te vea como alguien con el que empatizar. Por supuesto, esa estrategia está directamente relacionada con su capacidad para hacerlo, algo de lo que sospecho carece el psicópata que me está abrazando.

—Bueno, aprendí unas cuantas palabras y frases en inglés cuando era niño —me dice—. Supongo que eso me ha ayudado.

—Ah, ¿sí? ¿Dónde las aprendiste, en el colegio o con tus padres?

Ríe entre dientes y noto contra la espalda cómo se le expande el pecho musculoso.

—Con ninguno de los dos, solo con películas americanas. Es lo que más exportáis, ¿sabes? Eso y hamburguesas.

—Cierto. —Inhalo, tratando de ignorar el brazo pesado que me rodea las costillas y la prueba de su excitación que palpita contra mi culo y que me incomoda de una forma en la que no quiero pensar—. Así que… ¿qué hizo que te decantaras por tu… profesión?

Entierra la nariz en mi pelo e inspira con profundidad, como si me estuviera respirando.

—¿Qué te contó Ryson exactamente?

Me tenso al escuchar cómo usa el apellido del

agente de forma casual, pero me obligo a relajarme. Por supuesto que sabe quién es Ryson, lo más seguro es que nos viera hablando en la cafetería.

—Me dijo que pertenecías a las fuerzas especiales rusas, ¿es cierto?

—Sí. —Su voz suena ronca cuando se mueve de nuevo y la polla parece un mástil de hierro presionado contra mí—. Lideraba una pequeña unidad secreta especializada en combatir el terrorismo y a los insurgentes.

—Eso es... inusual. —Hablarle y, por tanto, mantenerlo despierto y en ese estado de excitación, quizás no sea una buena idea, pero no consigo quedarme callada—. ¿Cómo te unes a algo así? ¿Te alistaste en el ejército y te reclutaron?

—No. —Sigue hundiéndome el rostro en el pelo—. Me encontraron en lo que llamaríais «cárcel para menores».

—¿Un reformatorio para delincuentes juveniles?

—Se parecía más a un campo de trabajos forzados, pero sí.

—¿Qué...? —Trago saliva mientras trato de concentrarme en esas palabras y no en los efectos que su deseo evidente tiene en mi cuerpo—. ¿Qué hiciste para acabar allí?

No tiene nada que ver con George, pero no puedo reprimir mi curiosidad. Sospecho que lo que descubra va a asustarme aún más y, sin embargo, tengo que saber qué mueve a mi enemigo.

Quiero conocer sus debilidades para poder usarlas contra él.

—Maté al director del orfanato en el que me crie. —No hay rastro de arrepentimiento ni remordimiento en las palabras de Peter, no hay más emoción que la lujuria que le enronquece la voz. Podría haber estado contando lo que ha cenado—. Supongo que se puede decir que empecé mi carrera muy pronto.

—Ya veo. —Me estremezco, aunque trato de sonar relajada—. ¿Cuántos años tenías?

—Once, casi doce.

—¿Qué te hizo?

Suspira y se separa un poco de mí.

—¿De verdad importa, *ptichka*? Ya te has formado una opinión sobre mí y no creo que ninguna historia lacrimógena sobre mi pasado vaya a cambiarla. Ahora mismo, me odias tanto que, si te cuento alguna de las desgracias que me han ocurrido, solo vas a sentir alegría.

Demasiado como para formar el vínculo emocional que busco.

—Bueno, ¿qué esperabas? —pregunto con amargura, eliminando toda simpatía fingida de la voz —. ¿Que podrías torturarme y matar a mi marido y seríamos amigos?

—No, *ptichka*. A pesar de lo que puedas pensar, no estoy loco. Tus sentimientos negativos hacia mí son totalmente predecibles y racionales. Solo pretendo cambiarlos con el tiempo.

Está loco si piensa que podré sentir algo más que odio hacia él, pero no me molesto en discutir.

—¿Qué significa eso que me llamas todo el tiempo? Pi... lo que sea.

—*Ptichka* —repite con la nariz aún enterrada en mi cabello, oliéndolo o lo que sea que esté haciendo—. Significa «pajarito» en ruso.

Aprieto las manos formando un puño bajo la manta.

—¿Un pájaro?

—Bueno, un pajarillo cantor, bello y grácil como tú. —Hace una pausa y después añade con suavidad—. Enjaulado, también como tú.

«Menudo gilipollas». Aprieto los dientes y trato de apartarme de él todo lo que me permite el brazo que me rodea la cintura.

—Es una situación temporal.

—Oh, no me refiero a mí. —Oigo la sonrisa implícita en su voz mientras me agarra con más fuerza para evitar que me escape—. Puede que te esté reteniendo en este preciso momento, pero estabas atrapada desde mucho antes de que llegara a tu vida.

Me quedo inmóvil por la sorpresa.

—¿Qué?

—Sí, no finjas que no sabes de lo que estoy hablando, Sara. Sé que lo has sentido: todas las expectativas de la sociedad, de tus padres, de tu marido y de tus amigos... la presión de tener que triunfar porque eres guapa e inteligente, el deseo de ser perfecta, la necesidad de ser siempre lo más importante para todos... —contesta con voz suave y oscura, envolviéndome en una red seductora y sedosa—. Lo noté ayer en la discoteca: tus ansias de libertad, tu deseo de vivir sin las ataduras que te han impuesto. Por unos instantes, en aquella pista de baile, te libraste de las cadenas. Vi al precioso pajarito salir de su jaula de oro y volar libre. Te vi a ti, Sara, y fue hermoso.

Durante unos segundos lo único que puedo hacer es permanecer inmóvil. Me duele el pecho y me arden los ojos en la oscuridad. Me gustaría reírme y negar sus palabras, pero temo que, si trato de hablar, me vendré abajo y gritaré. ¿Cómo ha podido este hombre, este violento desconocido, saber algo tan privado, algo que yo misma apenas comienzo a entender?

¿Cómo ha podido saber que esta vida cómoda y agradable ya no me hace feliz… que, quizás, no lo hizo nunca?

Trago el nudo que tengo en la garganta y dejo salir un bufido burlón antes de espetarle:

—Entonces vas a… ¿qué? ¿Liberarme de mi restrictiva vida? ¿Soltarme y verme volar?

—No, *ptichka.* —dice con voz burlona—. Nada tan noble.

—Entonces ¿qué?

—Voy a colocarte en mi propia jaula y hacerte cantar.

18

eter

Ella se estremece entre mis brazos y siento cómo el miedo se apodera de ella. Una parte de mí se arrepiente de ser tan brutalmente sincero, pero soy incapaz de mentirle. El deseo que siento por ella no tiene nada que ver con el afecto que sentía por Tamila ni con la lujuria que he experimentado con otras mujeres.

Mi necesidad de poseer a Sara es más oscura, corrompida por lo que ha pasado entre nosotros y por saber que antes pertenecía a mi enemigo. No quiero hacerle daño, pero tampoco puedo negar que su sufrimiento me atrae de alguna forma perversa. Atormentarla aplaca la ira que arde dentro de mí y satisface mi deseo de venganza, aunque me diga a mí mismo que quiero curarla para redimirme por todo el dolor que he causado.

Cuando se trata de Sara soy un caos de contradicciones y lo único de lo que estoy realmente seguro es que con simple sexo no será suficiente.

Quiero más.

Quiero hacerla mía.

Romper mi promesa y tomarla en este mismo momento resulta tentador, poseerla y así saciar el hambre que me está consumiendo. Está totalmente desnuda entre mis brazos y su piel me roza cada vez que inspira. Huelo el aroma floral de su champú en su pelo húmedo, siento la suavidad de sus pechos, que descansan sobre mi brazo o mi polla que palpita de forma dolorosa contra la curva de su trasero. Mi cuerpo se retuerce de deseo por penetrarla. Al principio se resistiría, pero podría conseguir que llegase a gustarle.

No es inmune a mí. Lo sé. Puedo sentirlo.

Antes de que este oscuro impulso me domine, tomo aire y lo dejo salir despacio. Por muy bien que estuviera follarse a Sara, deseo su confianza tanto como su cuerpo.

Quiero que cante para mí con su propia voz.

—Duerme, *ptichka* —murmuro al verla permanecer callada, pues todas sus preguntas han quedado ahogadas por ahora—. Esta noche estás a salvo.

Hago caso omiso del hambre que consume mi cuerpo, cierro los ojos y me hundo en un sueño ligero pero reparador.

Me despierto tres veces durante la noche; dos cuando Sara intenta zafarse de mi abrazo, sin duda tratando de escapar y herirme, y una cuando se despierta tras una pesadilla. En los tres casos, la sujeto más fuerte hasta que vuelve a quedarse dormida. Al cabo de un rato, el sueño también me vence, a pesar de que la lujuria que me carcome no hace más que intensificarse a lo largo de la noche. Cuando llega la mañana, estoy a punto de explotar y apenas tardo veinte segundos en masturbarme cuando voy al baño.

Sigue durmiendo cuando salgo del servicio y me planteo volver a la cama con ella. Sin embargo, ya son casi las siete y quiero ponerme al día con Anton antes de que se vaya a dormir. Además, no confío del todo en mi autocontrol. El rápido desahogo de antes apenas ha calmado mis violentas ansias de ella.

Si vuelvo otra vez a la cama con Sara, corro el riesgo de romper mi promesa.

Decido no tentar a la suerte, así que me visto y salgo de la habitación en silencio.

Pronto volveré a ver a Sara. Mientras tanto, hay trabajo que hacer.

19

ara

Tengo que hacer dos cesáreas, una programada por la mañana y otra no programada por la tarde. Entre ambas, atiendo a una mujer con dolores menstruales que no puede tomar las pastillas anticonceptivas hormonales que se recetan en estos casos, lo que me hace empatizar mucho con ella, y a otra que lleva dos años intentando quedarse embarazada sin resultados. A la primera le programo una ecografía para comprobar si tiene endometriomas y a la segunda la derivo a un especialista en fertilidad. En cuanto termino, me llaman de urgencias para examinar a una embarazada de seis meses que ha sufrido un accidente grave de coche. Por suerte, puedo decirle que su bebé se encuentra bien, el mejor desenlace posible en un choque frontal de tal magnitud.

Me sorprende ser capaz de concentrarme en el trabajo después de lo que pasó anoche, pero, por vez primera en meses, no me invaden continuamente recuerdos oscuros y la paranoia que he sufrido estas semanas también ha desaparecido. De forma perversa, ahora que sé con seguridad que me está observando, la idea no me causa tanta ansiedad como cuando era solo una sensación perturbadora. Además, me siento descansada y alerta sin apenas haber consumido cafeína, sospecho que es porque he logrado dormir nueve horas a pesar del cuerpo musculoso que me ha rodeado toda la noche.

O quizás gracias a dicho cuerpo. Sin importar lo mucho que intentase mantenerme despierta anoche, el calor animal que desprendía la piel de Peter y su respiración acompasada me hicieron caer rendida. Me desperté un par de veces durante la noche e intenté zafarme de él, pero resultó imposible. Me agarraba con las ganas de un niño aferrándose a su osito de peluche favorito, por lo que finalmente acabé por rendirme y dormir. Mi feliz subconsciente no sabía que la fuente de mis pesadillas estaba justo a mi lado.

En cualquier caso, sea cual sea la razón, me mantengo calmada y concentrada durante mi turno. Ayuda bastante que haya logrado suprimir todos los pensamientos sobre Peter y sus intenciones, ocultándolos en el fondo de la mente, mientras me concentro en los pacientes. Si me permitiera obsesionarme con su confesión, saldría corriendo y gritando del hospital. ¿Quién sabe lo que haría mi acosador entonces? Cuando me he despertado ilesa esta mañana, he decidido que la mejor forma de actuar era vivir el presente y evitar provocarlo todo lo posible.

Quizás él siga jugando a ser amable un poco más y a mí me dé tiempo a averiguar qué hacer.

Cuando se acaba mi turno, me dirijo a la sala de las taquillas y me cruzo con Andy en el pasillo. Debe haber empezado el suyo hace poco porque la ropa quirúrgica que lleva está impoluta y sigue teniendo el cabello rizado recogido en un moño en el que no hay un solo pelo fuera de lugar.

Al final de un turno largo, la mayoría de los enfermeros y médicos, incluida yo, tenemos pintas bastante peores.

—¡Oye! —dice, deteniéndose frente a mí—, ¿va todo bien?

Parpadeo.

—Eh… Sí, claro. —No puede saber nada de Peter, ¿verdad?—. ¿Por qué?

—La otra noche dijiste que no te encontrabas bien —contesta Andy frunciendo el ceño ligeramente—. Cuando saliste pitando de la discoteca.

—Ah, sí, lo siento. —Intento sonreír, avergonzada —. Bebí mucho y me subió demasiado. Creo que vomité cuando llegué a casa, pero lo tengo todo un poco borroso.

—Ya veo. —Una sonrisa de alivio sustituye a su anterior expresión de preocupación—. Pensé que podías estar alterada por algo. Tenías cara de que hubieran disparado a tu poni favorito.

Me río y sacudo la cabeza, aunque no está lejos de la realidad.

—Creo que la única víctima fue mi hígado.

Andy también ríe. Después, pregunta:

—¿Tienes planes para el próximo sábado? Tonya y Marsha están preparando otra noche de chicas, pero a mí me apetece más cenar y ver una película con Larry a una hora más prudente porque tengo turno de mañana el domingo. ¿Quieres venir con nosotros?

—¿Contigo y con tu novio? —La miro sorprendida —. ¿No sobraría?

—Bueno… —Una pícara sonrisa le ilumina el rostro salpicado de pecas—. Por suerte, Larry tiene un amigo muy guapo y con buena posición que se muere por conocer a una chica simpática. Es un magnate inmobiliario y tiene una lista imposible de requisitos, aunque… —Levanta un dedo cuando hago ademán de interrumpirla—. Resulta que tú los cumples todos. Si te parece bien, Larry lo invitará y podemos tener una cita doble.

Arrugo la nariz.

—Oh, no creo que…

—Es un tío muy guapo. Mira. —Se saca el móvil de un bolsillo, desliza el dedo por la pantalla unas cuantas veces y me enseña la foto de un hombre que parece Tom Cruise en rubio—. ¿Ves? Podría ser mucho peor.

Suelto una risita

—Desde luego, pero…

—Nada de peros. —Levanta la mano cuando estoy a punto de rechistarle—. Ven, nos lo pasaremos bien. Sin presiones. Si te gusta el amigo de Larry, genial. Si no, tú y yo nos escapamos con las chicas y Larry tendrá su propia noche de chicos. Lleva mucho tiempo con ganas de una.

Dudo, pero acabo negando con la cabeza, tratando de disculparme.

—Gracias, pero no puedo. —No sé si Peter supone una amenaza para Andy o su novio, pero no quiero arriesgarme. Con el asesino ruso vigilando cada uno de mis movimientos, cualquier persona que se me acerque puede convertirse en su objetivo.

Hasta que esta situación no se solucione lo mejor es que permanezca aislada.

La expresión de Andy se torna triste.

—Bueno, está bien. Si cambias de opinión, llámame. Marsha tiene mi número.

—Lo haré, gracias —respondo, pero Andy ya se está alejando, caminando lo más rápido que le permiten las deportivas blancas.

De camino a casa, escucho *Stronger* de Kelly Clarkson y tengo que combatir las ganas de conducir hasta llegar a otro estado o, incluso, a otro país. Canadá y México suenan bien, tanto como la Antártida o Tombuctú. En lugar de ir a mi casa plagada de cámaras, podría ir directa al aeropuerto y montarme en un avión que vaya a algún sitio, a donde sea.

Iría al Polo Norte si tuviera la certeza de que Peter no va a seguirme.

Por desgracia, no la tengo. De hecho, todo lo contrario. Si huyo, vendrá a por mí, de eso estoy segura. Es un cazador, un rastreador, y no descansará hasta encontrarme, como hizo con todas las personas de su lista. Podría irme a otro hotel o a otro continente y no supondría ninguna diferencia.

No me dejará en paz hasta que consiga lo que quiere, sea lo que sea.

Siento las manos resbaladizas sobre el volante y, entonces, me doy cuenta de que estoy respirando muy rápido, de que la calma se ha disipado en cuanto he pensado en lo que ocurrió anoche. Sigo sin estar segura de lo que quiere, pero parece ser algo más que sexo, algo más oscuro y mucho más retorcido.

Me doy cuenta de que estoy al borde de otro ataque de pánico, así que cambio a Kelly Clarkson por música clásica y empiezo a hacer ejercicios de respiración. Quizás estoy cometiendo un error al no avisar al FBI. Al menos, existe la posibilidad de que ellos puedan protegerme, mientras que yo sola no tengo ni una oportunidad. Lo mejor que puedo esperar es que se aburra de mí y se vaya a por su próxima víctima, dejándome viva y con la mayor parte de la cordura intacta.

Estoy cogiendo el teléfono cuando recuerdo la razón por la que no llamé enseguida a Ryson: mis padres. No puedo desaparecer y abandonarlos y sería egoísta arrancarlos de su vida solo por una posibilidad mínima de que el FBI pudiera protegernos. Para explicarles la necesidad de irme, tendría que contarles todo y no sé si el corazón de mi padre podría soportar tanto estrés. Le implantaron un triple bypass hace varios años y los médicos le recomendaron reducir las actividades estresantes al mínimo. Saber de la existencia de un acosador homicida que me torturó y asesinó a George podría literalmente matar a mi padre e incluso podría poner en riesgo la vida de mi madre.

No, no les puedo hacer eso. Cuando he recuperado el control sobre mi respiración, vuelvo a poner a Kelly Clarkson. Mis padres tienen una vida normal y feliz y haré lo que sea para que continúe siendo así, aunque eso implique tener que lidiar con Peter yo sola.

Con suerte, seré lo bastante fuerte para sobrevivir a lo que tenga preparado para mí.

20

ara

LO QUE TIENE PREPARADO ES COMIDA, UN MONTÓN DE comida que huele de maravilla.

Sorprendida, miro boquiabierta el despliegue de platos que hay sobre la mesa del comedor: un pollo asado, un bol de puré de patatas y una gran ensalada de brotes. Toda la comida está dispuesta con elegancia entre velas encendidas y una botella de vino blanco.

Me imaginaba que hoy podía sufrir una emboscada en casa, pero no me esperaba esto.

—¿Tienes hambre? —pregunta detrás de mí una voz profunda con un leve acento. Me giro con el pulso acelerado y veo a Peter Sokolov saliendo del pasillo. Tiene el flequillo húmedo, como si acabara de lavarse la cara, y lleva una camisa azul y unos vaqueros oscuros. No lleva zapatos, solo calcetines.

Está guapísimo, pero parece más peligroso que nunca.

—¿Qué...? —digo con voz demasiado aguda, así que inspiro y vuelvo a empezar—. ¿Qué es esto?

—La cena —contesta. Parece divertido—. ¿Qué si no?

—No... —El ambiente de la habitación se enrarece cuando se detiene a un par de pasos de mí. Me mira de una forma tan íntima que me hacen recordar que he dormido desnuda entre sus brazos—. No tengo hambre.

—¿No? —Arquea las cejas oscuras—. Está bien, entonces vamos a la cama. —Se acerca a mí para agarrarme, pero doy un salto hacia atrás.

—¡No, espera! Quizás pueda comer algo.

Se le curvan los labios en una sonrisa.

—Eso pensaba. Después de ti.

Hace un gesto educado y me acerco a la mesa, intentando que no me dé un vuelco el corazón cuando apaga la luz del techo, dejando que las velas como única iluminación. Me sigue hasta la mesa.

Saca una silla para que me siente en ella. Después, va hasta la silla que hay frente a la mía y toma asiento. Me doy cuenta de que, sobre la mesa, ha puesto dos platos y la cubertería formal, la que George quería que usara solo para eventos y fiestas.

En silencio, observo cómo el asesino de mi marido corta el pollo como un experto y coloca uno de los muslos, mi parte favorita, sobre mi plato. También me sirve algunas cucharadas de puré y buena parte de la ensalada.

—¿De dónde has sacado tanta comida? —pregunto mientras se sirve su propio plato.

—La he hecho yo. —Levanta la vista—.Te gusta el pollo, ¿verdad?

Sí me gusta, pero no se lo voy a decir.

—¿Sabes cocinar?

—Lo intento. —Coge un cuchillo y un tenedor—. Vamos, pruébalo.

Empujo la silla hacia atrás y me levanto.

—Tengo que lavarme las manos. —Acabo de salir del garaje y la médica maniática que llevo dentro no va a dejar que toque la comida sin antes eliminar todos los gérmenes que traigo del hospital.

—De acuerdo —responde, bajando los cubiertos, y me doy cuenta de que va a esperarme.

Mi acosador tiene unos modales excelentes.

Voy al baño más cercano y me lavo las manos. Como siempre, me froto entre los dedos y alrededor de las muñecas. Cuando regreso a la mesa, él ya ha servido una copa de vino para cada uno. El aroma fresco del Pinot Grigio se mezcla con los demás olores de la comida, haciendo más extraña aún la situación.

Si no supiera que no es así, diría que estamos teniendo una cita.

—¿Cómo has sabido que vendría a casa y no me iría a un hotel? —le pregunto cuando vuelvo a sentarme.

Se encoje de hombros.

—Ha sido una hipótesis fundamentada. Eres inteligente, así que era poco probable que cometieras el mismo error dos veces.

—Ajá. —Cojo el tenedor y pruebo el puré de patatas. El sabor a mantequilla es una delicia para el paladar y me abre el apetito a pesar de la ansiedad que me encoje el estómago—. Has trabajado mucho para ser solo una hipótesis fundamentada.

—Bueno, quien no arriesga no gana, ¿verdad? Además, he visto cómo razonas, Sara. No haces cosas estúpidas o sin sentido y eso es justo lo que sería haber ido a otro hotel.

Aprieto el tenedor con la mano.

—¿Eso crees? ¿Piensas que me conoces porque me has estado acosando unas cuantas semanas?

—No. —Le brillan los ojos a la luz de las velas—. No te conozco, *ptichka,* al menos no tanto como me gustaría.

Ignoro esa afirmación provocativa y me centro en la comida. Ahora que he probado un poco, se me hace la boca agua. A pesar de lo que le he dicho a Peter, estoy muerta de hambre, así que empiezo a comer con ganas de los manjares que hay en mi plato. El pollo está aliñado a la perfección, el puré de patatas lleva una cantidad generosa de mantequilla y la ensalada está fuerte y refrescante, aliñada con limón. Como tan absorta que ya voy por la mitad cuando un pensamiento terrorífico se me pasa por la cabeza.

Suelto el tenedor y miro a mi torturador.

—No habrás puesto droga en la comida o algo así, ¿verdad?

—Si lo hubiera hecho, ya sería demasiado tarde —señala divertido—. Pero no, puedes estar tranquila. Si quisiera drogarte o envenenarte, usaría una jeringuilla. No hay necesidad de estropear comida en perfecto estado.

Intento mantenerme impasible, pero mi mano tiembla al coger la copa de vino.

—Genial. Me alegra oírlo.

Me sonríe y siento un cálido cosquilleo entre las piernas. Para ocultar mi incomodidad, doy varios sorbos al vino y dejo la copa antes de volver a centrarme en el plato.

No me siento atraída por él, me niego.

Comemos en silencio hasta que nuestros platos están vacíos. Después, Peter baja el tenedor y agarra la copa de vino.

—Dime una cosa, Sara. Tienes veintiocho años y eres médico desde hace dos y medio. ¿Cómo lo has conseguido? ¿Eres uno de esos prodigios con un coeficiente intelectual muy alto?

Aparto el plato vacío.

—¿Eso no lo has averiguado acosándome?

—No he investigado mucho sobre tu pasado. —Toma un sorbo de vino y vuelve a dejar la copa—. Si es lo que prefieres... Aunque también podrías contármelo tú y así conocernos de una forma más tradicional.

Dudo y, finalmente, decido que hablar con él no me

hará daño. Cuanto más tiempo permanezcamos sentados, más puedo posponer la hora de dormir y todo lo que puede conllevar.

—No soy ningún genio —respondo antes de tomar otro trago de vino—. Quiero decir, no soy tonta, pero mi coeficiente intelectual está dentro de lo normal.

—¿Entonces como llegaste a ser médico a los veintiséis años cuando normalmente son, como mínimo, ocho años más tras la universidad?

—Fui un accidente —le cuento. Al ver que continúa mirándome, me explico—. Nací tres años antes de que mi madre entrara en la menopausia. Tenía casi cincuenta años cuando se quedó embarazada y mi padre, cincuenta y ocho. Los dos eran profesores de universidad. De hecho, se conocieron porque fue el tutor del doctorado de ella, aunque no empezaron a salir hasta un tiempo después. Ninguno quería tener hijos porque ya se tenían el uno al otro, además de sus carreras y un buen círculo de amigos. Estaban planeando su jubilación ese mismo año, pero, en vez de eso, llegué yo.

—¿Cómo?

Me encojo de hombros.

—Con un par de copas y la convicción de que ya eran demasiado mayores como para preocuparse por un condón roto.

—¿Así que no te deseaban? —Se le oscurecen los ojos grises, pasando del color del acero al del plomo y su expresión se vuelve más dura.

Si no lo conociera tan bien, diría que le molesta la idea.

Sacudo la cabeza, desestimando ese ridículo pensamiento.

—No, sí me deseaban. Al menos una vez que se les pasó la sorpresa inicial al ser conscientes del embarazo. No era lo que querían o esperaban, pero, cuando vine al mundo, sana a pesar de todas las adversidades, me lo dieron todo. Me convertí en el centro de su mundo, su pequeño milagro. Tenían un buen trabajo y ahorros, así que se sumergieron en su nuevo papel como padres con la misma dedicación que en sus carreras. Me colmaron de atenciones y me enseñaron a leer y a contar hasta cien antes de que aprendiera a andar. Para cuando empecé infantil, leía como un niño de quinto de primaria y sabía álgebra básica.

Suaviza la dura línea de la boca.

—Ya veo. Así que te dieron una gran ventaja.

—Sí. Me adelantaron dos cursos en primaria y me habrían adelantado más, pero mis padres no creían que ser significativamente más joven que mis compañeros fuera bueno para mi desarrollo social. De hecho, me costó hacer amigos en el colegio, pero eso no viene al caso. —Hago una pausa para beber un poco más de vino—. Al final, también terminé el instituto un año antes porque el plan de estudios se me hizo muy fácil y quería empezar pronto la universidad. Además, terminé la carrera otro año antes porque conseguí muchos créditos gracias a clases avanzadas que di en el instituto.

—Así que de ahí salen los cuatro años.

Asiento.

—Exacto, de ahí.

Me estudia y me remuevo incómoda en la silla por la calidez que desprenden sus ojos. Mi copa de vino está casi vacía y estoy empezando a notar los efectos del alcohol, que se lleva parte de la ansiedad y hace que me fije en cosas irrelevantes, como que tiene el pelo oscuro sedoso y espeso y la boca dura y suave al mismo tiempo. Me mira con admiración… y algo más, algo que hace que me tense y sienta mucho calor, como si tuviera fiebre.

Parece advertirlo porque Peter se inclina hacia mí, bajando la mirada.

—Sara… —Usa un tono grave y peligrosamente seductor. Noto que se me acelera la respiración cuando posa la mano enorme sobre la mía y murmura—: *Ptichka*, eres…

—¿Por qué crees que George le hizo daño a tu familia? —Aparto la mano, desesperada por calmar esta creciente excitación—. ¿Qué les pasó?

La pregunta es como una bomba que explota en el ambiente cargado de tensión sexual. Endurece la mirada y el calor desaparece, siendo sustituido por una ira gélida.

—¿Mi familia? —Tensa la mano sobre la mesa—. ¿Quieres saber lo que les pasó?

Asiento cautelosamente, luchando contra el instinto que me dice que huya. Tengo la terrible sensación de que acabo de provocar a un depredador herido, uno que podría destrozarme con facilidad.

—De acuerdo. —Su silla araña el suelo cuando se pone en pie—. Ven, te lo enseñaré.

21

Se queda sentada, congelada como un cervatillo en el punto de mira del rifle de un cazador. Sé que está asustada, pero poco me importa, no con semejante dolor y rabia destrozándome por dentro.

Incluso cinco años y medio después, el recuerdo de las muertes de Pasha y Tamila tiene la capacidad de destruirme.

—Ven aquí —repito, rodeando la mesa. Cojo a Sara del brazo y la levanto, ignorando su rigidez—. ¿Quieres saberlo? ¿Quieres ver lo que hicieron tu marido y sus secuaces?

El fino brazo se tensa bajo mi agarre mientras meto la mano libre en el bolsillo para sacar mi antiguo móvil. Siempre lo llevo conmigo, aunque sin conexión a la red, por lo que no sirve para hacer llamadas. Deslizo el pulgar por la pantalla en busca de las últimas fotos.

—Aquí están. —Le pongo el teléfono en la mano que tiene libre—. Míralas bien.

La mano de Sara tiembla al acercarse el aparato a la cara y reconozco el momento exacto en el que sus ojos se topan con la primera imagen. Palidece y traga saliva convulsivamente antes de navegar por la pantalla para ver el resto.

Yo ni siquiera miro el móvil. No me hace falta. Tengo las imágenes grabadas a fuego en las retinas, incrustadas en el cerebro como un espantoso tatuaje.

Hice esas fotos el día después de escapar de los soldados que me apartaron de la escena. Para entonces, ya habían reubicado a los habitantes que quedaban, pero la investigación acababa de empezar y aún no se habían deshecho de los cuerpos. Cuando regresé, estos todavía seguían ahí, cubiertos de moscas y de insectos. Fotografié todo: los edificios chamuscados, las sangrientas manchas oscuras en el césped, los cuerpos descomponiéndose y los miembros destrozados, la mano pequeña de Pasha sujetando el coche de juguete…

Hubo cosas que no pude captar, como el hedor a carne humana podrida que impregnaba el aire y el vacío desolador de un pueblo abandonado, pero, con lo que documenté, me bastaba.

Sara baja el teléfono y lo cojo de entre sus dedos debilitados para volver a meterlo en el bolsillo.

—Eso era Daryevo. —Le suelto el brazo mientras

cada palabra me rasga la garganta como si fuese papel de lija—. Una aldea pequeña en Daguestán, donde vivían mi mujer y mi hijo.

Sara da un paso atrás.

—¿Qué...? —Traga saliva de manera audible—. ¿Qué sucedió? ¿Por qué los mataron?

Respiro hondo para controlar la ira violenta que se agita en mi interior.

—Por la arrogancia y ambición ciega de algunos.

Me mira sin comprender.

—Se trataba de una operación encubierta destinada a dar caza a una célula terrorista pequeña pero altamente efectiva con base en las montañas del Cáucaso —contesto con brusquedad—. Un pelotón de soldados de la OTAN actuó según la información proporcionada por una coalición de las agencias occidentales de Inteligencia. Todo se hizo con suma discreción, así no tendrían que compartir el mérito con los grupos antiterroristas locales... como el que yo dirigía para Rusia.

Al cubrirse Sara con la mano la boca temblorosa, me doy cuenta de que empieza a entenderlo.

—En efecto, *ptichka*. —Camino hacia ella y le agarro de la delgada muñeca para retirarle la mano de la cara —. Adivina quién fue el responsable de pasarles a los soldados la información falsa.

Tiene los ojos llenos de horror.

—¿La célula terrorista no estaba ahí?

—No. —Le aprieto la muñeca con fuerza porque no puedo relajar los dedos. Con semejantes recuerdos tan vívidos en la mente, no puedo evitar pensar en ella como la mujer de mi enemigo muerto—. No había nada allí excepto una aldea con habitantes pacíficos y, si tu marido y sus agentes se hubiesen molestado en comprobarlo con mi equipo, lo habrían sabido. —Endurezco el tono y mis palabras se vuelven más hirientes—. Joder, si no hubieran sido tan arrogantes, tan sedientos de gloria, habrían buscado ayuda en vez de pensar que lo sabían todo. Se habrían enterado de que los terroristas eran su propia fuente y mi mujer y mi hijo seguirían con vida.

Noto cómo el pulso de Sara se dispara mientras me mira fijamente y me doy cuenta de que no me cree, al menos, no del todo. Piensa que estoy loco o, como poco, desinformado. Su duda me enfurece aún más, forzándome a soltarla antes de aplastarle los huesos frágiles de la muñeca.

Se aparta de inmediato y sé que es capaz de sentir la violencia bajo mi piel. Cuando supe lo que había sucedido, no pude castigar a los soldados de la OTAN ni a los agentes involucrados porque la tapadera fue increíblemente rápida y rigurosa. De ese modo, desaté mi furia contra la célula que proporcionó la información falsa y contra cualquiera lo bastante imbécil como para interponerse en mi camino.

La muerte de mi hijo desató al monstruo que había en mí y este sigue vagando libre.

Cuando estamos a un metro de distancia, Sara se detiene y me habla con cautela.

—Por eso… —Se muerde el labio— ¿Por eso te has convertido en fugitivo? ¿Por lo que pasó?

Aprieto los puños, me giro y vuelvo a la mesa. No puedo seguir hablando del tema ni un segundo más. Cada frase es como si me rociaran el corazón con un espray de ácido. He llegado a un punto en el que puedo pasarme varias horas sin pensar en la muerte violenta de mi familia, pero hablar sobre lo sucedido es volver a ese día devastador y a la ira que me consumía.

Si seguimos con el tema, podría perder el control y hacerle daño a Sara.

«Cada movimiento a su tiempo. Cada tarea a su tiempo». Pongo la mente en blanco como cuando estoy en una misión y me concentro en lo que hay que hacer. En este caso, se trata de limpiar la mesa, meter las sobras en el frigorífico y apilar los platos en el lavavajillas. Me centro en esas actividades mundanas y, lentamente, esa furia creciente se calma, así como la necesidad de ser agresivo.

Al encender el lavavajillas y volver a girarme hacia Sara, ella aún me mira con cautela. Parece que va a estallar de un momento a otro y, si todavía no lo ha hecho, es porque sabe lo que se juega.

Si le da por huir ahora, no seré amable cuando la pille.

—Vamos arriba —digo, dirigiéndome hacia ella—. Hora de irse a la cama.

~

TIENE LA MANO HELADA CUANDO SE LA AGARRO PARA guiarla por las escaleras y pálido ese rostro precioso. Si no me sintiera tan herido por dentro, la tranquilizaría diciéndole que esta noche tampoco le haré daño, pero no quiero prometer nada que quizá no pueda cumplir.

El monstruo está muy cerca de la superficie, demasiado descontrolado.

—Desvístete —le ordeno, soltándole la mano al llegar al dormitorio. Lleva unos vaqueros ajustados y un jersey ancho de color marfil, pero, aunque le quede fenomenal ese conjunto, lo quiero fuera.

No quiero barrera alguna entre nosotros.

En vez de obedecer, Sara se aparta.

—Por favor... —Se detiene a medio camino entre la cama y yo—. Por favor, no lo hagas. Lamento mucho lo que le pasó a tu familia y, si George fue responsable de alguna manera...

—Lo fue —suelto con tono cortante—. Me costó años, pero conseguí los nombres de cada soldado y agente de Inteligencia relacionado con la masacre. No hay ninguna equivocación, Sara: la lista me llegó directamente de vuestra propia CIA.

Se queda de piedra.

—¿La tienes gracias a la CIA? Pero... ¿cómo? Me dijiste que ellos mismos estaban involucrados, que George era uno de ellos.

—Existen muchas fracciones y divisiones dentro de la organización. Una rama no siempre sabe, ni le importa, lo que hace la otra. Conozco a un traficante de armas que tiene un contacto allí y él o, mejor dicho, su esposa se hizo con la lista. Pero eso no importa. —Me cruzo de brazos y repito—: Desvístete. —Dirige los ojos hacia la cama y, después, hacia la puerta detrás de mí—. Ni se te ocurra. No quieres ponerme a prueba esta noche, créeme.

Su mirada vuelve a centrarse en mi cara y puedo sentir su desesperación.

—Por favor, Peter. Por favor, no lo hagas. Lo que le pasó a tu familia fue horrible, pero esto no les hará regresar. Lo siento por ellos, de verdad, pero yo no tuve nada que ver con…

—Esto no es por eso —contesto, descruzando los brazos—. Lo que quiero de ti no tiene nada que ver con lo que pasó. —Pero, al decirlo, sé que es mentira. Mis actos no son los propios de un hombre que corteja a una mujer. Más bien, son los de un depredador que acecha a su presa. Si no fuera quien es, si fuera una mujer cualquiera, no habría aparecido en su vida de esta manera.

Mi deseo por ella sería agradable y contenido, en vez de peligrosamente obsesivo.

Sara me mira incrédula y, entonces, me percato de que también lo entiende. No voy a engañar a nadie. Lo que está pasando entre nosotros tiene que ver con el pasado oscuro que compartimos.

«Que así sea».

Camino hacia ella.

—Quítate la ropa, Sara. No te lo volveré a repetir.

Vuelve a alejarse antes de detenerse. Quizás se ha dado cuenta de lo cerca que está de la cama. Incluso con el jersey grueso ocultándole las curvas, puedo ver cómo se le contrae el pecho al jadear, a la vez que cierra y abre las manos constantemente, una a cada lado.

—Muy bien. Si es lo que quieres… —Me dirijo hacia ella, pero levanta los brazos con las palmas hacia mí—. ¡Espera! —Le tiemblan las manos al tocar el jersey—. Lo hago yo.

Me detengo y observo cómo se lo saca por encima de la cabeza. Debajo, lleva puesta una camiseta de tirantes ajustada de color azul que deja al descubierto unos hombros delgados y le resalta la curva de los pechos. No son los más grandes que he visto, pero van acorde con su forma de bailarina y se me endurece la polla al recordar cómo ese pecho precioso descansó sobre mi brazo anoche.

Pronto sabré cómo se siente al tacto y a qué sabe.

—Continúa —digo al verla dudar de nuevo con la mirada paseándose entre la puerta y yo—. La camiseta y, después, los vaqueros.

Le siguen temblando las manos mientras me obedece, quitándose la camiseta por la cabeza antes de ocuparse de la cremallera de los pantalones. Bajo la camiseta, lleva un sujetador blanco corriente y tengo que esforzarme por quedarme quieto cuando se baja los pantalones, dejando ver unas braguitas azul claro. Aunque anoche ya sentí esa piel desnuda contra la mía y la he visto desnudarse varias veces gracias a las cámaras, esta es la primera vez que la veo hacerlo tan cerca, por lo que se me acelera el pulso cuando, con ganas de devorarla, retengo cada grácil línea y curvatura de su cuerpo.

Tiene una estatura normal, pero las piernas, largas, con músculos esbeltos y en forma, propios de una bailarina. Posee un vientre delgado y tonificado y la delgada cintura desemboca en unas sutiles caderas femeninas. Además, su piel es completamente blanca y suave, sin una marca visible de bronceado.

Mi nueva obsesión es preciosa. Bonita y asustada.

—Ahora, el resto —ordeno con sequedad cuando se quita los vaqueros de una patada y se queda ahí temblando, vestida sólo con un sujetador y unas bragas. Soy consciente de mi crueldad, pero la herida tan profunda que ha abierto ha consumido la más mínima decencia y compasión que me quedaban, dejando solo lujuria junto a la necesidad irracional de castigarla.

Quizás no quiera hacerle daño, pero, en este momento, deseo verla sufrir.

Busca el broche del sujetador y lo desabrocha con movimientos erráticos, lo que hace que inhale profundamente. El dolor que siento por dentro me sumerge en una ola de deseo aún más intenso. Anoche le vi los pechos, por lo que sé que son preciosos, pero la imagen de los pezones duros y rosados y la piel blanca me sigue impactando como un puñetazo. Me late el corazón a un ritmo rápido y brusco y me cuesta un mundo quedarme quieto en vez de tocarla cuando se quita las bragas. Tiene el coño suave y sin un pelo, por lo que, o bien se hace la cera a menudo o se quitó el vello púbico con láser en algún momento. Se me hace la boca agua al imaginarme pasándole la lengua por esos pliegues delicados.

Estoy deseando saborearla y hacer que se corra.

Mientras imagino todo eso, Sara se pone recta y levanta la barbilla desafiante:

—¿Ya estás contento? —Aunque el rubor le cubre las mejillas, no intenta taparse. Ha formado un puño con las manos a ambos lados.

De manera perversa, su pequeño acto de valentía suaviza el deseo oscuro que late en mi interior y me hace sonreír divertido.

—Todavía no, pero lo pronto lo estaré —respondo mientras me quito la ropa. Mis movimientos son rápidos y breves, destinados a cumplir la tarea a la mayor velocidad posible. Le arde el rostro aún más y el pecho le sube y le baja cuando me mira fijamente—. Ven —le ordeno, yendo hacia ella totalmente desnudo —. Sé que te gusta ducharte antes de ir a la cama.

Parpadea y dirige con rapidez los ojos hacia mi rostro. Me doy cuenta de que ha estado mirándome la polla, que está tan dura que comienza a curvarse hacia el ombligo.

—Puedes tocarla en la ducha si te apetece —digo con una gran sonrisa por su evidente sonrojo—. Vamos, *ptichka*. Vas a disfrutarlo.

Y, agarrándola por la muñeca, la llevo al baño.

22

ara

Intento mantener la compostura, al menos en apariencia, mientras Peter me conduce hasta el baño rodeándome la muñeca con los dedos largos. Desde luego, al subir las escaleras, no imaginaba que sería así como transcurriría la noche. Pese a la oscuridad persistente en sus ojos, ahora mi torturador parece estar de un humor desenfadado, casi juguetón, un fuerte contraste con la ira terrible que divisé antes en ellos.

Es como si mi pequeño estriptis forzoso hubiera calmado cualquier demonio desatado por esas horribles fotos.

Las náuseas se apoderan de mí al recordar las imágenes, la muerte y la devastación representada con espantoso detalle. Sólo las he mirado durante un par de segundos, pero sé que no las olvidaré jamás. No me imagino estar allí presente haciendo esas fotos, mucho menos sabiendo que mi familia está ahí tumbada, que esos cadáveres en descomposición son las personas que quiero. Solo de pensarlo, la agonía me llena de tal manera que, por un doloroso momento, comprendo las razones de mi atacante.

No lo justifico, pero lo entiendo y la pena lucha contra el terror en mi pecho.

Si Peter cree que mi marido era el responsable de esas muertes, no le quedaba más opción que ir tras él. Eso lo tengo claro. Incluso antes de convertirse en un depravado, su trabajo en Rusia lo habrá expuesto a la parte más oscura de la humanidad, le habrá enseñado a entender la violencia como solución. Eso sin contar con lo que le convirtiera en un asesino antes de cumplir los doce años. Un hombre así no pondría la otra mejilla; el ojo por ojo parece más su estilo. No le importaría dañar a inocentes para conseguir venganza y, a buen seguro, no pestañearía al torturar a la mujer de un enemigo hasta dar con él.

Si George tuvo algo que ver con lo que sucedió, tengo suerte de seguir viva.

Deteniéndose frente al cubículo de la ducha de cristal, mi captor me suelta de la muñeca, se mete dentro y deja correr el agua. Mientras tantea el grifo intentando encontrar cómo ajustarlo a la temperatura exacta, miro de reojo la puerta del baño. Está mojado y distraído, así que estoy casi convencida de que puedo bajar las escaleras hacia mi coche antes de que me atrape. Pero, luego, ¿qué? ¿Conduzco desnuda hasta un hotel cualquiera con la esperanza de que no me encuentre esta noche? ¿Corro directa al FBI y les imploro que me escondan?

Antes de que pueda empezar de nuevo con esa lucha interna, Peter sale de la ducha con el poderoso pecho brillándole por las gotas de agua.

—Pasa —dice, cogiéndome del brazo. Casi me caigo cuando me mete dentro del cubículo—. Cuidado —murmura, poniéndome recta. Entonces, lo miro y veo que me observa con una mezcla de hambre y diversión perversa—. Está resbaladizo.

Debido a su insinuación, el rubor que aún no me había abandonado vuelve a resurgir. Detesto que sepa cómo reacciona mi cuerpo ante él, que, minutos antes, me haya pillado mirándole la erección como una adolescente viendo su primera película porno. Bien es cierto que él podría protagonizar una con semejante polla, pero ese es otro tema. A mí me tendría que dar igual que sea un hermoso macho salvaje. Ese cuerpo duro debería inspirarme miedo, en vez de deseo.

Es un peligroso asesino, un loco en potencia, y tendría que verlo como tal.

Y eso hago, al menos racionalmente. Sin embargo, cuando dirige la ducha hacia mí, permitiendo que el chorro de agua caliente me golpee la espalda, noto que no estoy tan asustada como lo estaba la otra noche, aunque debería después de ver esas fotos. Si Peter cree en lo que me ha contado, entonces tiene toda la razón del mundo para odiarme y lo más probable es que la atracción que siente por mí sea tóxica. No sé por qué no me violó anoche, pero estoy casi segura de que hoy lo hará. La idea debería horrorizarme y lo hace, pero no hay rastro del pánico visceral que sentí en aquella habitación de hotel, como si dormir entre sus brazos me hubiera insensibilizado de la inmoralidad tremenda de lo que me está haciendo, del despropósito que es su presencia en mi casa y en mi ducha.

Por segunda vez en dos días, estamos desnudos juntos y no lo encuentro tan perturbador como debería.

—Cierra los ojos —dice Peter, cogiendo el bote de champú, y obedezco, dejando que me extienda el líquido jabonoso por el cabello. A pesar del ánimo inestable de antes, me pasea con suavidad los dedos fuertes sobre el cráneo al masajearme con el champú y comprendo que me está mimando otra vez, desarmándome por completo con sus gestos extrañamente delicados. Siento la imperiosa necesidad de echar la cabeza hacia atrás, de ponerme en sus manos como un gato que exige caricias, pero me quedo quieta para que no sepa que disfruto con lo que me está haciendo.

Sea cual sea el juego de mi torturador, me niego a entrar en él.

Mi determinación se mantiene hasta que empieza a masajearme el cuello, trabajando con destreza en los nudos de la nuca. No me doy cuenta de la tensión que llevo acumulada en esa zona hasta que esta desaparece gracias a la combinación de sus manos y el agua caliente, que me hacen sentir cálida y relajada como no me había sentido en mucho tiempo.

Intento hacer memoria de las veces en que George me lavó el pelo así y no consigo recordar ninguna. Ni siquiera recuerdo que se duchara conmigo a excepción de un par de veces al principio de nuestra relación, cuando éramos todavía relativamente atrevidos en la cama. Tras un año saliendo, nuestra vida sexual se convirtió en rutina. George me tocaba de una forma que no me satisfacía del todo y, al final de nuestra vida en común, apenas me tocaba. Punto.

En estos días, he tenido más intimidad física con su asesino que con mi marido durante la mayor parte de nuestro matrimonio.

Cuando tengo el cabello limpio, Peter me mete la cabeza bajo el chorro de agua, enjuagando el champú para después usar el acondicionador sobre los mechones. Mientras está en ello, se acerca aún más a mí. Me roza el pecho con el suyo durante unos segundos y se me endurecen los pezones bajo el chorro caliente. El sexo se me vuelve sensible y húmedo al notar la cabeza suave de la polla contra el estómago.

Se aparta un segundo después, pero es demasiado tarde. La sensación cálida y relajante se convierte en excitación tan rápido que no tengo tiempo de evitarla. Aunque apenas me ha tocado, me quedo temblando y sin respiración, deseándole. Es una reacción puramente física, lo sé, pero me avergüenza. No debería desearle, ni a él ni a esta forzosa intimidad, nada de esto debería gustarme en ningún sentido.

Me muerdo el interior de la mejilla para distraerme con el dolor, abro los ojos y lo veo echándose gel en las manos.

—Ya lo hago yo —digo con firmeza, intentando coger el bote, pero él niega con la cabeza y una sensual sonrisa se le forma en los labios al alejarlo de mí.

—Aún no, *ptichka*. Tienes que esperar tu turno.

Situándose detrás de mí, comienza a lavarme la espalda y, a pesar de que el agua está caliente, su tacto me quema, cada caricia de esas manos rugosas aumenta la llama de excitación en mi interior. Intento concentrarme en otra cosa, lo que sea, pero el corazón me late demasiado deprisa y el cuerpo me arde de vergüenza y deseo a partes iguales.

Y de miedo. Aunque acallado por un momento, es una presencia insidiosa en mi mente. No se me ha olvidado lo que el hombre que me está tocando ha hecho ni de lo que es capaz. Quizás otra mujer en mi lugar habría peleado en vez de dejarle hacer todo esto, pero no quiero que me haga daño de verdad. Ayer me sometió con una facilidad pasmosa y sé que hoy pasaría lo mismo. Pero puede que no se detenga cuando esté bajo él. Podría rendirse esta noche a la oscuridad que he adivinado en sus ojos y el juego, sea cual sea, acabaría de forma horrible.

Por eso me quedo quieta y miro al frente, observando cómo las gotas de agua descienden por el cristal cubierto de vapor mientras desliza las manos llenas de espuma por mi espalda, hombros, brazos, costados... Es una tortura diferente y, cuando mueve las manos al frente para extenderme la espuma por el vientre tembloroso antes de subir por el tórax, no puedo más.

—Para —susurro casi sin aire, clavándome las uñas en los muslos al notar cómo me roza con los dedos bajo los pechos—. Por favor, Peter, detente.

Para mi sorpresa, me hace caso y baja las manos hasta mis caderas.

—¿Por qué? —murmura, acercándome a él. Ajusta el pecho a mi espalda y me presiona la erección contra el trasero—. ¿Porque lo detestas? —Baja la cabeza rozándome la barba incipiente contra la sien al pasar la lengua por el filo de mi oreja—. ¿O porque te encanta?

«Por ninguna. Por ambas». No puedo pensar con claridad. Cierro los ojos y se me pone la piel de gallina cuando introduce la lengua detrás de mi oreja, derritiéndome por dentro. Quiero apartarlo de mí, pero no me atrevo a moverme por si hago algo estúpido, como inclinar la cabeza hacia el fuego seductor de esa endiablada boca.

—¿A qué le temes tanto, *ptichka*? —continúa hablando con voz suave y profunda—. ¿Al dolor? —Me muerde el lóbulo con suavidad—. ¿O al placer? —Mueve la mano derecha en diagonal sobre mi vientre para dirigirse hacia ese ansioso rincón entre las piernas con una lentitud perversa.

Me está poniendo en bandeja la oportunidad de detenerle, pero no puedo, no cuando sé a dónde quiere llegar. Lo máximo que puedo hacer es respirar rápida y profundamente cuando traspasa la abertura con los dedos curtidos y callosos y, con lentitud, me abre los pliegues, mostrando la sensible carne del interior.

—¿No contestas? —Siento su respiración cálida sobre la sien—. Supongo que tendré que averiguarlo por mí mismo.

Comienza a trazar círculos con la yema del dedo sobre mi clítoris, logrando que se me entrecorte la respiración y me quede en blanco, como si cada nervio de mi ser volviera de pronto a la vida. Soy muy, pero que muy consciente de ese cuerpo grande y duro que me presiona la espalda y de su barba raspándome la oreja, de esa mano larga posada bajo mi vientre y del agua caliente mojándonos. Y de ese dedo, de ese dedo rudo, pero delicado. Apenas me está tocando y, aun así, es como si mi cuerpo fuera un resorte con cada músculo rígido por el deseo.

Vagamente, me parece percibir un sonido extraño y me doy cuenta de que emana de mí. Es un gemido, mezclado con un quejido entrecortado. Me avergüenzo, pero eso no hace más que incrementar mi excitación, pues todos mis sentidos se centran en el palpitante placer del manojo de nervios que me provoca con crueldad. Puedo sentir cómo me chorrean los muslos y el deseo se transforma en una insoportable tensión que crece y aumenta cada segundo que pasa bajo la presión aún más intensa de ese dedo. Es placer y agonía, ambas tan agudas que me hacen vibrar mientras olas de calor se apoderan de mi piel. Intento pararlo, evitar que la tensión llegue a su punto más álgido, pero es tan imposible como frenar una marea.

Con un suspiro ahogado, me corro, mientras todo mi cuerpo se contrae con una fuerza tan intensa que la visión se me nubla tras los párpados cerrados con fuerza. Continúa, el placer sale de mi interior en forma de oleadas vibrantes que me dejan temblando, aturdida, casi sin poder sostenerme. Intento empujar a mi torturador lejos de mí, poner fin a este placer horrible, pero él se me aferra con más fuerza y no tengo otra opción que aguantar, sintiendo cómo saca de mi cuerpo a la fuerza vibraciones vergonzantes.

—Así me gusta, *ptichka* —susurra cuando finalmente caigo sobre él, jadeando exhausta—. Ha sido precioso.

Me aparta la mano del sexo y abro los ojos mientras el letargo posorgásmico se va disipando y da paso al horror.

Me he corrido. Me he corrido en las manos del hombre que acabó con la vida de mi marido.

Empieza a girarme para situarme frente a él y, por fin, encuentro las fuerzas para reaccionar.

Con un quejido, me escapo de su abrazo y tropiezo, a punto de chocarme con la pared de cristal que hay detrás de mí.

—¡No! —digo con un tono alto y claro, rozando la histeria—. ¡No me toques!

Para mi sorpresa, Peter se queda quieto, aunque todavía puedo ver que la tiene dura, que aún me desea.

Ladea la cabeza y me mira un rato en silencio, antes de cerrar el grifo de la ducha.

—Sal —me ordena con amabilidad, abriendo la puerta del cubículo —. Creo que ya estamos lo bastante limpios.

23

eter

Me seco con una toalla blanca y suave antes de coger otra y envolver a Sara con ella cuando sale de la ducha. Parece que está a punto de romperse. En los ojos color avellana destella un brillo doloroso, por lo que, a pesar de que la lujuria me consume, siento algo parecido a la compasión.

En estos momentos, debe odiarse a sí misma casi tanto como me odia a mí.

Le froto el cuerpo de arriba abajo para secarla y, después, le envuelvo la cabellera húmeda con la toalla. Sé que la estoy tratando como a una niña en vez de como a la mujer adulta que es, pero cuidar de ella me calma, me ayuda a mantener mis impulsos siniestros bajo control.

Sirve para recordarme que en realidad no quiero hacerle daño.

Me agacho y la levanto entre los brazos. Asustada, deja escapar un suspiro entrecortado.

—¿Qué estás haciendo? —pregunta, golpeándome el pecho —. ¡Bájame!

—Dame un segundo. —Ignorando sus intentos por escapar, la saco del baño. Su peso es ligero, fácil de llevar, como si tuviera los huesos huecos como un pájaro de verdad. Mi Sara es frágil, pero, a la vez, resiliente.

Si voy con cuidado, se inclinará ante mí en vez de romperse.

La suelto al llegar a la cama y ella coge la manta para echársela por encima y cubrirse el cuerpo desnudo. Con la mirada llena de desesperación, se echa hacia atrás en la cama, alejándose de mí todo lo posible.

—¿Por qué me haces esto? ¿Por qué no puedes buscarte a otra a quien torturar?

—Ya sabes por qué, *ptichka*. —Le quito la manta de las manos al meterme en la cama—. No tengo interés por ninguna otra.

Sara se baja de la cama. Está claro que ha olvidado que es inútil huir de mí, así que salto tras ella, atrapándola antes de que pueda llegar a la puerta. La sangre corre con fuerza por mis venas, el monstruo crece en mi interior mientras se revuelve entre mis brazos y hago uso de todo mi autocontrol para no aplastarla contra la pared y follármela con fuerza.

Si no fuera porque no quiero que nuestra primera vez sea así, ya estaría dentro de ella.

—Deja de luchar —digo entre dientes al ver que Sara continúa oponiendo resistencia, intentando huir. Siento cómo mi voluntad se hace pedazos cuando la polla reacciona a sus movimientos como si de un baile privado se tratase—. Te lo advierto, Sara…

Se queda petrificada, comprendiendo el peligro que corre.

Inhalo despacio antes de soltarla y apartarme para reducir la tentación.

—Métete en la cama —le ordeno con dureza mientras sigue ahí de pie, jadeando—. Vamos a dormir, ¿entendido? Abre los ojos como platos.

—¿No vas a…?

—No —contesto sombrío. Me acerco, la cojo del brazo y la llevo a la cama—. Esta noche no.

No importa lo tortuoso que sea, le daré más tiempo a Sara para que se acostumbre a mí. Es lo menos que puedo hacer para compensar nuestro violento principio.

Pronto será mía, solo que aún no.

No hasta estar seguro de que no la destruiré.

«—¿ESTÁS DESPIERTO, PAPÁ? VEN A JUGAR CONMIGO. —Una manita me tira de la muñeca—. Por favor, papá, ven a jugar.

—Deja a papá dormir —le regaña Tamila,

incorporándose sobre el codo al otro lado de la cama —. Anoche volvió tarde.

Me pongo boca arriba, me siento y digo con un bostezo:

—No te preocupes, Tamilochka. Estoy despierto.

Tras inclinarme, cojo a mi hijo y me pongo en pie, a la vez que lo alzo sobre los hombros. Pasha chilla de emoción mientras patalea con las piernecitas en el aire al sostenerlo por encima de la cabeza.

—Lo consientes demasiado —susurra Tamila. Después, se levanta también y se pone una bata sobre el pijama—. Prepararé el desayuno.

Se va al cuarto de baño y yo sonrío a Pasha:

—¿Quieres jugar, *pupsik*? —Lo lanzo al aire y lo cojo, logrando que estalle en carcajadas—. ¿Así? —Lo lanzo de nuevo.

—¡Sí! —Su risa es tan fuerte que parece a punto de ahogarse—. ¡Más! ¡Más alto!

Me río y lo lanzo por el aire un par de veces más, ignorando el dolor de las costillas dañadas. Me he pasado toda la semana anterior intentando dar caza a un grupo de insurgentes y ayer finalmente dimos con ellos. Durante el tiroteo, algunas de las balas fueron a parar a mi chaleco. Nada serio, pero me vendría bien tener unos días de tranquilidad. Aun así, no me perdería este momento de diversión por nada del mundo.

«Mi hijo crece demasiado rápido, como es normal.»

Me despierto con un dolor agridulce en el pecho. No me hace falta abrir los ojos o saber dónde estoy para comprender que estaba soñando. El dolor por la pérdida de Pasha es muy agudo. Está demasiado incrustado en lo más profundo de mi ser como para confundir el recuerdo soñado con otra cosa, aunque es la primera vez que experimento uno agradable de forma tan real.

Lo normal es que los sueños sobre mi familia sean ligeros y borrosos, al menos hasta que se convierten en pesadillas gráficas.

Me quedo ahí tumbado unos instantes, escuchando a Sara respirar tranquila, y me deleito con el tacto del delgado cuerpo que se acurruca entre mis brazos. Por fin está dormida y su cerebro hiperactivo descansa. No me ha hablado esta noche. Ha permanecido rígida a mi lado durante casi una hora y sé que se estaba martirizando por lo que ha ocurrido en la ducha. Pensé en charlar con ella, en distraerla de sus pensamientos, pero con los recuerdos frescos en la cabeza y el cuerpo duro por el deseo, no quería arriesgarme a que la conversación pasara a un terreno doloroso.

Si hubiera empezado a defender a su marido, habría perdido los papeles y la habría hecho mía, dañándola en el proceso.

Inhalo para aspirar el dulce olor de su cabello y dejo que el familiar aluvión de lujuria se lleve consigo el persistente nudo que tengo en el pecho. No tiene mucho sentido, pero estoy convencido de que Sara es la razón por la que, por vez primera en cinco años y medio, he soñado con mi hijo y no con su muerte. Aunque estar abrazado a su cuerpo desnudo sin follármela sea una forma de autotortura, que Sara esté en mi cama tiene el mismo efecto en mis sueños que tenerla cerca cuando estoy despierto.

Cuando estoy con ella, la agonía por lo que perdí es menos acuciante, más soportable.

Cierro los ojos, dejo la mente en blanco y me vuelvo a dormir.

Con suerte, volveré a ver a Pasha en sueños.

24

ara

Al igual que ayer, cuando me despierto, Peter ya se ha marchado, lo que me alegra porque no sabría cómo enfrentarme a él esta mañana. Cada vez que pienso en lo que pasó en la ducha, muero un poco por dentro.

He traicionado a George y su memoria de la peor de las maneras. Conocí a mi marido cuando apenas tenía dieciocho años. Fue mi primer novio serio, mi primer todo. Incluso cuando las cosas empezaron a torcerse, seguí siendo fiel tanto a él como a nuestro matrimonio.

Hasta anoche, George había sido el único hombre con el que había mantenido relaciones, el único que había hecho que me corriese.

El dolor se apodera de mí, el duelo es tan agudo

como una bofetada. Intentando coger aire, me retuerzo sobre el lavabo y agarro con fuerza el cepillo de dientes. Durante estos seis meses, he estado tan ocupada intentando sobrellevar mi ansiedad y los ataques de pánico, junto con la culpa de saber que fui yo quien provocó la muerte de George, que no he tenido oportunidad de llorar de verdad por mi marido. Aún no he asimilado el vacío que ha dejado su ausencia en mi vida, no he lidiado con el hecho de que el hombre con el que he estado durante casi una década ya no esté.

George ha muerto y yo he estado durmiendo con su asesino.

Siento náuseas al mirarme fijamente en el espejo del baño, detestando la imagen que me devuelve. La facilidad con la que llegué al orgasmo anoche hace que enrojezca de vergüenza. Peter apenas me tocó, no hizo casi nada. Ni siquiera me resistí demasiado. De haberlo intentado, podría haber sido capaz de rechazarlo, pero no lo hice.

Me quedé ahí y me rendí al placer para después dormir en los brazos de mi torturador por segunda noche consecutiva.

El dolor se coagula como un denso nudo de asco hacia mí misma y aparto la vista de mi reflejo, incapaz de soportar el reproche en esos ojos color avellana que me miran. No puedo hacer esto, no puedo jugar a este juego enfermizo y retorcido que Peter me está imponiendo. No me importa que tenga sus motivos o que crea que los tiene. No hay sufrimiento que justifique lo que le hizo a George ni lo que sigue haciéndome a mí.

Mi torturador puede estar herido y dolido, pero eso solo lo hace más peligroso, tanto para mi juicio como para mi seguridad.

Tengo que encontrar la manera de salir de esto.

Cueste lo que cueste, he de librarme de él.

ME PASO TODA LA GUARDIA COMO UN AUTÓMATA. Gracias a Dios, no tengo ninguna operación ni nada grave. De lo contrario, tendría que pedirle a otro doctor que me sustituyera. Por una vez, mi mente no está pendiente de las necesidades de los pacientes, sino de lo que voy a tener que hacer con mi acosador.

No será fácil y estoy segura de que será peligroso, pero no tengo otra opción.

No puedo pasar otra noche en los brazos de un hombre al que odio.

Estoy a punto de terminar mi turno cuando me encuentro con Joe Levinson en el pasillo. Al principio, paso de largo, pero me llama por mi nombre y reconozco a ese hombre alto y esbelto de cabello rubio.

—Joe, hola —digo sonriente. Lo pasamos muy bien charlando el sábado pasado en la cena de mis padres y en todas las otras ocasiones en las que, durante años, hemos coincidido gracias a la amistad de los Levinson con mi familia. En otras circunstancias (es decir, de no haber estado casada ni convertida en viuda de manera violenta), podría haber considerado tener una cita con Joe, por agradar a mis padres y porque me cae bien. No hace que el pulso se me acelere, pero es un buen chico y eso es de agradecer, en mi opinión—. ¿Qué estás haciendo aquí?

—Esto —responde con tono de culpa, alzando la mano derecha para mostrar un dedo con un vendaje grueso.

—¡Oh, no! ¿Qué te ha pasado?

Me muestra una mueca extraña.

—Me he peleado con la trituradora y ha vencido.

—Ay. —Hago un gesto de dolor al imaginármelo—. ¿Es grave?

—Lo bastante como para que no me puedan dar puntos. Tengo que esperar a que deje de sangrar.

—Oh, lo siento. ¿Has venido a urgencias así?

—Sí, pero está claro que he exagerado. Quiero decir, había sangre por todos lados y tengo la yema del dedo hecha papilla, pero me han dicho que sanará y que puede que la cicatriz no sea gran cosa.

—Ah, qué bien. Espero que se cure pronto.

Me sonríe mientras le brillan los ojos azules.

—Gracias, yo también lo espero.

Le devuelvo la sonrisa y estoy a punto de seguir caminando por el pasillo cuando le oigo decir:

—Oye, Sara...

Un escalofrío me recorre por dentro al ver su semblante dubitativo.

— ¿Sí? —Espero que no esté a punto de…

—Pensaba llamarte, pero ya que me he encontrado

contigo... ¿Qué haces este viernes? —me pregunta, confirmando mis sospechas—. Porque hay una exhibición de arte estupenda en el centro y...

—Lo siento. No puedo. —La negativa es automática y solo cuando veo la decepción en la cara de Joe, me doy cuenta de lo grosera que he sido. Sintiéndome fatal, intento arreglarlo—: No es que no quiera ir, pero puede que tenga guardia el viernes y no sé si...

—Está bien, no te preocupes. —Me sonríe de una forma que reconozco al instante como falsa. A menudo sonrío igual cuando quiero ocultar que estoy mal.

Mierda. Debo gustarle más de lo que creía.

—¿Quieres que hagamos otra cosa? —Le propongo antes de pensármelo mejor—. El viernes no, pero ¿en un par de semanas?

La sonrisa de Joe se vuelve sincera y en el contorno de los ojos se le forman unas atractivas arrugas.

—Por supuesto. ¿Qué te parece si cenamos ese fin de semana? Conozco un pequeño sitio italiano donde hacen la mejor lasaña.

—Me parece bien —contesto, lamentando mi impulso. ¿Qué pasará si no consigo solucionar el tema de mi acosador para entonces? Ya no puedo echarme atrás, por lo que añado—: ¿Qué te parece si cuadramos fechas cuando se vaya acercando el día? Mi horario cambia constantemente y...

—No sigas, lo entiendo perfectamente. —Me dedica una gran sonrisa—. Tengo tu número, así que te llamaré la semana que viene y ya me dices a qué hora te viene mejor, ¿de acuerdo?

—Vale. Ya hablamos —contesto y me voy corriendo por el pasillo antes de seguir metiendo la pata.

Un último paciente por ver y ya puedo llevar a cabo mi misión.

Si sale bien, mañana seré libre.

25

—¿Volverás a verla esta noche? —pregunta Anton en ruso mientras levanta la vista del portátil cuando entro en el salón.

Como siempre, el expiloto está vestido de negro de la cabeza a los pies y va armado hasta los dientes, aunque nuestra guarida suburbana es lo más segura posible. Como el resto del equipo, es un hijo de puta letal y, aunque nos burlemos de ese pelo largo a lo hípster y de la barba espesa y oscura, es clavado a lo que es, un exasesino de la Spetsnaz, la fuerza especial rusa.

—Por supuesto —respondo también en ruso.

Me paro al lado de la mesita de café, junto al sofá en el que está sentado Anton, me quito la chaqueta de cuero y el arsenal de armas enganchado al chaleco. Siempre que quedo con Sara llevo una pistola y un par de cuchillos escondidos de manera estratégica en los bolsillos interiores de la chaqueta para que no repare en ellos tanto si estoy vestido como desnudo. No es mi intención asustarla o recordarle quién soy. Ya está bastante intimidada por mis habilidades. Es más, sería estúpido por mi parte fiarme de ella estando cerca de armas auténticas. Incluso un novato podría utilizar una pistola y tener buena puntería.

—Yan se encargará del primer turno esta noche —comenta Anton, tras volver la atención al ordenador que tiene sobre el regazo—. Tengo que resolver ciertos asuntos relacionados con el trabajo de México.

Frunzo el ceño mientras me quito el chaleco antibalas y contesto:

—Creía que lo teníamos todo listo.

—Eso creía yo también, pero parece que Velázquez se ha metido en una pequeña trifulca con tu viejo amigo Esguerra y está reforzando la seguridad a toda hostia. Creo que espera que lo ataque. No tiene nada que ver con nosotros, pero, como es obvio, la cosa se complica.

—Joder.

La implicación, aunque indirecta, de Julian Esguerra definitivamente complica las cosas y no solo porque haya espantado por accidente a nuestro objetivo. El traficante de armas colombiano me guarda cierto rencor. Aunque le salvé la vida a ese cabrón, puse en peligro a su esposa para conseguirlo, algo que nunca me perdonará. No me persigue de manera activa, pero si se entera de que estoy en México, muy cerca de su territorio, quizá cumpla la promesa de matarme. Pensándolo bien, también estoy cerca de él aquí, en Illinois. Los padres de su esposa viven en Oak Lawn, no muy lejos de la casa de Sara, en Homer Glen. Dudo que me vaya a hacer pronto una visita, pero, si lo hace y se cruzan nuestros caminos, puede que no me quede otra que ocuparme de él. Bueno, ya me encargaré de eso si ocurre. No pienso irme de aquí hasta que termine con Sara.

—Sí —susurra Anton mirando el portátil con el ceño fruncido—. Joder.

Le dejo a lo suyo y voy directo a la cocina a pillarme una cerveza del frigorífico. Hoy me he encargado personalmente de un trabajo local, por lo que he dejado a Ilya, el hermano gemelo de Yan, a cargo de Sara para que la vigilara. Todavía tengo la adrenalina por las nubes, con los sentidos lo bastante agudizados y la mente muy clara. Es extraño que matar me haga sentir tan vivo, pero sí, lo hace. Como todos sabemos en este mundillo, la separación entre la vida y la muerte es solo el filo de una espada y tenerla en tu mano es una de las mayores alegrías que hay.

Me bebo la mitad de la botella de cerveza, como un puñado de frutos secos del bol de la encimera y vuelvo al salón. Más tarde iré a casa de Sara a hacer la cena para los dos y, con este tentempié, podré sobrevivir hasta entonces. Pero antes, sin embargo, Anton y yo tenemos que ponernos al día.

Lo de México es algo muy gordo, no podemos cagarla.

—¿Hay novedades? —pregunto sentándome en el sofá junto a Anton. Dejo la cerveza en la mesita de café y miro la pantalla del ordenador—: ¿Tendremos que alterar mucho nuestro plan?

—Casi por completo —refunfuña Anton—. Los horarios de los guardias son un lío. Hay cámaras nuevas de seguridad por todos lados y Velázquez está estableciendo patrullas en el perímetro del recinto.

—Vale, hagámoslo.

Durante la hora siguiente, elaboramos un nuevo plan de ataque contra Velázquez, uno en el que tenemos en cuenta la gran seguridad del recinto. En vez de entrar para asesinarle por la noche, como habíamos planeado al principio, lo haremos a la hora de la comida, ya que, en ese momento, solo hay agentes novatos vigilando. Es una tontería, pero muchos, incluidos los líderes de los cárteles mexicanos, que deberían conocer mejor la situación, se sienten más seguros por el día. Este es uno de los problemas más comunes con el que me he encontrado mientras trabajaba como consultor de seguridad y siempre aconsejaba a mis clientes que tuvieran mucha protección tanto por el día como por la noche.

—¿Ya nos ha llegado la transferencia? —le pregunto cuando acabamos, y Anton asiente.

—Siete millones de euros, como acordamos, y la otra mitad al finalizar el trabajo. Nos da para cervezas y cacahuetes por un tiempo.

Me rio con sequedad. Anton y otros dos miembros de mi viejo equipo, los hermanos Ivanov, se unieron a mí hace dos años, después de que tuviera la lista y les pidiera ayuda con la promesa de que les haría ricos a cambio de que me apoyaran. Todos aceptaron, tanto por nuestra amistad como por la decepción con el gobierno ruso, que crecía a medida que pasaba el tiempo. Con este equipo en marcha, pasé de ser consultor de seguridad a hacer trabajos sucios más lucrativos y flexibles, tirando de mis contactos para conseguir misiones bien pagadas. Necesitaba el dinero para financiar mi venganza y sacarles ventaja a las autoridades y mis hombres necesitaban un nuevo desafío. Mientras eliminar a las personas de mi lista era la prioridad, llevamos a cabo varios golpes bien pagados y mejoramos nuestra reputación en los bajos fondos. Ahora mismo estamos especializados en eliminar objetivos complicados en cualquier lugar del mundo y nos pagan cantidades enormes de dinero por trabajos que cualquier otro no se atrevería a hacer. La mayoría de nuestros clientes son peligrosos, delincuentes con un montón de pasta. Nuestros objetivos también lo suelen ser, como Carlos Velázquez, cabecilla del cártel de Juárez.

En cuanto a mi equipo, no notamos mucha diferencia entre localizar terroristas y matar jefes del crimen o deshacernos de quien se ponga en nuestro camino. Perdimos la moral y la conciencia hace décadas.

—¿Te vas? —pregunta Anton mientras cierra el

portátil cuando me levanto y me pongo la chaqueta—. ¿Vas a pasar toda la noche con ella de nuevo?

—Quizás. —Me palpo la chaqueta para asegurarme de que las armas están bien escondidas—. Muy probablemente.

Anton suspira, se levanta y deja el portátil en el sofá.

—Sabes que esto es una locura, ¿verdad? Si tanto la deseas, fóllatela y acaba con esto. Estoy harto ya de estos encargos locales por decenas de miles de dólares. Esos estúpidos matones no aguantan ni una pelea. Si no conseguimos otro trabajo de verdad antes de México, se me irá la puta pinza.

—Siempre puedes trabajar por tu cuenta —señalo y reprimo la risa cuando Anton me saca el dedo como respuesta. Incluso aunque no fuéramos amigos, no abandonaría el equipo. Gracias a mis contactos, hemos conseguido todos esos negocios tan lucrativos. Mientras obtenía la lista, me arriesgué a adentrarme en los bajos fondos y conocí a las personas clave. A pesar de las habilidades de mis hombres, no hubieran tenido el mismo éxito sin mí, y ellos lo saben.

—Pásatelo bien —me grita Anton cuando voy a salir y finjo no escucharle cuando murmura algo sobre acosadores obsesos y pobres chicas torturadas.

No entiende por qué le hago esto a Sara y no tengo intención de explicárselo, sobre todo porque ni siquiera yo lo entiendo.

26

Sara

El apetecible olor del marisco a la mantequilla, unido al del ajo frito, me da la bienvenida en cuanto entro en casa con el bolso colgado al hombro de manera casual. Como era de esperar, en la mesa hay velas y una botella de vino blanco enfriándose en un cubo con hielo. La única novedad es la cena; parece que hoy toca *linguini* con marisco como plato principal y calamares y ensalada con tomate y queso mozzarella como acompañamiento. La disposición es más que perfecta.

«Actúa con normalidad. Relájate. No sabe lo que estás tramando».

—Noche italiana, ¿eh? —le comento a Peter cuando se aleja de la encimera de la cocina, donde estaba cortando algo que parece albahaca. Se me acelera el corazón de forma imprevisible, pero logro mantener el sarcasmo con serenidad—. ¿Y mañana? ¿Japonesa? ¿China?

—Si es lo que quieres... —me contesta mientras se dirige a la mesa para espolvorear la albahaca sobre la mozzarella—. Aunque no conozco muy bien esa gastronomía, así que quizás tengamos que encargarla.

—Ah. —Dirijo los ojos hacia sus manos mientras se quita los restos de albahaca de entre los dedos. Noto una sensación cálida y estremecedora al recordar cómo me tocaron esos dedos para provocarme un placer arrollador que me hizo sentir desarmada entre sus brazos.

«No vayas por ahí».

Desperada por distraerme, me fijo en su ropa. Hoy lleva una camisa negra de cuello inglés y las mangas dobladas hacia arriba. Se me seca la garganta cuando le observo el bronceado, los antebrazos musculosos y el tatuaje del brazo izquierdo que termina en la muñeca. No me suelen gustar los chicos tatuados, pero a él le quedan bien los tatuajes complejos que enfatizan el poder que exhibe bajo la piel tersa y llena de vello fino. Siempre me han atraído los brazos fuertes y varoniles y Peter tiene los mejores que he visto. George hacía ejercicio, por lo que también tenía buenos brazos, pero no se pueden comparar.

«Uf, detente». El asco que siento hacia mí misma me quema en la garganta cuando me doy cuenta de lo que estoy haciendo. Bajo ningún concepto debería comparar a mi marido, un hombre normal y pacífico con un asesino cuya vida se basa en violencia y venganza. Como es obvio, Peter Sokolov está en mejor forma para poder matar a todas esas personas y eludir a las autoridades. Su cuerpo es un arma perfeccionada durante muchos años de batalla mientras George era un periodista, un escritor que pasaba la mayoría del tiempo con el ordenador.

Pero… si creyera a Peter, mi marido no sería periodista, sino un espía que operaba en el mismo mundo sombrío que el monstruo que vaga por mi cocina.

La tensión se me acumula en la frente y dejo a un lado todos los pensamientos acerca del presunto engaño de mi marido. Me centro en la ropa de mi acosador: unos vaqueros oscuros y calcetines negros sin zapatos. Por un instante me pregunto si Peter tendrá algo en contra de los zapatos, pero entonces recuerdo que, en algunas culturas, se considera como algo sucio y una falta de respeto llevar zapatos dentro de casa.

¿También en la cultura rusa? Y, si es así, ¿el hombre que me torturó en esta misma cocina me está demostrando, de manera indirecta, que me respeta?

—Vamos, lávate las manos o haz lo que tengas que hacer —dice mientras atenúa las luces antes de sentarse a la mesa y descorchar el vino—. Se está enfriando la comida.

—No hacía falta que me esperaras —contesto y me voy al baño más próximo para lavarme las manos.

Odio que haga como si conociera todos mis hábitos, pero no voy a poner en peligro mi salud para molestarle—. Te lo digo en serio —añado—. No tenías por qué haber venido. Sabes que alimentarme no forma parte de tus obligaciones como acosador, ¿verdad?

Sonríe cuando me siento frente a él y cuelgo el bolso sobre el respaldo de la silla.

—¿Sí?

—Es de lo que hablan todas las entradas acerca del trabajo de acosador.

Pincho un trozo de tomate y mozzarella con el tenedor y lo pongo en el plato. No me tiembla la mano, por lo que no dejo entrever la ansiedad que me destruye por dentro. Quiero coger el bolso y ponerlo junto a mí, tenerlo sobre el regazo, a mi alcance. Sin embargo, si lo hago, sospechará. Ya me estoy arriesgando con tenerlo sobre la silla en vez de dejarlo de cualquier manera sobre el sofá de la sala de estar como hago normalmente. Espero que dé por hecho que he ido directa al comedor, en vez de desviarme hacia el sofá como de costumbre.

—Si es lo que dicen, ¿quién soy yo para discutirlo? —Peter sirve una copa de vino para cada uno antes de poner un poco de ensalada de mozzarella en su plato—. No soy un experto.

—¿Nunca habías acosado a ninguna mujer? —pregunto.

Corta un trozo de mozzarella, se lo lleva a la boca y lo mastica despacio.

—No, no de esta manera —responde cuando termina.

—¡Oh! —Me pica la curiosidad—. ¿Cómo las acosabas?

Me sostiene la mirada.

—En serio, no quieres saberlo —responde.

Seguramente tenga razón, pero dado que cabe la posibilidad de que no le vuelva a ver después de esta noche, tengo la extraña necesidad de saber más sobre él.

—Sí que quiero. De verdad, cuéntamelo —digo sintiéndome reconfortada por la tira del bolso que me roza la espalda.

Duda antes de contestar.

—La mayoría de mis misiones están relacionadas con tíos, pero también he seguido a mujeres porque forma parte de mi trabajo. Misiones distintas, mujeres distintas y razones distintas. En Rusia, solía hacerlo con las mujeres o novias de los hombres que habían amenazado a mi país. Las seguíamos y las interrogábamos para localizar a nuestros verdaderos objetivos. Más tarde, cuando me convertí en fugitivo, tuve que perseguir a varias mujeres debido a mi trabajo para numerosos líderes de cárteles, traficantes de armas, etc., normalmente porque, de alguna forma, les suponían una amenaza o porque habían traicionado a los hombres para los que trabajaba.

El trozo de tomate que me acabo de comer me forma un nudo en la garganta.

—¿Solo las… seguías?

—No siempre —puntualiza. Alcanza los *linguini,* introduce un tenedor en él y pone una porción considerable de pasta en su plato sin desparramar nada de la salsa mantecosa.

—A veces tenía que hacer algo más.

Empiezo a sentir frío en la punta de los dedos. Sé que debería callarme, pero, en vez de eso, me escucho preguntándole:

—¿Qué tenías que hacer?

—Dependía de la situación. Una vez, mi presa era una enfermera que traicionó a mi contratante, el traficante de armas que te acabo de mencionar, con algunos de sus clientes terroristas. Debido a eso, secuestraron a la novia que tenía por aquel entonces y casi lo asesinan al rescatarla. Fue una situación peliaguda y, cuando encontré a la enfermera, tuve que recurrir a una solución igual de peliaguda. —Se detiene un momento, con los ojos grises brillándole—: ¿Quieres que te dé más detalles?

—No, es que... —Cojo mi copa de vino y bebo un trago largo —. Así está bien.

Asiente y comienza a comer. Se me ha quitado el apetito, pero me obligo a seguir su ejemplo, por lo que pongo algo de pasta en mi plato. Está delicioso, el marisco y la pasta están perfectamente cocinados y cubiertos con salsa abundante y sabrosa, aunque apenas lo aprecio. Estoy deseando coger el bolso y sacar el pequeño vial que hay en él, pero, para eso, necesito que Peter esté distraído y que aparte la mirada de su copa de vino durante al menos veinte segundos. Lo calculé en el hospital y practiqué con un vial de agua: cinco segundos para abrir el vial, cinco más inclinarme sobre la mesa y echar su contenido en la copa de vino y tres segundos más para retirar la mano y volver a mi posición inicial. En realidad, son trece segundos, no veinte, pero, para que él no sospeche nada, necesitaría algo más de margen.

—¿Qué tal tu día, Sara? —me pregunta después de haberse acabado casi todo el plato de *linguini*. Al levantar la vista, me clava la mirada de un frío color plata—. ¿Alguna novedad?

Se me contrae el estómago, presionándose contra los *linguini* que me he obligado a tragar. Peter no sabe que me he encontrado con Joe, ¿verdad? Mi torturador no ha dicho nada, pero, si, en su cabeza, lo nuestro es como un cortejo o algo parecido, quizás se niegue a que hable y haga planes con otros hombres.

—No, que va —le respondo. Para mi alivio, mi tono es más o menos normal. Estoy mejorando en actuar bajo condiciones extremas—. A ver, una mujer llegó con sangrado abundante y acabó teniendo un aborto de gemelos y una chica de 15 años llegó con un embarazo «planeado» porque siempre había querido ser madre, decía. Pero seguro que esto no te interesa.

—No es cierto. —Coloca el tenedor sobre la mesa y se reclina en la silla—. Tu trabajo me parece fascinante.

—¿En serio?

Asiente.

—Eres doctora, pero no solo mantienes a las personas con vida y curas enfermedades. «Traes» vida a este mundo, Sara. Ayudas a mujeres cuando se encuentran en su mayor estado de vulnerabilidad, en el más hermoso.

Inhalo aire y le miro. Este hombre, este asesino, nunca podría entenderlo, ¿verdad?

—¿Crees que...? ¿Crees que las mujeres embarazadas son hermosas?

—No solo las mujeres embarazadas, sino todo el proceso en sí —responde y me doy cuenta de que de verdad lo entiende—. ¿No crees? —me pregunta cuando le sigo mirando en silencio con una expresión de sorpresa—. Cómo surge la vida, cómo un pequeño grupo de células crece y cambia antes de emerger al mundo. ¿No te parece hermoso o incluso un milagro, Sara?

Cojo mi copa de vino y tomo un sorbo antes de responder:

—Sí. —Mi tono es grave cuando, al fin, soy capaz de hablar—. Claro que sí, solo que no me imaginaba que pensaras de esa manera.

—¿Por qué?

—¿No es obvio? —Suelto la copa—. Asesinas. Haces daño a personas.

—Sí, claro —admite, sin pestañear—. Pero eso solo hace que lo aprecie aún más. Cuando entiendes la fragilidad de los seres, la absoluta fugacidad, cuando ves lo fácil que es hacer desaparecer algo de la faz de la tierra, valoras más la vida, no menos.

—¿Y por qué lo haces? ¿Por qué destruyes algo que

consideras valioso? ¿Cómo puedes ser un asesino y, a la vez…?

—¿Encontrar la vida humana hermosa? Es fácil. —Se inclina y la luz de las velas parpadea en esos oscuros ojos grises—.La muerte forma parte de la vida, ¿sabes, Sara? Es una parte fea, cierto, pero no hay belleza sin fealdad, igual que no hay felicidad sin dolor. Vivimos en un mundo de contrastes, no de absolutos. Nuestras mentes están diseñadas para comparar y percibir cambios. Todo lo que somos y todo lo que hacemos como seres humanos se basa en el simple hecho de que X es diferente a Y: mejor, peor, más caliente, más frío, más oscuro o más claro. Da igual, no es más que una comparación. En el vacío, X no tiene belleza al igual que Y no tiene fealdad. Es el contraste entre ellos lo que nos facilita valorar uno por encima del otro, tomar decisiones y conseguir ser felices a través de ellas.

Tengo la garganta incomprensiblemente tensa.

—¿Y tú qué? ¿Traes felicidad al mundo con tu trabajo? ¿Haces feliz a todos?

—Por supuesto que no —Peter coge su copa de vino y da vueltas al líquido que tiene dentro—. No me engaño sobre quién soy o lo que soy, pero eso no significa que no comprenda la belleza de tu trabajo, Sara. Uno puede vivir en la oscuridad y ver la luz del sol. De esta manera, brilla incluso más.

—Yo… —Tengo las manos empapadas en sudor cuando cojo la copa de vino y, a escondidas, alcanzo el bolso con la mano que me queda libre. Por fascinante que esto resulte, tengo que actuar antes de que sea demasiado tarde. No hay garantía de que se vuelva a llenar el vaso—. No lo había pensado así.

—No había motivos para que lo hicieras. —Pone la copa en la mesa y me dedica una sonrisa oscura y magnética que, como siempre, me acalora—. Has llevado una vida muy diferente, *ptichka*. Una vida más tranquila.

—Claro. —Se me acelera la respiración cuando cojo la copa de vino y me la llevo a los labios—. Supongo que la tenía hasta que entraste en ella.

Su gesto se vuelve serio:

—Es cierto. Por si sirve de algo….

Se me resbala la copa de los dedos y su contenido se esparce por la mesa delante de mí.

—Ups. —Pego un salto como si estuviera avergonzada—. Perdón, déjame que…

—No, no, siéntate. —Se levanta tal y como esperaba. Aunque esté en mi casa, le gusta actuar como un buen anfitrión—: Ya me encargo yo.

En solo unas zancadas, llega al estante dela encimera en el que está el papel de cocina, pero me proporciona el tiempo que necesito para abrir el vial. «Seis, siete, ocho, nueve…» Cuento mentalmente cuando vierto el contenido en su copa. «Diez, once, doce». Se gira con el papel de cocina en la mano y le dedico una sonrisa tímida al hundirme en la silla tras meter de nuevo el vial de cristal vacío en el bolso. Tengo la espalda empapada en un sudor frío y me tiemblan las manos por la adrenalina, pero he cumplido con mi misión. Ahora solo necesito que se beba el vino.

—Venga, déjame que te ayude —le sugiero. Cojo una servilleta mientras limpia el vino derramado, pero hace un gesto con la mano para apartarme.

—Está bien, no te preocupes. —Lleva el plato lleno de vino a la basura y tira los restos de la pasta (esta habría sido otra oportunidad, pienso en un rincón de la mente) antes de regresar con el plato limpio.

—Gracias —digo tratando de parecer agradecida en vez de alegre mientras trae una copa nueva y me echa más vino antes de añadir un poco más a la suya—. Perdón, soy un desastre.

—No pasa nada, tranquila. —Se le ve relajado y divertido cuando se sienta de nuevo—. Sueles ser bastante grácil. Es una de las cosas que más me gustan de ti: lo precisos y controlados que son tus movimientos. ¿Es por tu formación como médico? ¿Porque necesitas tener buen pulso para operar y todo eso?

«No te pongas nerviosa. Hagas lo que hagas, no actúes con nerviosismo».

—Sí, en parte —le contesto, esforzándome en mantener el tono calmado—. También hacía *ballet* cuando era una niña y mi monitora era muy exigente respecto a la precisión y la buena técnica. Debíamos tener las manos en la posición correcta, igual que los pies. Nos hacía practicar cada postura o cada paso hasta que los hiciéramos totalmente bien y, si fallábamos, teníamos que practicar y repetir lo que hubiéramos hecho mal, a veces durante toda la clase.

Coge la copa y mueve el líquido de su interior otra vez.

—Es interesante porque siempre había pensado que parecías una bailarina. Tienes la actitud y el cuerpo perfectos.

—¿Sí? —le pregunto. «Bebe, por favor, bebe».

Deja la copa en la mesa y me dirige una mirada enigmática.

—De verdad. Aunque ya no bailas, ¿no?

—No. —«Venga, coge otra vez la copa»—. Dejé el *ballet* cuando empecé el instituto, pero también bailé algo de salsa en la universidad.

—¿Por qué dejaste el *ballet*? —Acerca la mano a la copa como si la fuera a coger de nuevo—. Imagino que se te debía dar bien.

—No lo bastante como para dedicarme a él a nivel profesional, al menos no sin mucho entrenamiento adicional, y mis padres no querían eso para mí. —Se me acelera el pulso por la ansiedad cuando rodea el tallo de la copa con los dedos—: El potencial de ingresos de una bailarina es bastante limitado, igual que la duración de su trayectoria. La mayoría lo dejan a los veinte y tienen que trabajar de otra cosa para ganarse la vida.

—Qué práctico —reflexiona mientras eleva la copa — ¿Eso era importante para ti o para tus padres?

—¿El qué? —Intento no mirar la copa de vino

cuando se la coloca a unos centímetros de la boca. «Venga, bébetelo».

—El potencial de ingresos. —Mueve el vino de nuevo como si disfrutara viendo el líquido de color claro girar entre las paredes de cristal—: ¿Querías ser una doctora rica y con éxito?

Me obligo a desviar la mirada del hipnótico movimiento del vino.

—Claro, ¿quién no?

La ansiedad me devora por dentro, por lo que me distraigo cogiendo mi propia copa de vino y tomando un gran sorbo. «Venga, imítame de manera inconsciente y bebe, solo unos sorbos».

—No lo sé —murmura—. ¿Quizás una niña pequeña que hubiera preferido ser bailarina o cantante?

Parpadeo y me despisto por un momento del hecho de que no está bebiendo.

—¿Cantante? —pregunto.

Nadie salvo mi orientador en el instituto sabía que era mi sueño. Incluso con diez años comprendía bastante bien que no podía sacar un tema así con mis padres, sobre todo después de oírlos hablar sobre el *ballet*.

—Tienes una voz preciosa —dice Peter mientras sigue jugando con la copa de vino—. Es lógico que, en algún momento, hayas pensado dedicarte a cantar y, a diferencia del baile, la profesión de cantante con éxito no tiene por qué terminar pronto. A muchos cantantes mayores se les tiene un gran respeto.

—Supongo que es cierto.

Miro de nuevo la copa con una frustración creciente. Es como si me estuviera torturando para ver cuánto tiempo puedo soportarlo antes de estallar. Para controlar mi impaciencia, tomo un gran sorbo de vino y le pregunto—: ¿Cómo sabes cómo canto? Oh, espera, da igual. Tienes dispositivos de escucha, ¿verdad?

Asiente sin un ápice de remordimiento.

—Sí, a menudo cantas cuando estás sola.

Tomo más vino. En otro momento, esa indiferencia casual por mi privacidad me hubiera vuelto loca, pero ahora tengo toda la atención puesta en la estúpida copa. «¿Por qué no se la está bebiendo?».

—¿Así que de verdad crees que tengo buena voz? —pregunto y me doy cuenta de que tendría haber sonado más indignada. Con un tono más ácido, añado—: Ya que he cantado para ti de manera involuntaria, deberías darme una opinión sincera.

Le aparecen unas pequeñas arrugas en el contorno de los ojos a medida que baja de nuevo la copa.

—Tienes una voz preciosa, *ptichka*. Ya te lo he dicho y no tengo por qué mentir.

«¡Dios mío, bébete ya el puto vino!». Para evitar gritarlo a los cuatro vientos, respiro hondo y esbozo una bonita sonrisa.

—Sí, claro, lo único que quieres es acostarte conmigo. Como diría cualquier mujer, los cumplidos ayudan.

Se ríe y coge la copa otra vez.

—Cierto, pero tengo el presentimiento de que

podría hacerte cumplidos durante una eternidad y no cambiaría nada.

—Nunca se sabe —mantengo un tono ligero y coqueto a pesar del sudor frío que se me desliza por la espalda. Si no bebe él, le obligaré a hacerlo. No podemos terminar la cena sin que haya dado unos sorbos largos.

Alzo la copa con una sonrisa más amplia y le propongo:

—¿Por qué no brindamos por el orgullo de las mujeres y porque me estés halagando?

—¿Por qué no? —Alza la copa y la hace chocar con la mía—. Por ti, *ptichka*, y por esa voz hermosa.

Nos acercamos las copas a los labios, pero, antes de que pueda dar un sorbo, suelta el tallo de la copa.

—Ups —murmura cuando la copa se inclina y el vino se derrama delante de él en una réplica exacta a mis movimientos de antes. Le brillan los ojos con perversión—. Culpa mía.

Dejo de respirar y la sangre se me cristaliza en las venas.

—Tú… tú…

—¿Sabía que me habías echado algo en la bebida? Sí, por supuesto —dice aún con voz dulce, pero distingo una nota letal en ella—. ¿Crees que nunca han intentado envenenarme?

Se me altera el pulso, pero no soy capaz de moverme cuando se levanta y rodea la mesa para acercarse a mí con la elegancia de un depredador. Lo único que puedo hacer es mirarlo y ver la furia hirviéndole en los ojos del color del metal.

Me va a matar. Me va a matar por esto.

—No quería... —El terror me inunda las venas—: No quería...

—¿No? —Se para a mi lado, coge el bolso y saca el vial vacío. Debería huir o, al menos, intentarlo, pero no soy lo bastante valiente como para alterarlo más, por lo que me mantengo quieta y casi sin respirar mientras se lleva el vial a la nariz y lo huele—. Ah, sí —murmura y baja la mano—. Un poco de diazepam. No lo conseguía oler en el vino, pero ahora está claro. —Deja el vial sobre la mesa frente a mí—. Supongo que lo has traído del hospital, ¿no?

—Yo... sí. —No merece la pena negarlo. Tengo la prueba delante de las narices.

—Ajá. —Apoya la cadera contra la mesa y me mira desde su posición superior—. ¿Qué ibas a hacer cuando me dejaras inconsciente, *ptichka?* ¿Entregarme al FBI?

Asiento mientras las palabras se me congelan en la garganta al observarle. Con ese cuerpo grande cerniéndose sobre mí, me siento como si fuera un pajarito con el que me comparaba: pequeña y aterrorizada a la sombra de un halcón.

La boca sensual se le tuerce en un intento de sonrisa.

—Ya veo. ¿Y crees que hubiera sido tan fácil? Dejarme inconsciente y ya. —Parpadeo, sin comprender nada—. ¿Crees que no tengo un plan B para esto? —aclara. Me estremezco cuando levanta la mano, pero lo que hace es cogerme un mechón de pelo y rozarme la mandíbula con las puntas. Es un gesto tierno pero burlón—. ¿Para cuando intentaras matarme o incapacitarme de algún modo?

—¿Sí?

Baja los párpados y me mira la boca.

—Por supuesto. —Me roza los labios con el mechón de pelo, produciéndome un cosquilleo en la piel delicada. Se me contrae el estómago en un nudo cuando me explica con dulzura—: En este preciso momento, mis hombres están monitorizando la casa y todo lo que hay en un radio de diez manzanas, además de una pantallita que muestra mis constantes vitales. —Me sostiene la mirada—: ¿Quieres adivinar lo que hubieran hecho si mi presión sanguínea hubiera descendido de forma inesperada?

Niego con la cabeza en silencio. Si los hombres de Peter son como él, y lo deben ser para obedecer sus órdenes, prefiero no saber los detalles de lo que acabo de eludir por poco.

Su sonrisa se torna perversa.

—Sí, quizás sea lo más inteligente, *ptichka.* Por lo de que la ignorancia da la felicidad y todo eso.

Hago acopio de todo mi valor.

—¿Qué me vas a hacer?

—¿Qué crees que te voy a hacer? —Ladea la cabeza y su sonrisa se vuelve aún más perversa—. ¿Castigarte? ¿Hacerte daño?

El corazón me martillea en la garganta

—¿Lo vas a hacer?

Me observa durante unos largos segundos y su sonrisa se atenúa. Después, niega con la cabeza

—No, Sara. —Aprecio una nota extraña de cansancio en su voz—. Hoy no.

Se aleja de la mesa y comienza a recoger los platos mientras me hundo en la silla, aliviada, pero totalmente desesperanzada.

Si no miente sobre sus hombres, y no tengo razones para pensar que sea así, estoy aún más atrapada de lo que pensaba.

27

eter

NO DEBERÍA DOLERME SABER QUE QUIERE ACABAR conmigo. No debería sentir como si una espada de fuego me atravesara el pecho. Cualquier persona en la situación de Sara se resistiría; es lógico y normal.

No debería dolerme, pero sí lo hace, por lo que no importa lo que me diga a mí mismo mientras dirijo a Sara hacia la planta de arriba, el monstruo de mi interior ruge y aúlla exigiéndome que haga exactamente lo que teme y que la castigue por su infracción.

Cuando entramos en la habitación, no le obligo a quitarse la ropa delante de mí de nuevo porque estoy demasiado cerca de perder el control. Ya he jugado bastante durante la cena mientras le seguía la corriente con su ingenuo espectáculo de «no te acabo de echar droga en el vino». Supe lo que había hecho enseguida porque derramar el vino es algo que nunca le hubiera ocurrido a ella, pero quería ver lo buena actriz que es, así que he continuado hablando para fingir con inocencia que no tenía ni idea, como un idiota a punto de picar el anzuelo.

—Puedes ducharte —comento mientras hago un gesto en dirección al baño cuando se detiene al lado de la cama, paseando la mirada entre esta y yo—: Estaré aquí cuando vuelvas.

El alivio se le refleja en la cara y desaparece en el baño. Aprovecho la oportunidad para ir al piso de abajo y me doy una ducha rápida en otro de los aseos. Aunque ya lo he hecho después del trabajo, quiero estar más limpio que de costumbre para ella.

Sigue en la ducha cuando vuelvo a la habitación, así que doblo la ropa con cuidado y la dejo en el armario antes de meterme en la cama. Me he masturbado esta mañana, pero mi deseo por Sara no se ha calmado y no seré capaz de jugar a este juego durante mucho más tiempo.

Quiero poseerla y hacerla mía.

Si no es esta noche, será muy pronto.

Está tardando demasiado en ducharse, tanto que sé que lo está haciendo para evitarme, pero no me importa. Empleo ese tiempo en dejar la mente en blanco y enfriar el enfado residual que me quema por dentro. Cuando sale del baño, envuelta en una toalla, tengo al monstruo bajo control y puedo sonreír con calma.

—Ven —digo y doy una palmadita sobre la cama a mi lado.

Intento con todas mis fuerzas no pensar que ayer tenía el coño suave y resbaladizo al tacto, pero es imposible. Quiero sentir cómo esa humedad sedosa me envuelve la polla, quiero escuchar sus gemidos cuando entre en ella. Quiero probar esa delicada boca y ver que se le nublan los ojos color avellana cuando le haga llegar al éxtasis una y otra vez.

La deseo, pero no la puedo tener.

Al menos, no por ahora. Se acerca insegura, con la cautela de una gacela salvaje e igual de grácil que ella. Quiero cogerla y llevarla a la cama, pero me mantengo quieto para que sea ella la que se acerque a mí por voluntad propia. De ese modo, puedo fingir que no me odia, que, si me ve cautivo o muerto, no sentirá una gran alegría. De ese modo, puedo imaginarme que algún día podremos estar juntos y que elegirá estar conmigo.

—Quítate la toalla y ven aquí —le ordeno cuando se queda parada a medio metro de la cama, pero no se mueve, solo mantiene la toalla aferrada al pecho con las manos.

—¿Vamos a dormir? ¿Solo a dormir? —pregunta con voz temblorosa y asiento, aunque se me pone dura solo con mirarla.

Si estuviera seguro de que iba a poder mantener el control, me la follaría esta noche o, al menos, haría que llegara de nuevo al orgasmo, pero lo mejor que puedo hacer es abrazarla y obligarme a dormir. Incluso eso será una tortura, pero lo soportaré. No la forzaré mientras crea que le voy a hacer daño. No importa lo difícil que sea, no quiero ponerme a la altura de sus miedos.

—Solo dormir —le prometo. Espero que no escuche el deseo intenso en mi voz—. Solo vamos a dormir.

Duda por un momento. Después, se dirige a la cama y deja la toalla húmeda en el suelo a medida que se desliza bajo la manta. Lo único que veo es un destello de piel desnuda, pero suficiente para sentir una oleada de lujuria golpeándome el estómago. Me preparo y la abrazo contra mí antes de reprimir un gemido al notar el trasero suave pegado a mi entrepierna, con la piel húmeda y caliente tras la larga ducha. Mi pequeña doctora tiene un culo precioso, firme y en forma. Y la polla me palpita por la necesidad de estar dentro de ella, de sentir esas nalgas delicadas presionadas contra mis huevos cuando me adentre en ella para poseerla una y otra vez.

Cierro los ojos, inhalo la esencia dulce de su champú y me concentro en controlar la respiración. Tras un rato, siento que la tensión en sus músculos se atenúa y empieza a relajarse, a creer que no voy a abusar de ella a pesar de que sentirá la polla dura presionándola.

«Despacio y con calma», me digo a mí mismo a medida que inhalo y exhalo. «Contrólate y céntrate. El dolor no significa nada. El malestar, tampoco». Es un mantra que aprendí cuando estaba en Camp Larko y es cierto. El dolor, el hambre, la sed y la lujuria están relacionados con la química y los impulsos eléctricos, es la forma de comunicarse el cerebro con el resto del cuerpo. Desear a Sara no va a matarme, igual que no lo hicieron los seis meses que pasé a solas cuando tenía catorce años. La tortura de este deseo sin satisfacer no es comparable al infierno que pasé al estar encerrado en una habitación lo bastante pequeña como para ser considerada una jaula, sin nadie con quien hablar y nada que hacer. No puede compararse a la agonía de un cuchillo rozándote el riñón o de un puño gigante a punto de sacarte un ojo.

Si sobreviví a la prisión juvenil en Siberia, podré sobrevivir sin follarme a Sara.

Al menos durante un poco más de tiempo.

28

—¿Y TÚ, SARA?

—¿Eh? —Levanto la vista del plato para dedicarle una mirada ausente a Marsha, que debe haberme preguntado algo.

Andy pone los ojos en blanco.

—Déjala en paz, Marsha. Está otra vez en su mundo.

—Perdón, estaba distraída —contesto colocándome un mechón que se me ha salido de la coleta.

Seguro que tengo el pelo echo un desastre, pero siempre se me olvida mirarme al espejo para arreglármelo. Por lo general, en lo único en lo que puedo pensar esta mañana es que cuando vuelva a casa esta noche, él me estará esperando allí.

Peter Sokolov, el hombre del que no me puedo escapar.

—Te preguntaba si querías venir conmigo y Tonya este sábado —me vuelve a preguntar Marsha con una mirada más divertida que enfadada—. Andy me acaba de decir que se apunta, que ya quedará con su novio en otro momento. ¿Y tú, Sara?

—Oh, lo siento, no puedo —le contesto y aparto a un lado el plato. Me he encontrado en la cafetería con las enfermeras mientras tomaban un desayuno rápido y me han pedido que me siente con ellas a comer—. Les prometí a mis padres que iría a verlos.

La última parte es mentira, pero supongo que es mejor que explicarles que no quiero que mis amigos entren en el radar de un cierto asesino ruso o de quién sea que me esté vigilando.

—Jo, qué mal —comenta Marsha—. Tonya nos va a llevar de nuevo a esa discoteca. Que yo recuerde te gustó bastante el sitio. Dice que el camarero guapo ha estado preguntando por ti.

—¿Por mí? —Frunzo el ceño.

— Sí —confirma Tonya—. Aunque dijo algo raro. Creyó verte con un chico que parecía tu novio o algo así porque actuaba como si fuera tu dueño. Le dije que debía ser un error porque te fuiste sola, ¿sí? No tendrás oculto un novio secreto, ¿verdad?

Un escalofrío me recorre la columna aunque me arde la cara de manera incómoda.

—Por supuesto que no.

—¿En serio? —Marsha parece sorprendida—.

Entonces, ¿por qué te has sonrojado y coges el cuchillo como si fueras a apuñalar a alguien?

Me miro la mano y veo que tiene razón. Estoy cogiendo el cuchillo tan fuerte que tengo los nudillos blancos. Me obligo a relajar los dedos, suelto una risita extraña y les digo:

—Perdón, me da un poco de vergüenza porque esa noche estaba borracha. Quizás estuve bailando con algún chico y eso fue lo que vio tu amigo, el camarero, Tonya.

Andy frunce el ceño.

—¿Ese chico es la razón por la que saliste por patas de allí? Parecías algo… asustada.

—¿Qué? No, solo estaba borracha. —Fuerzo otra risa avergonzada—. ¿Sabes cuando vas a vomitar en cualquier momento? Pues así me sentía esa noche.

—Vale —me responde Tonya—. Le diré a Rick, el camarero, que estás disponible. Por si quieres venirte con nosotras a la discoteca, ya sabes.

—Oh, yo… —Me sonrojo de nuevo—. No te preocupes. No estoy preparada para quedar con nadie…

—No pasa nada. —Tonya me coge de la mano y siento sus dedos esbeltos fríos sobre la piel—. No le daré tu número ni nada parecido. Puedes mantener el misterio de princesa encerrada en la torre. Creo que eso les pone más cachondos.

—¿Qué? —me quedo boquiabierta—. ¿A qué te refieres?

—Se refiere a al aura intocable que desprendes —

contesta Andy mientras mastica un trozo de huevo—. Es difícil de explicar, pero desprendes ese halo de princesa de hielo y no lo digo por el frío, ¿sabes? Algo así como si Jackie-O y la princesa Diana decidieran vivir como los pobres y empezarán a trabajar junto a la gente normal, si eso tiene sentido.

—La verdad es que no. —Le frunzo el ceño a la chica pelirroja—. ¿Quieres decir que parezco una pija?

—No, pija no. Solo diferente —contesta Marsha—. Andy no lo ha explicado bien. Tienes simplemente... clase. Puede que sea por todo el *ballet* que has hecho cuando eras más joven, pero parece que alguien te haya enseñado a inclinarte y a caminar con un libro encima de la cabeza. Además, sabes qué tenedor usar en una cena formal y cómo mantener una conversación trivial con el embajador de dónde sea.

—¿Qué? —Estallo en carcajadas—. Eso es ridículo. A ver, George y yo estuvimos en algunas galas benéficas, pero era su mundo, no el mío. Si pudiera elegir, llevaría pantalones de yoga y zapatillas, ya lo sabes, Marsha. Por Dios, que escucho a Britney Spears y bailo hip-hop y R&B.

—Ya sabes, cari, es solo la apariencia, no cómo eres —me explica Marsha mientras saca un espejo pequeño para retocarse el pintalabios rojo. Se aplica una capa con soltura antes de guardar el espejo y el pintalabios y añade—: Es algo bueno, confía en mí. Por ejemplo, yo. Podría intentar tener toda la clase que quisiera, pero los chicos me miran y piensan que soy fácil. No importa lo que lleve o cómo actúe, solo me ven el pelo, las tetas y el culo y suponen que me abro de piernas.

—Porque lo haces —señala Tonya con una sonrisa.

Marsha resopla y se echa hacia atrás el pelo rubio—: Sí, pero eso no viene a cuento. Mi objetivo es ella. —Me señala con el pulgar—. Aunque lo intentara, no parecería una chica fácil. Cualquier chico que la mire sabe que se lo tiene que trabajar, con cenas con sus padres, anillos en el dedo y ese tipo de cosas.

—No es cierto —objeto—. Me acostaba con George mucho antes de casarme.

Andy pone los ojos en blanco.

—Sí, pero ¿cuánto tiempo llevabais quedando antes de acostaros juntos?

—Unos meses —contesto con el ceño fruncido—. Solo tenía dieciocho años y…

—¿Ves? Unos meses —dice Tonya mientras le da un codazo a Marsha—. ¿Y tú cuánto les haces esperar?

La aludida se ríe.

—Unas horas.

—Exacto —opina Andy—. Y te preguntas por qué esos cabrones no te vuelven a llamar. Mi madre siempre dice que la mejor manera de perder de vista a un chico es acostándote con él. Sara hace bien al mostrarse fría y distante. De ese modo, en cuanto sonrías a un chico, caerá en tus brazos.

—Oh, por favor —contesto, centrándome en los restos del desayuno—. Estamos en el siglo veintiuno. Creo que los hombres entienden…

—No —contesta Marsha con una sonrisa—. No lo

entienden. Si algo les resulta fácil, no lo aprecian tanto. Yo lo sé y no me importa ser una chica para pasar el rato. La mayoría de las veces, no quiero que esos cabrones me llamen y las pocas veces que sí... —Suspira—. Supongo que el destino no ha querido que ocurriese. En cualquier caso, la vida es demasiado corta para perder el tiempo fingiendo ser lo que no eres. Cuando tengas mi edad, lo entenderás.

—Sí, seguro. —Tonya se mete el ultimo trozo de *bagel* en la boca—. Oh, cuéntanos más, anciana sabia.

—Cállate —se queja Marsha y le tira una bola de papel a Tonya. Golpea a Andy, que enseguida contraataca con un proyectil de papel hecho por ella. Me agacho y me río mientras el desayuno se convierte en una pelea de bolas de papel.

Hasta que no salgo de la cafetería, riéndome aún por lo ocurrido, no me doy cuenta de que las enfermeras no solo me han puesto de buen humor y han evitado que piense en Peter, sino que también me han dado una idea.

MI TURNO DE GUARDIA NO TERMINA HASTA LA NOCHE, pero aun así voy a la clínica después. Está abierta las veinticuatro horas y siempre me necesitan. Por mi parte, quiero retrasar mi vuelta a casa lo máximo posible. La idea que estoy gestando hace que se me encoja el estómago y lo último que quiero es enfrentarme a mi acosador.

Como siempre, en la clínica, se alegran de verme. A pesar de lo tarde que es, la sala de espera está llena de mujeres de todas las edades, muchas acompañadas por niños llorando. Aparte de ofrecer servicios de obstetricia y ginecología a las mujeres con bajos ingresos, el personal de la clínica a menudo trata a niños con enfermedades leves, algo que los padres y los departamentos de urgencias cercanos aprecian.

—¿Una noche larga? —le pregunto Lydia, la recepcionista de mediana edad.

Asiente con preocupación. Es uno de los dos miembros asalariados del personal de la clínica; el resto, incluidos los doctores y los enfermeros, son voluntarios como yo. Eso hace que la clínica no tenga un horario fijo, pero le permite ofrecer a la comunidad sanidad gratuita. Además, operamos gracias a las donaciones.

—Aquí. —Indica Lydia y me pone el registro de entrada en la mano—. Empieza con los cinco nombres de la parte inferior.

Cojo el registro y me voy a la pequeña habitación que hace las veces de consulta o sala de exploración. Dejo las cosas, me lavo las manos, me echo agua fría en la cara y me dirijo a la sala de espera para llamar a la primera paciente. Los tres primeros casos son fáciles (una necesita un método anticonceptivo, otra quiere que le hagamos una prueba de ETS y la tercera confirmar si está embarazada), pero la cuarta paciente, una bonita chica de diecisiete años llamada Monica Jackson se queja por tener una regla abundante. Al examinarla, encuentro un desgarro vaginal y otros signos de abuso sexual. Cuando se lo pregunto, se echa a llorar y confiesa que su padrastro ha abusado de ella.

La calmo, recolecto las evidencias de la violación, le trato las lesiones y le doy el número de teléfono de un refugio para mujeres donde puede quedarse si se siente insegura en su casa. También le sugiero que llame a la policía, pero insiste en no presentar cargos.

—Mi madre me mataría —me explica con los ojos marrones enrojecidos y desesperanzados—. Dice que él nos mantiene y que tenemos suerte de tenerle. Tiene antecedentes y, si digo algo, nos echará de su casa y terminaremos en la calle otra vez. A mí me importa una mierda, prefiero volver a timar en las calles que vivir con ese gilipollas, pero mi hermano solo tiene cinco años y acabará en una casa de acogida. Ahora me encargo de él cuando mi madre no puede y no quiero que lo aparten de mí.

Empieza a llorar de nuevo y le cojo de la pequeña mano mientras me duele el corazón al escuchar su situación difícil. En los papeles que ha rellenado Monica pone que tiene diecisiete años, pero su constitución delgada y los mofletes regordetes como los de un bebé parecen indicar que apenas tiene la edad suficiente para estar en el instituto. A menudo vienen chicas como ella y me destroza saber que esto es lo único que puedo ofrecerles. Si estuviera sola, sería fácil sacarla de esa situación, pero, con su hermanito por medio, lo único que puedo hacer es llamar a los servicios sociales y eso podría llevar a que los miedos de mi paciente se cumplieran: su hermanito acabaría en una casa de acogida sin ella.

—Lo siento, Monica —le digo cuando se calma—. Aun así, creo que ir a la policía es la mejor opción para ti y para tu hermano. ¿No tienes nadie en quien confiar? ¿Un amigo de la familia? ¿O, quizá, un pariente?

Su expresión se vuelve sombría.

—No. —Se levanta de la camilla y se pone la ropa—. Gracias, Dra. Cobakis. Cuídese.

Sale de la habitación y la miro con ganas de llorar. La chica se encuentra en una situación difícil y no puedo ayudarla. Nunca puedo. A no ser…

—¡Espera! —Cojo mi bolso y voy tras ella—. ¡Monica, espera!

—Ya se ha ido —me informa Lydia cuando irrumpo en el área de recepción—. ¿Qué ocurre? ¿Se le ha olvidado algo?

—Algo así —No quiero entrar en detalles. Corro hacia la puerta, salgo y oteo la oscura y desierta calle. La figura menuda y de pelo oscuro de Mónica avanza rápido hacia el final de la manzana, por lo que voy tras ella, desesperada por hacer algo al menos esta vez.

—¡Monica, espera!

Parece haberme escuchado porque se detiene y se gira.

—¿Dra. Cobakis? —Se sorprende cuando la alcanzo.

Me detengo, jadeante por el cansancio, y busco en mi mochila.

—¿Cuánto necesitas para salir del apuro? —

pregunto casi sin respiración mientras saco el talonario y un bolígrafo.

—¿Qué? —Se mira boquiabierta como si me hubiera convertido en un extraterrestre.

—Si vas a la policía y os quitáis de encima a tu padrastro, ¿cuánto necesitareis tu madre y tú para no acabar en la calle?

Parpadea.

—Nuestro alquiler cuesta 1200 dólares al mes y la ayuda por la discapacidad de mi madre cubre casi la mitad. Si pudiéramos mantenernos hasta el verano, podría conseguir un trabajo a jornada completa y echarle una mano, pero...

—Vale, espera. —Apoyo el talonario contra la pared de un edificio y firmo el cheque por una cantidad de 5000 dólares.

Tenía la intención de usar ese dinero para pagarles un crucero a mis padres este verano por su aniversario, pero ya se me ocurrirá un regalo más barato. A ellos no les importará, seguro.

Arranco el cheque, se lo entrego a la chica y le digo.

—Coge esto y ve a la policía. Se merece ir a la cárcel.

Le tiembla la barbilla redondeada y, por un momento, temo que se ponga a llorar de nuevo, pero solo acepta el cheque con dedos temblorosos.

—No... No sé cómo agradecérselo. Esto es... —Se le quiebra la voz—. Esto es...

—No pasa nada. —Guardo el talonario y le sonrío

—. Úsalo y aléjate de ese cabrón, ¿vale? ¿Me lo prometes?

—Se lo prometo. —Se guarda el cheque en el bolsillo de los pantalones—. Se lo prometo, Dra. Cobakis. Gracias, muchas gracias.

—No pasa nada, vete, que ya es tarde. No deberías ir sola.

La chica duda antes de rodearme con los brazos para darme un rápido abrazo.

—Muchísimas gracias —susurra de nuevo y, entonces, se va. La silueta pequeña se mueve entre las luces de la ciudad antes de desaparecer de mi vista.

Permanezco quieta hasta que se marcha y me giro para volver a la clínica. Mi cuenta bancaria acaba de recibir un buen golpe, pero me siento tan feliz como si hubiera ganado la lotería. Por primera vez desde que he empezado a trabajar en la clínica, he ayudado de verdad a alguien y me siento genial.

El viento frío me golpea en la cara cuando empiezo a caminar y me doy cuenta de que me he dejado el abrigo en la clínica. Pero no pasa nada. Esta tarde fresca de marzo no es nada comparado con la felicidad interna que me hace brillar.

No puedo arreglar mi propia vida, pero quizás acabe de arreglar la de Monica.

Cuando me falta menos de la mitad de la manzana para llegar a la clínica, capta mi atención un destello entre las sombras. Me da un vuelco el corazón y la adrenalina me inunda las venas al ver a dos hombres con pinta de vagabundos salir de un callejón entre dos casas y reflejarse la luz de la calle en el filo de sus cuchillos.

—El bolso —gruñe el más alto haciéndome gestos con el cuchillo . Incluso a esta distancia, detecto el olor nauseabundo a sudor, alcohol y vómito—. Dámelo, zorra. Ahora.

Me llevo la mano al bolso antes de que termine de hablar, pero, como tengo los dedos congelados, los siento torpes y el bolso se me cae del hombro.

—¡Maldita zorra! Dámelo ya, he dicho —sisea poniéndose cada vez más nervioso y me doy cuenta de que está colocado. No sé si será de metanfetaminas o cocaína. En cualquier caso, está inestable y su compañero, que ha empezado reírse como una hiena, también debe estarlo.

Tengo que calmarles. Rápido.

—Espere, se lo voy a dar. Se lo prometo.

Temblando, me arrodillo para recoger el bolso y poder dárselo, pero, antes de levantarme, se produce un movimiento confuso delante de mí.

Jadeante, retrocedo, apoyándome sobre las palmas de las manos, mientras una figura alta y oscura embiste a mis atacantes con una velocidad y una agilidad casi sobrenaturales. Los tres desaparecen por el callejón oscuro y oigo dos gritos de terror seguidos de un extraño balbuceo húmedo. Después, algo metálico retumba sobre la acera. Dos veces.

«Dios mío. Dios mío. Oh, no. Oh, no».

Gateo hacia atrás, sin apenas notar que el asfalto me araña las manos, cuando mi salvador sale del callejón y veo a los dos hombres detrás de él desplomarse como marionetas al cortarles los hilos. De sus cuerpos tumbados boca abajo, brota un líquido oscuro y un olor fuerte a cobre llena el aire, mezclándose con algo incluso más nauseabundo.

Los ha matado, advierto sorprendida y aturdida. Los acaba de matar, joder.

Una explosión de terror me produce una descarga de adrenalina fresca y, mientras me pongo en pie, siento cómo un grito se me forma en la garganta, pero, antes de que pueda soltarlo, la silueta oscura se acerca a mí y las luces de la calle le iluminan la cara, una cara familiar, exótica y hermosa.

—¿Te han hecho daño? —La voz de Peter Sokolov es tan firme como su mirada metálica y una vez más, me siento paralizada, aterrorizada, pero incapaz de moverme ni un centímetro. Se acerca frunciendo el ceño de manera amenazadora juntando las cejas pobladas. Es la expresión de un asesino, el rostro de un monstruo bajo una máscara humana. Sin embargo, hay algo más.

Algo parecido a la preocupación.

—Yo... —No sé qué iba a decir porque, un segundo más tarde, me rodea con los brazos y me aprieta tan fuerte contra el pecho que apenas puedo respirar.

El calor de ese cuerpo grande me envuelve y me protege del viento helado, lo que hace que me dé cuenta del frío gélido que siento en mi interior. Aún no he asimilado todo el horror que acabo de presenciar, pero empiezo a sentirme entumecida, dispersa y confusa cuando el frío adquiere más profundidad, anestesiándome del trauma.

«*Shock*», me autodiagnóstico. «He entrado en shock».

—Shhh, *ptichka.* Todo va bien. Vas a ponerte bien. — La voz de Peter es suave y reconfortante, reduce la fuerza con la que me abraza hasta hacerlo con una ternura sorprendente y me doy cuenta de que el jadeo extraño que oigo proviene de mí. Me cuesta respirar y siento la garganta obstruida, como si estuviera teniendo un ataque de pánico.

No, no es como si lo estuviera teniendo, estoy teniendo un ataque de pánico.

Peter también debe haberse percatado porque se aparta y me contempla a través de los ojos grises empequeñecidos por la preocupación.

—Respira —me ordena poniéndome las manos sobre los hombros—. Respira, Sara. Despacio y profundamente. Eso es, *ptichka.* Otra vez. Respira…

Sigo su voz, como si fuera mi terapeuta, hasta que, poco a poco, la sensación de asfixia se desvanece y respiro con normalidad. Me centro en eso, en respirar con calma y no pensar porque, si pienso en lo que acaba de ocurrir, si miro hacia el callejón de la derecha y veo esos cuerpos con pinta de marionetas, me desmayaré.

—Así, muy bien. —Me atrae contra él de nuevo y empieza a acariciarme el pelo con una mano enorme mientras permanezco con la cara presionada contra su pecho—. Estás bien, *ptichka.* Todo va bien.

«¿Bien?». Me quiero reír y gritar al mismo tiempo. ¿En qué mundo están «bien» dos cadáveres en un callejón? Estoy temblando, tanto por el viento frío como por el *shock*, y sé que estoy a punto de perder el control otra vez. No me asustan la sangre ni las heridas y he visto morir a personas en el hospital, pero el modo en que se han desplomado esos dos hombres como si nada, como sacos de carne y hueso…

Me detengo antes de que mis pensamientos caminen demasiado lejos hacia esa dirección, pero se me tensa la garganta de nuevo y tiemblo con más fuerza.

—Shhh. —Peter me calma otra vez acunándome con suavidad hacia adelante y hacia atrás. Debe sentir que estoy temblando—. No pueden hacerte daño. Ya se ha acabado todo. Vamos, deja que te lleve a casa.

Abro la boca para oponerme, para insistir en llamar a la policía, a la ambulancia o a quién sea, pero, antes de que pueda soltar una palabra, se inclina y me levanta entre sus brazos. Lo hace sin esfuerzo, como si no pesara nada, como si fuera normal llevar a una mujer con un ataque de pánico saliendo de la escena de un doble homicidio, como si lo hiciera todos los días, (aunque, por lo que sé, es posible).

Por fin consigo hablar:

—Bájame. —Es un susurro débil y hueco que apenas se oye, pero es mejor que nada. También consigo mover las manos para empujarle los hombros según avanza por la calle—. Por favor, puedo caminar.

—No pasa nada. —Me dedica una mirada reconfortante—. Ya casi estamos.

—¿Casi estamos dónde? —pregunto, pero ya veo nuestro destino.

Es un SUV negro aparcado en la esquina a una manzana de la clínica. Un hombre alto con una barba negra y espesa está apoyado contra uno de los lados y, cuando nos acercamos, Peter le dice algo en un idioma extranjero con voz grave y apremiante.

El hombre le responde en el mismo idioma, quizás en ruso, por lo que percibo vagamente. Entonces, saca un móvil elegante, desliza el dedo por la pantalla con movimientos rápidos y frenéticos. Tras acercárselo al oído, pronuncia más palabras en ruso mientras Peter abre la puerta del coche y me mete en el asiento trasero con cuidado.

Mi verdugo no mentía sobre tener un equipo. Este hombre debe de ser uno de sus ayudantes.

—Ahora vuelvo, *ptichka* —murmura Peter en inglés, a la vez que me quita el pelo de la cara con esa ternura extraña.

Después, retrocede, cierra la puerta tras él y me deja sola en el cálido interior del coche. Permanezco sentada unos segundos, observando cómo habla con el hombre barbudo, antes de entrar en acción.

Deslizándome por el asiento trasero, agarro el manija de la puerta contraria al lugar donde se encuentran los dos hombres y la abro, dispuesta a salir disparada del coche en un intento de huir. El *shock* sigue ralentizando mis pensamientos y reacciones, pero me he recuperado lo suficiente como para comprender algo muy importante.

Han matado a dos hombres delante de mí y, si no hago nada, seré cómplice de sus asesinatos.

El viento frío me golpea y los pulmones me arden cuando me dirijo corriendo hacia la clínica. Detrás de mí, oigo un grito, seguido de unos pasos rápidos y sé que me están siguiendo. Mi única esperanza es poder entrar en la clínica antes de que me pillen. Como persona en busca y captura, Peter no deseará arriesgarse a exhibirse en público. Cuando esté segura dentro, podré coger aire y sabré qué hacer, cómo informar a la policía de lo que ha ocurrido de la forma más adecuada.

Cuando estoy a medio metro de mi destino, un brazo duro me rodea el pecho y me tapa la boca con una mano fuerte que amortigua mi grito.

—Te gusta que te persiga, ¿verdad? —me gruñe una voz familiar en la oreja y, entonces, oigo que se acerca un coche.

Doblo mis esfuerzos para liberarme, le golpeo en la espinilla y le araño la mano con la que me tapa la cara, pero es inútil. La puerta del coche se abre y Peter me mete dentro, con menos cuidado esta vez.

—*Yezhay* —le grita al conductor barbudo antes de dejar atrás la clínica y la escena del crimen a toda velocidad.

29

eter

—Ilya y Yan están en ello —me dice Anton en ruso cuando gira a la derecha para dirigirse a casa de Sara—. Llegaron antes de que alguien se topara con la escena.

—Bien. —Miro a Sara sentada, en silencio y con la cara pálida, a mi lado en el asiento trasero—. Diles que se deshagan por completo de todos los restos. No queremos que aparezcan partes del cuerpo por ningún lado. Y diles también que hay que traer el coche de Sara de vuelta a su casa.

—Sí, lo saben. —Anton cruza la mirada con la mía en el espejo—. ¿Qué vas a hacer con ella? La has asustado.

—Ya veré.

Menos mal que Sara no entiende nada de lo que estamos diciendo, si no, estaría aún más horrorizada. No debería haber matado a esos tipos delante de ella, pero la estaban amenazando con una navaja y he perdido el control. Solo podía ver el cuerpo de Tamila ahí tirado, lleno de sangre y destrozado, y pensar que Sara podría haber acabado así, que, si no hubiese estado allí, alguno de esos colgados le habrían hecho algo, hace que me hierva la sangre. Ni siquiera recuerdo tomar alguna decisión conscientemente; me dejé guiar por el instinto. Solo tardé unos segundos en quitarles las armas y cortarles el cuello. Cuando sus cuerpos cayeron al suelo, era demasiado tarde.

Sara los vio morir.

Sara me vio asesinarlos.

—¿Puedes sustituir a Ilya esta noche? —le pregunto a Anton cuando paramos delante de la casa de Sara. Con esos robles grandes ocultando el camino y los vecinos más próximos a una buena distancia, es un sitio agradable e íntimo, lo que nos beneficia en esta situación. Qué pena que haya puesto en venta la casa, al final le he cogido cariño.

—No te preocupes —contesta Anton—, estaré por aquí. ¿Te vas a quedar hasta que amanezca?

—Sí. —Miro a Sara, que tiene la vista fija al frente, como si no supiera que hemos llegado—. Me quedaré con ella. —Le cojo la mano y le digo en inglés—:

Ya hemos llegado, *ptichka*. Venga, entremos en casa.

Aún tiene los esbeltos dedos congelados porque

sigue en *shock*. Sin embargo, cuando la ayudo a salir del coche, alza la vista y me pregunta con voz ronca:

—¿Qué les digo a los de la clínica?

—¿Qué dices de qué?

—Me van a preguntar qué me ha pasado.

—No, no lo harán. —Introduzco la mano en el bolsillo y saco su teléfono, lo cogí de su bolso durante el viaje—. Les he mandado esto. —Le enseño el mensaje, que dice que se tiene que encargar de una urgencia en el hospital.

—¡Ah! —Me mira perpleja—. ¿Les has enviado eso?

Asiento, vuelvo a meter el móvil en el bolsillo y nos alejamos del coche.

—Has estado un poco despistada durante el camino. —Y me quedo corto. Después de meterla en el coche, dejó de resistirse y se quedó casi catatónica.

Pestañea.

—Pero… ¿qué pasa con los cuerpos?

—Eso también está controlado —le aseguro—. No hay manera de que te relacionen con ese escenario. Estás a salvo.

Sara se estremece, por lo que la guío deprisa hacia el interior de la casa después de abrir la puerta con las llaves que he sacado de su bolso. Tengo mis propias llaves, hice una copia hace un mes cuando volví a por ella, pero prefiero que no lo sepa. Sería un incordio volver a pasar por este proceso si cambiase las cerraduras.

—Ven, siéntate —le digo, llevándola al sofá—. Te voy a hacer una manzanilla.

—No, yo… —Se separa de mí—. Tengo que lavarme las manos.

—Está bien. —Recuerdo que se preocupa bastante por eso—. Ve a lavártelas.

Desaparece al girar la esquina del baño y me dirijo al fregadero para hacerlo yo también. He tenido cuidado de no interponerme en el reguero de sangre, pero aun así me encuentro pequeñas manchas rojas en los antebrazos.

Espero que Sara no las haya visto.

Me enjabono las manos y los antebrazos y, después, enciendo la tetera. Hierve el agua, preparo dos tazas de té y las llevo a la mesa. Sara no ha vuelto y decido, entonces, ir a comprobar cómo está.

Cuando llego al baño, llamo a la puerta.

—¿Estás bien?

No recibo respuesta, solo oigo correr el agua. Preocupado, intento abrir, pero ha cerrado con llave.

—¿Sara?

Sigue sin contestar.

—Sara, abre la puerta. —Nada. Respiro y le digo con voz más calmada—. *Ptichka,* sé que estás enfadada, pero, si no abres la puerta, voy a tener que tirarla abajo. —O forzar la cerradura, pero eso mejor no se lo digo. Suena más amenazador tirar la puerta. El agua para de correr, pero la puerta sigue cerrada—. Sara, voy a contar hasta cinco. Uno, dos, tres…

El cerrojo emite un «clic».

Aliviado, empujo la puerta y me doy cuenta de que estaba en lo cierto al preocuparme. Sara está sentada en el suelo, con la espalda apoyada en la bañera y las rodillas encogidas contra el pecho. Aunque no ha pronunciado una palabra, tiene la cara cubierta de lágrimas y no para de temblar.

«Joder». No debí matarlos delante de ella.

—Sara… —Me arrodillo a su lado, pero se aparta, lejos de mí. Ignoro su reacción, la cojo con delicadeza del brazo y la rodeo con los míos—. No voy a hacerte daño, *ptichka* —le susurro al oído cuando comienza a temblar cada vez más fuerte—. Conmigo, estás a salvo.

Suelta un sollozo ahogado, luego, otro y otro hasta que, de repente, se aferra a mí rodeándome el cuello con brazos débiles y comienza a llorar con fuerza. Le acaricio la espalda dibujando suaves círculos, pero ella continúa temblando y llora sin control. Me agarra con más fuerza, escondiendo la cara en mi cuello. Siento la humedad de las lágrimas y me acuerdo esa vez en la cocina, cuando intenté calmarla después de haberla torturado. El recuerdo me pone enfermo y no me imagino haciéndoselo ahora, no sería capaz de hacerle daño fuera cual fuera la razón.

Para mí, ya no es una persona cualquiera, es mi vida y voy a protegerla de todos y de todo.

Tarda un tiempo en calmarse, tanto que, al levantarme y ayudarla a ponerse en pie, siento las piernas agarrotadas.

—Ven —murmuro cuando salimos del baño, rodeándole la espalda con el brazo a modo de apoyo—, vamos a tomar un poco de té y a la cama. Debes estar exhausta.

Se sorbe los mocos y susurra con voz ronca:

—No quiero té.

—Vale, dejémoslo. Entonces, vamos a dormir. —Me inclino para levantarla entre los brazos.

No se opone, solo apoya la cabeza sobre mi hombro y me rodea el cuello con los brazos. De tanto llorar, le cuesta respirar, pero ahora está más calmada. Eso, al igual que la forma en que se inclina contra mí, me reconforta. No estoy seguro de si son las secuelas del trauma o si estoy venciendo su resistencia, pero la manera en que me abraza, sin mostrar miedo ni desconfianza, me llena de ternura, una ternura que hace que disminuya el vacío gélido que siento en el corazón.

Con Sara, estoy volviendo a vivir. Y quiero seguir sintiéndome así.

30

ara

Se muestra muy cariñoso conmigo en la ducha, me acaricia con ternura y con una delicadeza incongruente al lavarme de la cabeza a los pies. Yo permanezco quieta porque es lo único de lo que soy capaz en este momento, de estar de pie. Nada me molesta ni mi desnudez ni la suya. Después de toda la tormenta emocional, me siento vacía. Todo este agotamiento me nubla los pensamientos y sentimientos. Estoy por encima del deseo, de la ansiedad y del miedo. Todo lo que siento es culpa.

Un terrible remordimiento que me tortura al saber que dos hombres más han muerto por mi culpa.

Han muerto porque he dejado entrar a un asesino en mi vida y he alimentado su obsesión.

Ya lo tengo claro. Es algo tan obvio que no sé por qué no me había dado cuenta antes. Soy una persona tóxica, un peligro para todo aquel que me rodea. Hoy las víctimas han sido dos drogadictos, pero mañana puede que sean mis amigos o mi familia. Mientras Peter me desee, nadie a mi alrededor está a salvo y todo lo que he hecho solo ha avivado su obsesión.

Desde el principio, he jugado mal a este juego y dos hombres lo han pagado con sus vidas.

—Venga, vamos —me ordena Peter y salgo de la ducha, dejando que me cubra con una toalla gruesa. Me seca, una vez más tratándome como una niña, pero estoy tan cansada que no me opongo. Además, todo esto, llorar entre sus brazos, acercarme a él o dejarle que me cuide, va a servirme para el nuevo plan que tengo entre manos.

Si él me quiere, le voy a dejar que me tenga.

No es una estrategia brillante ni estoy segura de que vaya a funcionar. Puede incluso que fracase, pero, llegados a este punto, tengo poco que perder. He intentado apartarme de él y sigue aquí, lo que es peligroso. Tengo que probar algo diferente.

Tiene que perder el interés por mí.

Se me ocurrió la idea durante la charla en el desayuno. ¿Y si las enfermeras tienen razón y es la impresión de «princesa de hielo» que doy lo que llama la atención de mi acosador? ¿Y si rechazándolo hago que tenga más ganas de mí?

«La mejor manera de perder de vista a un chico es acostándote con él». Es una tontería, pero la madre de

Andy no es la única que lo piensa. Ya lo he oído decir varias veces, a menudo por parte de padres de adolescentes que se han quedado embarazadas porque sus familias insistían en enseñarles los valores de la abstinencia, en vez de a usar métodos anticonceptivos. Es un estereotipo machista y pasado de moda sobre la dinámica entre hombres y mujeres, que predica la premisa insultante de que estas son un trozo de papel, algo de usar y tirar.

Me río cada vez que escucho cosas como esta, pero, al mismo tiempo, sé que hay hombres que actúan así: persiguen a una mujer hasta que se acuestan con ella y, después, pierden el interés. Pero no porque piensen que las mujeres deban ser vírgenes o, al menos, no siempre, sino que su mayor placer es perseguirlas. Disfrutan más del deseo que de la consumación y, cuando lo logran, buscan carne más fresca.

No sé si mi acosador encaja con ese perfil, pero es posible o, incluso, probable. Es increíblemente atractivo, algo que usa, sin duda, para enamorar a las mujeres que caen en sus redes gracias a su encanto peligroso de macho alfa. No he conocido a ningún hombre así, pero he visto trazas de esa arrogancia en deportistas populares universitarios, en altos cargos ejecutivos de Wall Street y en cirujanos ricachones. Los hombres como estos, que se encuentran en la cima de la cadena alimentaria, perciben cualquier indicio de reticencia como un reto: les intriga y les tienta aún más a perseguir a una mujer.

En ese caso, y ojalá sea así, la mejor forma de

librarme de Peter Sokolov es darle lo que quiere: a mí deseándole en su cama. Por alguna razón, el asesino ruso ha descartado la violación y ha preferido meterse a la fuerza en mi vida, por lo que depende de mí darle luz verde.

Si quiero terminar con esta pesadilla, tengo que acostarme por voluntad propia con este torturador.

—Ven, túmbate —me insta Peter cuando llegamos a la cama. Me quita la toalla del cuerpo y me tapa con la manta con delicadeza—. Mañana te sentirás mejor, te lo prometo. —Una vez más, sus caricias son inocentes, casi frías, pero sé que quiere hacerme suya. Noto lo dura que la tiene cuando se mete a mi lado bajo la manta. Siento la tensión que sale de su cuerpo cuando apaga las luces y me acerca a él, apretándome contra su cuerpo cálido y grande para acurrucarnos.

Me desea, pero no va a dar el paso hasta que le dé mi consentimiento.

Permanezco inmóvil unos minutos, intentando convencerme de lo que voy a hacer. Siento el estómago como si un mapache estuviera peleándose con un hámster en mi interior y el agotamiento se me convierte en una capa gruesa y asfixiante sobre el cerebro. Con el picor en los ojos y la cabeza a punto de explotar de tanto llorar, lo último que quiero es sexo, pero tal vez por eso debería hacerlo esta noche.

Tal vez me sienta mejor si no lo disfruto.

Me preparo, me muevo un poco y acerco un centímetro más el culo a su entrepierna. Se pone tenso y le cuesta respirar. Repito la maniobra, restregándome contra él con la excusa de sentirme más cómoda. Como me rodea el pecho con un brazo musculoso y fuerte, apenas puedo moverme, pero no importa. Estamos desnudos, por lo que el más mínimo roce de su piel con la mía produce electricidad y me pone los pelos de punta, tan llena de sensaciones que cada una de mis terminaciones nerviosas se estimula. Está todo tan oscuro que no alcanzo a percibir nada, pero puedo sentir el vello de sus piernas en la parte posterior de los muslos y oler su fragancia pura y masculina, lo que hace que se me acelere la respiración cada vez más. El corazón me late con fuerza a medida que su pene se endurece, presionándose contra mi culo como el cañón de una pistola.

«Eso es, vamos». Ignorando la ansiedad que me obstruye la garganta, muevo las caderas un poco más. No me atrevo a girarme y abrazarlo, pero, tal vez, con un poco de motivación, pierda el control y me busque. No me voy a resistir, no haré nada para que pare. Voy a dejar que me folle, incluso voy a fingir que me gusta un poco. En ese sentido, no le supondré ningún reto. Solo voy a permanecer quieta y a seguirle el rollo. Después, todo habrá terminado.

Mostraré interés, pero seré aburrida y, así, se cansará de mí.

Ese es el plan, o eso espero, pero mientras sigo moviéndome, me doy cuenta de que el agotamiento va desapareciendo, siendo reemplazado por una sensación húmeda y cálida que se crea en lo más profundo de mi ser. Gracias a la oscuridad que nos rodea, es fácil fingir que nada de esto es real, que estoy dentro de uno de esos sueños retorcidos.

—Sara, *ptichka*… —murmura con voz ronca y tensa —. Si quieres dormir, deberías parar de moverte.

Me quedo quieta durante un segundo, pero, despacio, me acerco a él de nuevo de manera deliberada.

—¿Y si…? —Me mojo los labios resecos con la lengua—. ¿Y si no quiero dormir?

El cuerpo de Peter se convierte en piedra detrás de mí y se le tensa el brazo con el que me rodea el pecho. Por un momento breve e irracional, temo que me rechace, que, a pesar de las señales, no me desee, pero, luego, me apoya sobre la espalda. Presiona el cuerpo pesado contra el mío y enciende la lámpara de noche.

Pestañeo, cegada momentáneamente por la luz, y, cuando su rostro se percibe con claridad, veo que tiene los ojos grisáceos empequeñecidos y la mandíbula apretada por la tensión mientras se incorpora sobre uno de sus codos. Parece enfadado y, por un segundo terrible, me pregunto si he malinterpretado todo, si he cometido un gran error.

—¿Estás jugando conmigo, Sara? —pregunta con un tono serio y grave y con un acento más fuerte de lo normal, a la vez que me coge las muñecas con una sola mano y las presiona contra la almohada, por encima de mi cabeza—. ¿Estás probando cuánto me puedes tentar?

Miro hacia arriba, y un hormigueo oscuro me recorre la piel. Se parece tanto a mis sueños que es inquietante. Sin embargo, a la vez, es diferente. Mi mente, nublada por la droga, lo ha pintado peor de lo que es, caricias crueles y bruscas, más monstruo que ser humano, pero no es cierto. No hay nada monstruoso en este bello rostro letal que me observa. Los sueños habían infravalorado el potencial de su atractivo magnético, omitiendo la suavidad de esos labios, el fuerte y noble linaje de la nariz, cómo junta las cejas gruesas sobre esos intensos ojos metálicos... Este terrible acosador es hermoso y, mientras permanezco tumbada, atrapada bajo ese cuerpo duro y cálido, siento que el cosquilleo se intensifica volviéndose peligroso y prohibido. Se me endurecen los pezones, una ola de calor me recorre el cuerpo y mis músculos internos se estremecen por una ola de dolorosa necesidad.

No deseo a este hombre, no puedo quererlo. Aunque me lo repita mil veces, sé que es mentira, una falsedad llena de ilusiones. Lo que sea que le atrae funciona para los dos, la fuerza de la conexión entre nosotros es tan intensa como irracional. Lo deseo. Más que eso, lo necesito. A mi cuerpo no le importa que haya matado a dos personas delante de mí ni que yo lo desprecie con todo mi corazón. Su roce no me repele, sino que me excita. La intimidad que me ha obligado a vivir estos últimos días y el placer retorcido que he sentido en sus abrazos alimentan mi deseo, igual que la ternura forzada y perversa que no tiene cabida en nuestra violenta relación.

Sigue esperando mi respuesta con los ojos

entrecerrados y sé que no puedo volver atrás, fingir que todo ha sido un malentendido. Pero, si lo hago, continuará acosándome, minando mi resistencia día tras día hasta que ceda, y, mientras tanto, todos a mi alrededor estarán en peligro.

—Nada de juegos —le susurro en mitad del silencio tenso—, los condones están en la mesilla de noche.

Inhala, agarrándome con más fuerza las muñecas, y observo el momento exacto en que procesa lo que le estoy diciendo. Se le ensanchan los agujeros de la nariz y se le dilatan las pupilas. La furia del rostro se le convierte en un deseo oscuro y desenfrenado. Alcanza la mesilla con la única mano libre, saca un paquete de aluminio, lo abre con los dientes y desliza el condón por la polla grande y abultada.

El corazón me late más rápido y la ansiedad me presiona el pecho, pero ya es muy tarde.

Inclinando la cabeza, Peter captura mis labios con los suyos.

31

ara

NO SÉ POR QUÉ, PERO NUNCA IMAGINÉ QUE ME FUESE A besar, que pusiese la boca en la mía y me comiese a besos como si se muriese de hambre. Porque es así cómo me siento: como si me estuviese consumiendo, asimilando mi esencia, mi propio ser. Me arrasa la boca con los labios y la lengua, devorándome, sacándome el aire de los pulmones. Introduce la mano en mi pelo, sujetándome para darme ese largo beso salvaje y permanecer quieta es lo único que puedo hacer para no derretirme entre las sábanas. No solo recibe, también da. Da tanto placer que me siento abrumada, superada por ese sabor, aroma y tacto.

Me besa hasta que me sonrojo y empiezo a arder,

hasta que apenas puedo recordar lo que sentía al no besarlo, al no inhalar su jadeo caliente y mentolado, hasta que todos los pensamientos de quién y qué somos han desaparecido. Me arqueo contra él, de manera mecánica por la necesidad, desesperada porque me siga tocando, por este placer vertiginoso y abrasador. Como me sujeta las muñecas con fuerza, siento un cosquilleo en la punta de los dedos y su cuerpo me aplasta, pero quiero más.

Quiero perderme en sus despiadadas caricias, disolverme en él y desaparecer.

Me libera los labios para formar un camino de besos calientes por la cara y el cuello. Tomo una bocanada de aire mientras este placer excitante hace que el corazón se me acelere y se me erice la piel. Cada vez que respiro, le rozo con los pezones el pecho musculado y la humedad resbala por el interior de mis muslos, preparando mi cuerpo para ser suyo, para este acto que no debería desear, que no debería ansiar con una intensidad tan violenta.

Jadeante, levanta la cabeza y veo en su mirada grisácea un deseo desatado, una necesidad oscura mezclada con un sentimiento posesivo y perturbador. Me suelta el cabello y dirige la mano más abajo, hacia los pechos.

—Sara… —dice con voz áspera mientras me roza el pezón anhelante con el pulgar—. Eres preciosa, *ptichka*… tanto como he soñado y más.

Esas palabras tan apasionadas me queman,

llenándome de ternura, y hacen que se me activen las alarmas en la mente. Esto se parece demasiado a la consumación de un romance y, cuando coloca la rodilla entre mis muslos, me envuelve una niebla sensual que me eleva por un momento. Gracias a un ápice de claridad, soy consciente de lo que está ocurriendo y el horror apaga el deseo.

¿Qué estoy haciendo? ¿Por qué estoy disfrutándolo a este nivel? Una cosa es soportar el contacto de este monstruo por un bien mayor, pero quererlo, permitirle actuar como si fuésemos amantes, es de estar enferma, totalmente loca. Incluso, con las muñecas sujetas, no tiene sentido fingir que no quiero seguir, que mi cuerpo no le tiene ganas de la forma más perversa que existe.

La punta de la polla me empuja los pliegues y mi respiración se vuelve superficial a la vez que los músculos se me tensan con un pánico repentino. No puedo hacerlo, no de esta manera. Se parece demasiado a hacer el amor. Me sigue mirando con esos ojos grises que desprenden un calor abrasador y sé que debo decirle que se detenga, terminar con esto.

Entra en mí con una embestida fuerte y se me olvida lo que iba a decirle. Olvido todo menos la brutal sensación de la polla dura entrando en mi cuerpo. Su erección intransigente separa los labios internos y, a pesar de mi excitación, siento un escozor que me quema a medida que me penetra con mayor profundidad, haciendo caso omiso a la resistencia de mis músculos tensos. Llevo mucho tiempo sin hacer esto y Peter la tiene más grande y larga que George. El corazón me golpea dentro del pecho mientras mi cuerpo se rinde a regañadientes a la penetración brusca. Y, con una mezcla de decepción y alivio amargo, me doy cuenta de que mis miedos han sido en vano.

Esto no tiene nada que ver con hacer el amor.

Cuando está dentro, se detiene, con los ojos brillándole por un deseo oscuro, y otro tipo de tensión me invade el cuerpo haciendo desaparecer los restos de esa excitación indeseada y armándome de valor. Sigue siendo atractivo y sensual, pero ahora veo el monstruo detrás de esa cara bonita, el asesino que me torturó e hizo pedazos mi vida. Ya no existe ningún tipo de ambigüedad ni incertidumbre sobre lo que siento por él. Mi acosador, el hombre al que más odio, me está violando y estoy encantada. Estoy encantada porque la crueldad hace menos daño que la ternura y el maltrato es menos espantoso que la piedad.

Cogiendo aire, me preparo para que me folle duro y salvaje, pero no se mueve. Tiene los ojos llenos de lujuria y el cuerpo tan tenso que tiembla, pero no empuja y me doy cuenta de que se ha percatado de mi incomodidad y me está dando tiempo para que me adapte a él.

A su manera, está intentando ser cariñoso, que es lo último que quiero.

Reuniendo valor, me paso la lengua por los labios y veo crecer el deseo en sus ojos.

—Hazlo —le susurro mientras abro las piernas.

Siento cómo le palpita dentro de mí, dura, gruesa y peligrosa—. Solo fóllame.

Me mira y percibo la lucha que hay entre el monstruo y el hombre. No soy la única con sentimientos encontrados. Una parte de Peter también me odia porque le recuerdo su tragedia. Me desea, pero también quiere hacerme daño y verme pagar por lo que le pasó a su mujer y a su hijo. Creo que él aún no se ha dado cuenta de eso, pero yo sí. Lo presiento. Nuestra relación está destinada al fracaso y al dolor porque nuestra intimidad nació de la tortura. No hay nada normal en la atracción que siente por mí, es tan retorcida como mi reacción ante él.

Ningún tipo de dulzura podrá cambiar que lo único que nos ata es su venganza.

Veo el momento exacto en el que el monstruo comienza a ganar la batalla. Peter aprieta la mandíbula mientras la saca hasta la mitad y la vuelve a meter con una embestida fuerte.

—¿Esto es lo que quieres de mí? —me susurra con un tono grave y áspero y con los ojos llenos de una oscuridad creciente. Flexiona las caderas y gimo cuando se hunde aún más profundo en mí, apretándome las muñecas—. Dime, Sara. ¿Es esto lo que quieres?

Estoy a tiempo de negarme, de dejar que el hombre contenga a la bestia. Sin embargo, he elegido mi camino y no voy a retroceder. Tal vez, este acto final de venganza sea bueno para ambos, el castigo que lleva a mi exoneración.

Quizá, si desata su oscuridad conmigo, podremos ser libres los dos.

—Sí —le contesto en voz baja y me preparo para lo que viene—. Eso es precisamente lo que quiero.

32

eter

No sé qué me esperaba, pero, cuando veo el odio en los ojos color avellana de Sara, siento que mis fantasías desaparecen y que las mentiras que me he contado se evaporan para dejar paso a la cruda realidad. Puede que su cuerpo reaccione a mí, pero sigo siendo su enemigo y ella, la mía. Incluso con la polla palpitante envuelta en ese sedoso coño, el deseo que me recorre las venas está teñido de violencia y la necesidad que tengo por ella es lo más oscuro que he sentido.

No solo quiero follármela, quiero destrozarla y vengarme en su delicada carne.

—Sara... —Me aferro a los restos que me quedan de sensatez en busca de algo a lo que sujetarme cuando la marea roja sin sentido desciende por mi cuerpo y un brote vicioso de lujuria me mina el control—. No sabes lo que estás...

—Hazlo, joder —susurra de nuevo, sosteniéndome la mirada, lo que se lleva los restos de mi contención.

Con un fuerte y profundo jadeo, salgo de ella y vuelvo a entrar, sin apenas notar cómo su vagina tensa opone resistencia por el miedo. Los delicados tejidos internos ceden bajo mi asalto. Está húmeda, pero tensa y tiene el coño casi tan pequeño como el de una mujer virgen. Incluso, en medio de un ataque de lujuria, sé lo que significa.

Hace tiempo que no se ha acostado con nadie, probablemente desde su marido, el hombre que, por arrogancia, mató a mi hijo.

Mi deseo, alimentado por una rabia proveniente de la agonía, se vuelve más oscuro e inclino la cabeza para volver a besarla. Esta vez no puedo contenerme, y el beso es violento y salvaje, igual que las sensaciones que me destrozan por dentro. Me está volviendo loco con ese tacto delicioso, esa fragancia dulce, la humedad y la suavidad de esos labios. Noto el sabor a cobre de la sangre cuando le clavo los dientes en el labio inferior, rajándole la piel delicada. Eso debería detenerme o, al menos, darle una tregua. Sin embargo, aumenta mi deseo. Necesito que le duela, que sufra. Es como si un desconocido estuviera tomando los mandos de mi cuerpo, cambiando mis ganas de ella por la necesidad de castigarla, de hacerle pagar por los pecados de su marido. Poseer a Sara de esta manera es estar en el cielo y en el infierno a la vez, el placer intenso de follármela, mezclado con el amargo sentimiento de no haber mantenido mi promesa.

Estoy haciendo daño a la mujer que quería cuidar, a la mujer que me hace sentir vivo.

No sé si es por eso o por las lágrimas que veo en su rostro al levantar la cabeza, pero el sentimiento de rabia comienza a desaparecer y la neblina roja a evaporarse, a pesar de que mi deseo alcanza una nueva cima. Los huevos se me hinchan y la tensión preorgásmica me recorre la espalda, pero aun así noto la delicadeza de las muñecas que tengo entre las manos, como si fueran un pajarito, y de la horrorosa rigidez que muestra mientras quebranto esa piel sedosa.

Tiene los ojos clavados en mí y, en lo más profundo de su mirada color avellana, veo el dolor mezclado con una perversa satisfacción. Se lo estoy poniendo fácil, alimentando su odio. Es lo que ha querido de mí desde el principio, lo que temía y deseaba al mismo tiempo.

Cuando acabe la noche, solo seré el hombre que la ha dañado y ha abusado de ella de la manera más cruel.

«No, joder, no». Aprieto los dientes y me obligo a parar, luchando contra el creciente orgasmo. Le libero las muñecas, salgo de ella y bajo por su cuerpo, ignorando la erección agonizante de la polla. Me detengo entre sus muslos, le separo las piernas y bajo la cabeza.

—¿Qué estás…? —dice aturdida cuando ya estoy chupándole el coño suave, moviendo la lengua entre los labios rosados e hinchados. Está húmeda, pero no tanto como desearía, por lo que me propongo remediarlo usando todos los trucos que he aprendido durante mis treinta y cinco años—. Espera, Peter, no... —Estira la mano intentando apartarme mientras le rozo el clítoris con la lengua. Cuando eso falla, trata de cerrar las piernas—. Esto no es...

—Calla. —Aprovecho que le tengo agarradas las rodillas para abrirle los muslos—. Túmbate y disfruta.

—No, yo... —me dice con la voz entrecortada mientras me coge por el pelo cuando me meto el clítoris en la boca. Comienzo a succionarlo con movimientos rítmicos y violentos hasta que la tensión en los músculos de las piernas se debilita y la respiración se le vuelve audible. Noto la creciente humedad bajo la lengua y aprovecho que está distraída para acariciarle el coño con los dedos de la mano derecha.

—Eso es, *ptichka,* relájate. —Le soplo aire fresco sobre el clítoris y me recompensa con un gemido suave antes de tensar los muslos de nuevo. Intenta resistirse y rechazar el placer, pero tengo el codo preparado para evitar que me aplaste la cabeza con las piernas. Jadea mientras me agarra del pelo y vuelvo a succionarle el clítoris. Le introduzco dos dedos en su abertura húmeda y estrecha, curvándolos en su interior hasta que siento la pared suave y esponjosa del punto G. Contrae el coño, que se estremece alrededor de mis dedos. Arquea las caderas cuando se lo succiono con más fuerza.

Siento que está cerca. Me late el corazón con fuerza dentro del pecho y mi respiración se me acelera al volverse insoportable el dolor en los huevos. Sin embargo, me contengo hasta que estoy seguro de que está a punto de llegar al orgasmo. Solo entonces, me preocupo de mis propias necesidades.

Retiro los dedos, me deslizo por su cuerpo, cubriéndolo con el mío, y alineando la polla con su hinchada abertura.

—Córrete conmigo —digo con voz ronca mientras nos miramos y la penetro con fuerza. Su cuerpo me obedece. La delicada piel húmeda me envuelve la polla, presionándomela cuando me corro. Tiene esos ojos preciosos desenfocados y la cara se le distorsiona por el éxtasis cuando me clava los dedos en los costados y escucho su grito ahogado mientras el semen se derrama. Siento todos los músculos del cuerpo vibrar a la vez y parece que los pulmones me van a explotar cuando el placer me recorre el cuerpo en forma de abrasadoras olas. Colapso sobre ella y sé que es el final.

No voy a desear a más mujeres en mi vida.

No tengo ni idea del momento en que desaparecen los temblores, pero, cuando consigo encontrar la fuerza para sujetarme sobre los codos, Sara ya se ha recuperado lo suficiente para darse cuenta de lo ocurrido y el horror le cubre el rostro. Al igual que yo, respira con dificultad y tiene las mejillas ruborizadas por el brillo poscoital. Sin embargo, no veo felicidad en su mirada, sino el brillo intenso de las lágrimas.

Está arrepentida, castigándose de nuevo, y no se lo voy a permitir.

—No, Sara. —Inclino la cabeza para besarle las

mejillas mientras las lágrimas brotan y le recorren las sienes—. No, *ptichka*. No te sientas mal. No has hecho nada malo, he sido yo. Te he hecho daño, ¿recuerdas? No te he dado otra opción.

La respiración le tiembla en los labios mientras le recorro el rostro con un rastro de besos y siento que se estremece debajo de mí. Aprieta las sábanas con las manos mientras sigue llorando. Continúo dentro de ella, la polla ya blanda sigue enterrada en su cuerpo. Intenta no tocarme, acurrucarse y rechazar la conexión que hay entre los dos.

Quería hacerle sufrir, lo he conseguido y ahora me está matando por dentro.

No sé qué hacer, cómo calmarla, por lo que sigo besándola y acariciándola con toda la suavidad posible. Mi sed de venganza ha desaparecido, convirtiéndose en arrepentimiento. Una vez más, soy la causa del sufrimiento de Sara y, en esta ocasión, es infinitamente peor. Ahora la conozco.

La conozco y me preocupa.

Sigue llorando cuando salgo de ella y me levanto para tirar el condón en el baño. Al volver con una toallita, la encuentro acurrucada sobre el costado con la manta hasta el cuello.

—Ven, deja que te limpie —murmuro, retirándole la manta del cuerpo desnudo, y, al ver que no se queja, le cubro los pliegues suaves con la toallita para aliviar el dolor y la hinchazón, además de para borrar la evidencia de su deseo. Ya no llora, pero sigue teniendo los ojos húmedos. Cuando termino, se vuelve a esconder bajo la manta, cubriéndose la cabeza.

Estoy a punto de meterme en la cama con ella cuando oigo la vibración de mi teléfono en la mesilla, donde lo dejé por si había alguna emergencia.

Con el ceño fruncido, lo cojo y miro la pantalla.

«Cambio de planes», reza el mensaje de Anton. «Velázquez se traslada a Guadalajara en 2 días. Es mañana o nunca».

Contengo una palabrota, luchando contra las ganas de tirar el móvil al suelo. ¡Vaya día de mierda! Acabamos de terminar de organizar el plan e íbamos a atacar en seis días, pero, si nuestro objetivo cambiara de ubicación, tendríamos que volver a empezar de cero. Nos llevaría varias semanas saber en qué parte de Guadalajara se encuentra el complejo de Velázquez y nuestro cliente, su narcotraficante rival, se está poniendo nervioso. Quería muerto a Velázquez para ayer y no le va a gustar nada este retraso.

Anton tiene razón. Debemos actuar ya.

«Prepara el avión y los suministros», le contesto. «Volamos a primera hora de la mañana».

«Entendido», responde Anton. «Supongo que quieres que los americanos la vigilen».

«Sí», escribo. «Diles que deben permanecer cerca de la clínica».

La última vez que mi equipo y yo tuvimos que salir del país por trabajo, contraté a algunos lugareños para que le echasen un ojo a Sara durante nuestra ausencia y me mantuviesen informado de cualquiera de sus movimientos. Los he examinado minuciosamente y, aunque no confío en ellos tanto como en mis chicos, de momento estoy contento con su trabajo.

Deberían ser capaces de protegerla mientras estoy fuera.

Tras activar la alarma para que suene dentro de cuatro horas, me meto en la cama y aprieto a Sara contra mí, rodeándola por detrás. Se tensa, pero no se aparta y, cuando cierro los ojos e inhalo su aroma, una sensación de paz se apodera de mí.

No hemos resuelto nada entre ambos, pero, por alguna razón, estoy seguro de que lo haremos pronto, convencido de que vamos a conseguir que esto funcione, sea lo que sea «esto». No puede ser de otra manera porque no me imagino la vida sin ella.

Sara es mía y moriría antes de dejarla ir.

33

ara

UN ZUMBIDO PERSISTENTE ME DESPIERTA. POR UN segundo, estoy tan desorientada que creo que aún es medianoche.

Me giro sobre el costado y busco a tientas el teléfono.

—Hola —grazno tras cogerlo de la mesilla de noche sin ni siquiera abrir los ojos. Siento como si tuviese las pestañas pegadas entre sí y noto la cabeza tan pesada que apenas puedo levantarla de la almohada.

—Doctora Cobakis, tenemos a una paciente de parto prematuro y el doctor Tomlinson está ausente por un problema familiar. Usted es la siguiente en la lista. ¿Podría acudir rápidamente?

Me incorporo mientras una descarga de adrenalina aleja todo rastro de somnolencia.

—Uhm... —Parpadeo y me doy cuenta de que la luz del sol se filtra entre las cortinas. Según el despertador son las 6:45. De todos modos, en menos de una hora tendría que levantarme para ir a trabajar—. Sí. En una hora más o menos estaré allí.

—Gracias. Hasta ahora.

En cuanto el coordinador cuelga, salto de la cama para correr hacia la ducha, pero me detengo paralizada al sentir dolor en mi interior. Los recuerdos de anoche me invaden, abrasadores y tóxicos, y todo resto de aturdimiento se desvanece.

Anoche me acosté con Peter Sokolov.

Me hizo daño y me corrí entre sus brazos.

Por un segundo, estos dos hechos parecen incompatibles, como una nevada en julio. Nunca me ha gustado el dolor, al contrario. Las pocas veces que George y yo exploramos ese mundo, los suaves azotes que me daba me alejaban del orgasmo en vez de ponerme cachonda. No entiendo cómo me corrí después de un sexo tan duro, cómo encontré placer mientras sentía el cuerpo roto y machacado.

Y ese orgasmo no fue el único. Mi torturador me despertó en mitad de la noche deslizándose dentro de mí, acariciándome el clítoris con dedos hábiles y, a pesar de estar dolorida, me corrí en cuestión de minutos. Mi cuerpo se entregó a él mientras mi mente protestaba. Después, lloré hasta quedarme dormida mientras él me abrazaba, acariciándome la espalda como si le importara.

Normal que me sienta tan atontada; con tanto sexo y tantas lágrimas, solo he dormido un par de horas.

Tragándome la vergüenza, me obligo a moverme. Tengo que vestirme e ir al hospital. No importa cómo me sienta ahora mismo, mi vida no acabó anoche. No sé si hice lo correcto animando a Peter a acostarse conmigo, pero lo hecho, hecho está y tengo que pasar página.

La buena noticia es que no tengo que volver a verle hasta esta noche.

Quizá para entonces la idea de estar cara a cara con él no haga que quiera morirme.

El día pasa volando en una vorágine de trabajo y, cuando llego a casa, estoy agotada y hambrienta. Estaba tan ocupada que me salté la comida y, aunque tema pasar otra noche con mi acosador, tengo que admitir que estoy expectante por disfrutar de sus artes culinarias.

Peter Sokolov puede que sea un psicópata, pero es un cocinero excelente.

Para mi sorpresa, y un poco de decepción, no capto ningún olor delicioso al entrar desde el garaje. La casa está oscura y vacía y sé, sin tener que ir de habitación en habitación, que no está aquí. Puedo sentirlo. El lugar parece más frío, menos animado, como si la energía oscura que emite Peter Sokolov le diese una especie de vitalidad.

Aun así, lo llamo.

—¿Hola? ¿Peter? —Nada—.

¿Estás ahí?

No hay respuesta.

¿Habrá funcionado mi plan tan rápido? ¿Es posible que con una única vez haya sido suficiente para calmar cualquier deseo que mi acosador tuviese por mí?

Desconcertada, camino hasta el frigorífico y saco la cena congelada para calentarla en el microondas. Es una versión sana y orgánica de los fideos Thai, con verduras y algún tipo de salsa no demasiado azucarada, pero, aun así, sigue siendo una cena precalentada. Una lástima que sea para lo único que tengo energía esta noche. Debería haber cogido algo en la cafetería del hospital, aunque creo que inconscientemente contaba con que tendría la cena preparada en casa.

Sacudo la cabeza por lo ridículo de la situación, enciendo el microondas y me lavo las manos.

Mi torturador se ha ido, lo que es bueno.

Ahora solo necesito convencer a mi estómago de eso.

SIGUE SIN APARECER CUANDO ME DESPIERTO Y, AUNQUE tengo la vaga sensación de que me observan mientras conduzco hacia el trabajo, no detecto a nadie siguiéndome. Siento lo mismo cuando entro al hospital y me decido a empezar el día. Estoy lo suficientemente paranoica como para sentir miradas sobre mí todo el tiempo, pero al menos la sensación no es ni por asomo tan intensa como antes.

Si no supiese que tengo un acosador real, le echaría la culpa de todo a mi imaginación.

Mis padres me llaman a la hora de comer y me invitan a cenar el viernes. Les doy una respuesta bastante ambigua porque no quiero exponerles a ningún peligro y, después, telefoneo a la clínica.

—¿Qué tal, Lydia? —Intento no parecer nerviosa—. ¿Cómo va todo?

—Hola, doctora Cobakis. —El tono de la recepcionista se vuelve cálido—. Me alegro de que llames. Todo va bien. No hay mucho trabajo por ahora, pero es probable que cambie esta tarde. ¿Vas a poder venir de nuevo esta semana?

—Creo que sí. Uhm, Lydia… —dudo sin saber bien cómo preguntar lo que quiero saber. No he visto nada en las noticias sobre los asesinatos, pero eso no significa que no hayan encontrado los cuerpos—. No has visto ni escuchado nada… extraño, ¿verdad?

—¿Extraño? —Lydia parece confundida—. ¿Como qué?

—Oh, nada en particular. —Para disipar toda sospecha, añado—: Solo estaba pensando en una paciente, Monica Jackson… No sabes nada de ella, ¿verdad? La chica morenita que atendí ayer.

Para mi sorpresa, Lydia contesta:

—Oh, esa. La verdad es que sí. Se pasó por aquí hace

un par de horas y ha dejado un mensaje para ti. Algo así como «gracias, ahora está entre rejas». No dio ninguna explicación más, solo dijo que tú lo entenderías. ¿Algo de eso tiene sentido para ti?

—Sí. —A pesar de lo tensa que estoy, una gran sonrisa se me dibuja en el rostro—. Sí, tiene mucho sentido. Gracias por hacérmelo saber. Te veré durante la semana.

Cuelgo, sonriendo aún, y me preparo para la cesárea de esta tarde.

No tengo ni idea de cómo se deshizo Peter de todas las pruebas del crimen, pero lo hizo y ahora parece que por fin sale algo bueno de esa tarde horrible.

Puede que no haya escapatoria para mí, pero Monica ya es libre.

~

La casa sigue oscura y vacía cuando llego por la tarde y, mientras me preparo para dormir, me invade una extraña melancolía. Tener a Peter en casa fue un horror, pero al menos era compañía humana. Ahora estoy sola de nuevo, como he estado estos dos últimos años, aunque la sensación de soledad es más intensa que nunca y siento la cama más fría y vacía de lo que recordaba.

Debería tener un perro, uno grande al que pudiese malcriar dejándole dormir conmigo. De esa manera, tendría a alguien que me recibiese al llegar a casa y no echaría de menos algo tan depravado como tener al asesino de mi marido abrazándome por las noches.

«Sí, adoptaré un perro», decido mientras me meto en la cama y me arropo con la manta. Cuando venda la casa, alquilaré un sitio mucho más cerca del hospital y me aseguraré de que es apto para perros, quizá cerca de algún parque.

Un perro me dará lo que necesito y así podré olvidarme de Peter Sokolov.

Eso sí, suponiendo que él se haya olvidado de mí.

34

ara

CUANDO LLEGA EL LUNES, ESTOY CASI CONVENCIDA DE que Peter se ha ido para siempre. Durante el fin de semana, he registrado la casa de arriba abajo esforzándome en encontrar cámaras ocultas, pero o ya no están o están escondidas de tal manera que es imposible que una novata como yo sea capaz de verlas. Como alternativa, puede que no hayan estado ahí nunca y que mi acosador averiguase todo lo que sabía de otra manera. De todas formas, no hay rastro de él ni ningún tipo de contacto por su parte. Me he pasado casi todo el fin de semana en la clínica y, aunque podía sentir como si alguien me observara mientras me dirigía hacia el coche, quizás fuesen vestigios de mi paranoia.

Igual la pesadilla ha terminado por fin.

Es absurdo, pero que Peter se haya alejado de mí tras acostarnos me duele un poco. Tenía la esperanza de que, una vez dejase de ser la inalcanzable «princesa de hielo», me dejaría en paz, pero no esperaba que los resultados fuesen tan inmediatos. ¿Tan mala soy en la cama? Igual sí, porque solo hizo falta que un polvo para que Peter se diera cuenta de que nunca estaré a la altura de sus fantasías.

Después de acosarme durante semanas, mi torturador me abandona tras una sola noche.

Es algo bueno, por supuesto. No habrá más cenas ni más duchas donde me cuiden como si fuese un bebé. No habrá más asesinos peligrosos abrazándome por las noches, liándome la cabeza y seduciéndome el cuerpo. Sigo con mi vida como lo he estado haciendo estos últimos meses, pero ahora me siento más fuerte, menos destrozada por dentro. Enfrentarme a la fuente de mis pesadillas ha hecho más por mi salud mental que meses de terapia y no puedo evitar sentirme agradecida por ello.

Incluso a pesar de la vergüenza que me carcome al pensar en los orgasmos que tuve, me siento mejor, más como mi antiguo yo.

—Bueno, dime, ¿cómo te ha ido, Sara? —me pregunta el doctor Evans cuando voy a verle por fin después de sus vacaciones. Está bronceado, con la cara delgada iluminada por un brillo saludable—. ¿Cómo fue la jornada de puertas abiertas?

—Mi agente inmobiliario está sopesando un par de

ofertas —respondo, cruzándome de piernas. Por algún motivo, me siento incómoda en esta consulta, como si ya no perteneciese a este lugar. Ignorando esa sensación, explico—: Ambas son más bajas de lo que me gustaría, así que estamos intentando negociar.

—Bien, bien. Hay progresos en ese frente. —Inclina la cabeza—. ¿Y quizá en otros frentes también?

Asiento, sin sorprenderme de su intuición de terapeuta.

—Sí, mi paranoia va mejor y mis pesadillas también. Incluso fui capaz de abrir el grifo del fregadero de la cocina el sábado.

—¿En serio? —Eleva las cejas—. Me alegra escuchar eso. ¿Fue por alguna razón en particular?

«Bueno, ya sabes, simplemente tener otra vez en mi vida al hombre que me torturó y que asesinó a mi marido».

—No lo sé. —Me encojo de hombros—. Quizá ya iba siendo hora. Han pasado casi siete meses.

—Sí —dice el doctor Evans con suavidad—, pero deberías saber que eso es muy poco en la línea temporal del dolor humano y del trastorno de estrés postraumático.

—Ya. —Bajo la mirada hacia las manos y me percato del mal aspecto de un padrastro que tengo en el pulgar izquierdo. Va siendo hora de hacerme la manicura—. Supongo que soy afortunada.

—Desde luego.

Cuando alzo la mirada, el doctor Evans me está observando con la misma expresión pensativa.

—¿Cómo va tu vida social? —me pregunta y un rubor ardiente me quema el rostro—. Ya veo —dice el doctor Evans al no responder enseguida—. ¿Hay algo de lo que te gustaría hablar?

—No, no… no es nada. —La piel me arde aún más cuando me lanza una mirada de desconfianza. No le puedo contar nada de Peter, así que pienso en algo que suene creíble—. Bueno, salí con algunos compañeros de trabajo hace unas semanas y me lo pasé muy bien…

—Ah. —Parece aceptar mi respuesta—. ¿Y cómo te hizo sentir eso, pasártelo bien?

—Me hizo sentir… genial. —Recuerdo bailar en el bar, dejándome guiar por el ritmo de la música—. Me hizo sentir viva.

—Excelente. —El doctor Evans toma algunas anotaciones—. ¿Y has vuelto a salir desde entonces?

—No, no he tenido oportunidad. —Es mentira, podría haber salido con Marsha y las chicas el sábado pasado, pero no puedo explicarle a mi terapeuta que estoy reduciendo el contacto con mis amigos para protegerlos. El privilegio médico-paciente tiene sus límites y contarle que he estado en contacto con un criminal y que presencié dos asesinatos la semana pasada podría dar pie a que el doctor Evans llamara a la policía y nos pusiera en peligro a los dos.

Venir aquí hoy ha sido una mala idea. No puedo revelarle nada sobre lo que necesito hablar de verdad y él no va a ser capaz de ayudarme con mis emociones sin conocer la historia completa. Me doy cuenta de que por eso me siento tan incómoda: ya no puedo sincerarme con el doctor Evans.

Me vibra el móvil en el bolso y agradezco la distracción. Cuando lo cojo, veo que es un mensaje del hospital.

—Discúlpame —digo mientras me levanto y guardo el móvil en el bolso—, una paciente acaba de ponerse de parto prematuro y necesita mi ayuda.

—Por supuesto. —Desplegando su larguirucho cuerpo, el doctor Evans se pone en pie y me estrecha la mano—. Continuaremos la semana que viene. Ha sido un placer, como siempre.

—Muchas gracias, lo mismo digo. —Tomo nota mental para cancelar la cita de la semana próxima—. Que tengas un buen día.

Abandono la consulta del terapeuta y corro hacia el hospital, dando las gracias por la imprevisibilidad de mi trabajo.

No sé si es por la sesión con el doctor Evans o que he dormido mejor en los últimos días, pero esta noche me encuentro dando mil vueltas, tras despertarme sobresaltada, con el corazón martilleándome por la ansiedad de algo que no logro descifrar. La cama vacía me molesta y la soledad me crea un dolor angustioso en el pecho. Quiero creer que echo de menos a George, que son sus brazos los que deseo, pero, cuando el sueño intranquilo se apodera de mí, son unos ojos gris acero los que me asaltan, no sus ojos cálidos y marrones.

En esos sueños, estoy bailando frente a mi torturador como una bailarina profesional. También llevo un vestido amarillo claro y unas alas rígidas con plumas en la espalda, como una bailarina de verdad. Mientras giro y vuelo sobre el escenario, me siento ligera como una nube, tan grácil como el humo de un cigarrillo. Pero en mi interior, estoy ardiendo de pasión. Los movimientos nacen en lo más profundo de mi alma y mi cuerpo habla a través del baile con la cruda honestidad de la belleza.

«Te echo de menos», dice ese *plié*. «Te deseo», confirma esa pirueta. Digo con mi cuerpo lo que no puedo decir con palabras y él me observa, con cara oscura y enigmática. Gotas rojas decoran sus manos y sé sin preguntar que es sangre, que hoy ha quitado otra vida. Debería disgustarme, pero lo único que me preocupa es si él me desea, si siente el calor que me devora por dentro.

«Por favor», ruego con mis movimientos, girando en un elegante arco delante de él. «Por favor, dímelo. Necesito la verdad. Por favor, dímelo».

Pero él no dice nada. Solo me mira y sé que no hay nada que pueda hacer, que no hay manera de convencerlo. Así que bailo más cerca, empujada por una oscura atracción y, cuando estoy a su alcance, levanta los brazos y me coge por los hombros con las manos ensangrentadas.

—Peter… —Me balanceo hacia él, con ese terrible

anhelo que me retuerce las entrañas, pero tiene los ojos fríos, tan fríos que queman.

No me desea. Lo sé. Lo veo.

Aun así, me acerco a él, elevando la mano hacia la cara afilada. Lo deseo y lo necesito tanto… Pero, antes de que pueda tocarlo, murmura: «Adiós, *ptichka*», y me empuja.

Tropiezo hacia atrás y me caigo del escenario. El vestido ondea en el aire durante un segundo y, luego, las alas se parten al golpear contra el suelo. Incluso antes de que el impacto de la caída resuene, sé que todo se ha acabado.

Tengo el cuerpo roto, igual que el alma.

—Peter… —gimo con mi último aliento, pero ya es demasiado tarde.

Se ha ido para siempre.

Me despierto con la cara empapada en lágrimas y el corazón lleno de dolor. La habitación está totalmente en tinieblas y, en la oscuridad, no importa que no pueda extrañar de manera racional al hombre que odio. El sueño sigue tan presente en mi mente que siento que lo he perdido de verdad… como si me hubiese muerto por su rechazo. Sé que lo que me duele son las pérdidas reales, la de George y la de la vida que se suponía que íbamos a tener juntos, pero con la cama vacía y el cuerpo anhelando un abrazo fuerte y cálido, siento como si le echara de menos a él.

A Peter.

Al hombre al que debería odiar.

Cierro los ojos con fuerza, me hago un ovillo bajo la

manta y abrazo una almohada. No necesito a ningún doctor Evans diciéndome que lo que siento no puede ser real, que, como mucho, será una versión extraña del síndrome de Estocolmo. Una no se enamora de su acosador, simplemente no pasa. Ni siquiera conozco a Peter Sokolov desde hace tanto tiempo. Ha estado en mi vida ¿cuánto? ¿Una semana? ¿Dos? Parece que han pasado años desde aquella noche en el bar, pero, en realidad, no ha pasado casi nada.

Por supuesto, ha estado presente en mis pesadillas desde mucho antes.

Por primera vez, me permito pensar de verdad en mi torturador, pensar en él como hombre. ¿Cómo sería con su familia? Debería ser complicado imaginarse a semejante asesino en un entorno familiar, pero, por alguna razón, no tengo ningún problema en fantasear con él jugando con un niño o preparando la cena con su mujer. Quizá sea por la manera tan gentil en la que me ha cuidado, pero siento que hay algo en él que trasciende a las cosas horribles que ha hecho, algo vulnerable y profundamente humano.

Debe haber querido mucho a su familia para dedicarse tan de lleno a la venganza.

Las fotos de su móvil navegan por mi mente, haciendo que se me encoja el pecho de dolor. Información falsa, ese es el motivo que dio Peter ante semejantes atrocidades. ¿Es posible que fuese George quien proporcionara esa información? ¿Que mi guapo y pacífico marido, quien adoraba las barbacoas y leer el periódico en la cama, hubiese sido realmente un espía que cometiera tal error? Parece increíble, pero debe haber alguna razón para que Peter fuera tras George, para que se esforzara tanto en matarlo.

A no ser que Peter haya cometido un grandísimo error, George no era lo que parecía ser.

Apretando aún más la almohada, proceso esa idea, dejando que se asiente en mi mente. Durante semana y media, he estado evitando pensar en las relevaciones de mi acosador, pero ya no puedo seguir ignorando la verdad.

Por la protección del FBI que apareció de la nada y por el distanciamiento entre George y yo tras casarnos, es muy posible que mi marido me engañase, que me mintiese a mí y al resto del mundo durante casi una década.

Entonces, mi vida se parecería aún más a una ilusión de lo que creía.

Cuando me duermo una hora después, lo hago con el sabor amargo de la traición en la lengua y una determinación clara en la mente.

Mañana por la mañana, voy a aceptar una de las ofertas de la casa. Necesito un nuevo comienzo y lo voy a conseguir. Quizá, en un sitio nuevo, me olvidaré de la dualidad de George y Peter.

Si Peter Sokolov se ha ido para siempre, quizá pueda retomar mi vida.

35

ara

El jueves firmo los papeles y le vendo la casa a una pareja de abogados de Chicago que se mudan a la zona. Tienen dos niños en primaria y un bebé en camino, por lo que necesitan las cinco habitaciones. Aunque su oferta esté un 3% por debajo del valor de mercado y sea varios miles de dólares menor que la otra oferta que he recibido, elijo a los abogados porque pagan en metálico y pueden cerrar el trato rápido.

Si no hay ningún problema con la inspección, me mudaré en menos de tres semanas.

Sintiéndome revitalizada, le pido a otro doctor que me cubra el viernes y me paso el día mirando apartamentos para alquilar. Me decido por uno pequeño con un dormitorio no muy lejos del hospital, en un edificio que admite mascotas. Es un poco anticuado y el espacio para el armario es casi inexistente, pero, como planeo deshacerme de todo lo que me recuerde a mi antigua vida, no me importa demasiado.

Nueva vida, allá voy.

Mi entusiasmo me dura hasta por la tarde, cuando llego a casa y siento la soledad de nuevo. La cena congelada está en el frigorífico y, a pesar de mis esfuerzos, no puedo evitar pensar en Peter, preguntándome dónde se encontrará y qué estará haciendo. Ayer se me ocurrió otro posible motivo por el que se marchara y el pensamiento me ha estado carcomiendo desde entonces.

La policía lo ha capturado o lo ha matado.

No sé por qué no se me ocurrió esta posibilidad antes, pero ahora no me la puedo sacar de la cabeza. Sería algo positivo, estaría a salvo de verdad si estuviera muerto o encerrado, pero, cada vez que lo pienso, siento el pecho pesado y oprimido y me pican los ojos de una manera extraña por algo parecido a las lágrimas.

No quiero a Peter Sokolov en mi vida, pero no puedo soportar la idea de que esté muerto.

Es estúpido, muy estúpido. Sí, nos acostamos aquella noche y tuve más de un orgasmo, pero no soy una adolescente virginal que piensa que practicar sexo significa amor eterno. El único sentimiento entre nosotros, aparte del odio, es la lujuria animal, una atracción casi primitiva. Eso es lo máximo que acepto;

como doctora que soy, sé lo potente que puede ser la biología y he visto a personas inteligentes haciendo estupideces, guiadas por la pasión. Es turbio que desee al asesino de mi marido de alguna manera, pero preocuparme por su bienestar es otra cosa.

Algo mucho más descabellado.

«No echo de menos a Peter», me digo mientras me doy la vuelta en la cama vacía. Sea lo que sea la soledad que estoy sintiendo, es producto del estrés y de no estar lo suficiente con mis amigos y mi familia. Cuando pase un poco más de tiempo y la amenaza de mi acosador haya desaparecido por completo, saldré con Marsha y las enfermeras y quizá tenga una cita con Joe.

Vale, lo último quizás no porque le rechacé cuando me llamó hace unos días y no me arrepiento, pero definitivamente saldré de fiesta otra vez.

Pase lo que pase, mi vida nueva está a punto de empezar.

36

eter

Sara está durmiendo cuando entro en la habitación, con el cuerpo esbelto envuelto con una manta de la cabeza a los pies. Con cuidado, enciendo la luz y me detengo, conteniendo el aliento. Durante las últimas dos semanas, mientras me recuperaba de la puñalada que sufrí en México, me he entretenido observándola a través de las cámaras de la casa y devorando los informes que me enviaban los americanos sobre sus actividades. Sé todo lo que ha hecho, con quién ha hablado, los sitios a los que ha ido. Eso debería haber menguado el sentimiento de separación, pero verla así, con el pelo brillante esparcido por la almohada, me roba el aire de los pulmones y me sobreviene una sensación de nostalgia.

Mi Sara. Joder, la he echado tanto de menos.

Me aproximo a la cama, apretando los puños para contener la necesidad de tocarla, de agarrarla y no dejarla ir nunca.

«Dos semanas». Durante dos semanas eternas, no he podido volver con ella porque no me percaté del cuchillo escondido en la bota de un guardia. Por supuesto, estaba combatiendo contra otro que me apuntaba con una AR15, pero eso no es excusa para ser tan descuidado.

Estaba distraído mientras trabajábamos y eso casi me cuesta la vida. Un centímetro a la derecha y habría estado en cama mucho más de dos semanas. Quizá para siempre.

—¿Qué cojones, tío? —gruñía Ilya mientras él y su hermano me curaban tras la misión—. Casi te da en el riñón. Debes tener más cuidado, joder.

—Para eso os tengo a vosotros dos —conseguí decir antes de desmayarme por la pérdida de sangre, impidiéndome explicar la razón de mi distracción. ¡Menos mal! La verdad es que no vi el cuchillo volar hacia mí porque, mientras miraba el cañón de la AR15, no pensaba ni en el equipo ni en la misión, sino en Sara y en no volver a verla nunca más.

La obsesión por ella casi me busca la ruina.

Me siento en el borde de la cama y la destapo con cuidado. Está durmiendo desnuda, como siempre, y la lujuria ruge en mis venas ante la visión de esas delgadas curvas. No se despierta, solo resopla como un gatito enfadado ante la ausencia de la manta, y siento algo suave recorriéndome el pecho. El corazón se me llena de un destello cálido mientras se me endurece la polla y se me acelera el pulso.

Tengo que poseerla. Ahora.

Me levanto, me quito con rapidez la ropa y la coloco en la cómoda, asegurándome de que las armas estén bien escondidas. Los movimientos bruscos tiran de la cicatriz fresca del estómago, pero la deseo tanto que el dolor es imperceptible. Me pongo un condón, me meto con ella en la cama y la apoyo sobre la espalda para colocarme entre las piernas.

Mi tacto la despierta. Abre los párpados enseguida y en los ojos color avellana se le refleja el pánico y la confusión al mismo tiempo. Sonrío mientras le sujeto las muñecas y se las coloco junto a los hombros. Es una sonrisa de depredador, lo sé, pero no puedo evitarlo.

Incluso con el cálido sentimiento en el pecho, mi deseo por ella es oscuro y violento, a la vez que devorador.

—Hola, *ptichka* —murmuro, viendo la conmoción en sus ojos mientras se le despeja la visión—. Lo siento por desaparecer durante tanto tiempo. No había más remedio.

—Has… has vuelto. —Se le mueve el pecho a un ritmo acelerado y los pezones se le endurecen en esas tetas deliciosamente redondeadas—. ¿Qué estás…? ¿Por qué has vuelto?

—Porque jamás podría abandonarte. —Me inclino e inhalo su aroma delicado y cálido, tan cautivador como la propia Sara. Le mordisqueo con suavidad la oreja antes de susurrarle contra el cuello—: ¿Pensabas que me iba a ir sin más?

Se estremece debajo de mí, se le acelera la respiración y sé que, si me meto entre sus piernas, la encontraré caliente y húmeda, lista para mí. Me desea, al menos su cuerpo lo hace, y me palpita la polla ante la idea, ansioso por saciarla, por sentir el apretado y resbaladizo abrazo de ese coño. Pero primero, quiero una respuesta a mi pregunta.

Levanto la cabeza para fijar la mirada en ella.

—¿Pensaste que me había ido, Sara?

Su expresión es confusa mientras parpadea.

—Bueno, sí. Quiero decir, no estabas y yo pensaba… Yo esperaba que… —Se detiene, frunciendo el ceño—. ¿Por qué te fuiste, si no te aburriste de mí?

—¿Aburrirme de ti? —¿Acaso no se da cuenta de que pienso en ella todo el tiempo, incluso en el punto álgido de la pelea? ¿Que no puedo estar ni una hora sin saber dónde se encuentra o pasar una noche sin verla en mis sueños? Sosteniéndole la mirada, niego con la cabeza—. No, *ptichka*. No me aburrí de ti ni lo haré jamás.

Por el rabillo del ojo veo que se le doblan los finos dedos y me doy cuenta de que sigo sosteniéndole las muñecas junto a los hombros, agarrándola bastante fuerte, como si tuviese miedo de que se escapara. No lo haría, por supuesto, ya que, incluso con mi reciente herida, no tiene nada que hacer contra mis reflejos y mi fuerza, pero me gusta tenerla así, sujeta bajo mi cuerpo, desnuda e indefensa. Forma parte de estos sentimientos tan jodidos que experimento hacia ella, esta necesidad de dominarla, de tenerla siempre a mi merced.

—No... —susurra, pero saca la lengua para mojar los labios suaves y rosados y mi necesidad se intensifica, haciendo que se me tensen los huevos mientras la sangre me fluye hacia la entrepierna. Hay algo tan puro en ella, algo tan dulce e inocente en las líneas delicadas de esa cara en forma de corazón. Es como si la vida nunca la hubiese lastimado, incorrupta ante toda la maldad que me rodea a diario. Eso provoca que todas las cosas que quiero hacerle sean mucho más sucias, mucho más malas, pero sé que se las haré todas.

El bien y el mal nunca han sido mi fuerte.

Bajo la cabeza para saborearle los labios, manteniendo el beso tierno a pesar de la dolorosa rigidez de la polla. Incluso con mis insistentes impulsos oscuros, no quiero hacerle daño hoy, no después de la última vez. Aún sigo sin saber qué significa ella para mí, pero sé que es mía para cuidarla, abrazarla y protegerla. No quiero que sienta temor cuando la toque, aunque muchas veces quiera provocárselo.

No sé qué quiero de ella, pero sé que es algo más.

Al principio, muestra indiferencia, con los labios sellados ante la tentación de mi lengua, pero continúo besándola y, finalmente, suaviza los labios para dejarme entrar en el cálido hueco de la boca. Su sabor es delicioso, con un toque a dentífrico mentolado y a sí misma, y no puedo reprimir un gemido mientras le rozo el interior de los muslos con la punta de la polla.

Quiero estar dentro de ella, sentirla caliente y que me apriete fuerte con esas resbaladizas paredes, pero resisto la tentación, centrándome en seducirla, en darle tanto placer que olvide todo el daño que le he causado.

No sé durante cuánto tiempo le acaricio los labios, pero, tras unos instantes, siento el leve toque de su lengua. Me está respondiendo, devolviéndome el beso, y, mientras relaja el cuerpo bajo el mío, se me acelera el pulso y la necesidad de tenerla me retumba en el pecho. Con la respiración entrecortada, paso de sus labios a la piel delicada del cuello, después hacia la clavícula y hacia la suavidad de los pechos. Gime mientras acerco los labios al pezón y siento cómo se arquea bajo mi cuerpo, cómo eleva las caderas presionando el coño contra mí.

Con un gruñido grave, dirijo la atención hacia el otro pecho para succionarlo hasta que los gemidos de Sara se intensifican y se retuerce bajo mi cuerpo, flexionando las manos compulsivamente mientras le sujeto las muñecas. Cuando levanto la cara, veo que tiene el rostro sonrojado, los ojos cerrados y la cabeza inclinada hacia atrás con sensualidad.

Ya es hora. Ya va siendo la puta hora.

Libero el pezón, me muevo y le coloco la polla dura en la entrada del cuerpo.

—¿Es esto lo que quieres? —pregunto con voz ronca mientras abre los párpados, revelando unos ojos impregnados de deseo—. Dime que esto es lo que quieres, *ptichka*. Dime que me echaste de menos cuando me fui.

Los labios de Sara se entreabren, pero no emiten ninguna palabra y sé que no está preparada para admitirlo, para aceptar la conexión que existe entre nosotros. Quizá ya tenga su cuerpo, pero tendré que luchar mucho más para conseguir la mente y el corazón. Y lo haré porque eso es lo que preciso de ella para que sea mía por completo, para que me desee y me necesite tanto como yo la necesito.

Bajo la cabeza, la beso de nuevo y le suelto una de las muñecas para guiar la polla hacia la entrada caliente y húmeda. Aún está increíblemente apretada, pero esta vez intento ir despacio, introduciéndome poco a poco hasta que me meto en ella hasta el fondo. Se agarra a mí con la mano liberada, me clava las uñas delicadas en el costado y me jadea en el oído. Siento cómo se le flexionan los pliegues cuando empiezo a moverme dentro de ella, entrando y saliendo a un ritmo lento y deliberado. Mi deseo está al rojo vivo y hago todo lo posible para mantener mis embestidas constantes, rozándole el clítoris cada vez que me hundo en ella.

—Sí, eso es —rujo, sintiendo que se le contraen los músculos mientras se le acelera la respiración—, córrete para mí, *ptichka*. Déjame sentirlo.

Grita cuando acelero el ritmo y le sujeto la cadera, aferrándome a la apretada carne de su culo, mientras la embisto, follándola tan fuerte que la cama cruje bajo nuestros cuerpos. No me canso de ella, de esa suavidad sedosa y ese aroma dulce. La penetro aún más profundamente, deseando fusionarme con ella, hundirme tanto en ella que quede grabado de manera permanente en su piel.

Sus gemidos aumentan, frenéticos, y noto que se le tensa el coño mientras levanta aún más las caderas de la cama al alcanzar el éxtasis. Sus contracciones son la gota que colma el vaso; con un grito ronco, me corro, rozando la pelvis contra la suya mientras la polla se sacude y late al liberarse, inundando de semen el condón.

Jadeando, salgo de ella y la aprieto contra mí para abrazarla con fuerza mientras nuestras respiraciones se calman. Con el hambre saciada, me doy cuenta de las palpitaciones de la herida que se me está curando en el abdomen. Los doctores me aconsejaron tomármelo con tranquilidad durante unas semanas, pero se me había olvidado, demasiado consumido por Sara y por el incandescente deseo de poseerla.

Tras un minuto, me levanto para deshacerme del condón y, cuando regreso, Sara está sentada en la cama, con el cuerpo delgado envuelto en la manta como la última vez. Pero hoy no hay lágrimas; tiene los ojos secos y la mirada clavada, desafiante, en mi cara mientras cruzo la habitación.

Quizá esté empezando a aceptar la realidad entre nosotros, a entender que no pasa nada por desearme.

—¿Por qué has vuelto? —pregunta mientras me siento a su lado y noto la desesperación tras la bravuconería.

Estaba equivocado. Está lejos de aceptarme.

Levanto la mano y le coloco un mechón brillante de

pelo tras la oreja. Con la manta envuelta a su alrededor y las ondas castañas desordenadas, mi preciosa doctora parece joven y vulnerable, más niña que mujer. Verla así hace que quiera protegerla, defenderla de la crueldad de mi mundo.

Una lástima que forme parte de ese mundo, que quizás yo sea el más cruel de todos.

—Nunca me he ido —respondo, bajando la mano—. Al menos no tenía intención de irme, no por tanto tiempo. Tenía una misión que llevar a cabo, pero debería habernos llevado un día o dos.

—¿Una misión? —Parpadea—. ¿Qué tipo de misión?

Me planteo no decirle nada o al menos pasar por alto alguna de las realidades más duras de mi trabajo, pero acabo haciendo lo contrario. La opinión que tiene Sara sobre mí no puede empeorar, así que al menos debe saber la verdad.

—Mi equipo realiza algunos encargos —digo con cautela, observando su reacción—. Trabajos que poca gente puede desempeñar con la misma habilidad y discreción. Por lo general, nuestros clientes operan en la sombra, así como los objetivos por los que nos pagan para que los eliminemos.

El rubor poscoital de sus mejillas desaparece, dejándole la cara de un blanco riguroso.

—¿Eres un sicario? Tu equipo… ¿mata gente por dinero?

Asiento.

—No a cualquiera, pero sí. Nuestros objetivos suelen ser bastante peligrosos por sí mismos y a veces cuentan con múltiples niveles de seguridad en los que tenemos que penetrar. Por eso acabé así. —Señalo la cicatriz fresca en el estómago y veo que se le abren los ojos como platos a medida que lo asimila, probablemente por vez primera. Dudo que me viera bien mientras follábamos.

—¿Qué te pasó? —pregunta, levantando la mirada del estómago. Tiene la cara aún más pálida y la piel de porcelana adquiere un tono verdoso—. ¿Es una puñalada?

—Sí. En cuanto al cómo, fue un momento de distracción por mi parte. —Me sigue enfadando el hecho de no haber visto al guardia detrás de mí buscando el cuchillo mientras me enfrentaba a su compañero armado—. Debí ser más cauto.

Traga saliva y escudriña otra vez la cicatriz.

—Si es tan peligroso, ¿por qué lo haces? —pregunta tras una pausa, mirándome a la cara de nuevo.

—Porque esconderse de las autoridades no es barato. —De momento, Sara se está tomando mi revelación mejor de lo que esperaba, aunque supongo que estaba preparada tras verme matar a aquellos dos drogadictos—. El trabajo está bastante bien pagado y se ajusta a mis habilidades. Antes era asesor de algunos de nuestros clientes, pero llevar mi propio negocio es mejor. Tengo más libertad y flexibilidad, algo importante para mí cuando conseguí la lista.

Aprieta los labios.

—¿La lista en la que aparecía mi marido?

—Sí.

Baja la mirada hacia el regazo, pero no antes de que alcance a ver un destello de ira en lo más profundo de esos ojos claros color avellana. Le molesta que no sienta remordimiento, pero no voy a fingirlo. Ese *ublyudok*, ese estúpido marido suyo, se merecía una muerte mucho peor que la que recibió y de lo único que me arrepiento es de que ya estaba en estado vegetativo cuando vine a por él. Eso y que, por un breve instante, dudé antes de apretar el gatillo.

Dudé porque pensé en Sara antes que en mi esposa y mi hijo muertos.

Los recuerdos me llenan de una rabia y un dolor conocidos, y me obligo a tomar aire lenta y profundamente. Si no me sintiese tan relajado después de haber follado con ella, habría sido imposible contener la agonía que me inunda el pecho, pero así, soy capaz de controlarme, incluso cuando Sara se levanta para ir al baño, aún envuelta en la manta.

Me está infligiendo el castigo del silencio, pero no me molesta. Ya ha pasado la medianoche y tendremos tiempo suficiente para hablar mañana.

Me estiro en la cama a la espera de que Sara vuelva. Es mejor que haya decidido interrumpir nuestra pequeña charla. Aunque hoy apenas me he esforzado, me siento tan cansado como después de una misión. Mi cuerpo sigue recuperándose, lo que me frustra. Odio cuando no estoy en forma para la contienda; cualquier tipo de debilidad me hace sentir ansioso e inquieto.

Sara se toma su tiempo en el baño, pero finalmente

reaparece y se acuesta a mi lado, sin compartir la manta de manera intencionada. Molesto y divertido a partes iguales, le quito la manta de un tirón y la pongo sobre ambos cuando la tengo donde pertenece: entre mis brazos, con ese apretado culo presionado contra la ingle.

—Buenas noches —murmuro antes de besarle la nuca y, al ver que no responde, cierro los ojos, ignorando el cosquilleo de la polla endurecida.

Por mucho que quiera volver a follármela, necesito descansar y ella también.

Puedo ser paciente. Al fin y al cabo, la tendré de nuevo mañana y todos los días después de ese.

37

ara

Me despierto con el olor a café y beicon, notando la luz del sol en la cara. Confundida, abro los ojos y me doy cuenta de que queda media hora para que suene la alarma. Mientras intento asimilar todo esto, me invaden los recuerdos de anoche y dejo escapar un gemido, escondiendo la cabeza bajo la manta.

Mi acosador ruso ha vuelto... y me está haciendo el desayuno en casa.

Un minuto después, me obligo a levantarme y a empezar con mi habitual rutina matinal. Sí, el asesino de mi marido me folló anoche otra vez e hizo que me corriese, pero no se acabó el mundo y ahora tengo que actuar en consecuencia.

Debo ignorar ese nudo en la garganta, lleno de

desprecio hacia mí misma, e irme a trabajar.

A los diez minutos, bajo las escaleras, recién duchada y vestida. Es extraño, pero no veo a Peter de forma diferente ahora que sé en qué consiste su trabajo. Llevo tanto tiempo considerándolo un asesino que saber que él y su equipo lo hacen por dinero apenas me perturba. Sin embargo, refuerza mi convicción de que es peligroso y de que debo ir con pies de plomo si quiero evitar que mis seres queridos acaben en el punto de mira.

—Espero que te gusten los huevos revueltos con beicon —dice mientras entro a la cocina.

Al igual que yo, está completamente vestido, salvo por los zapatos y la cazadora de cuero, que cuelga de una de las sillas de la cocina. De nuevo, lleva ropa oscura y verlo junto a los fuegos, tan vigoroso, masculino y letalmente atractivo, hace que se me acelere el pulso y que se me cierre el estómago con una sensación inquietante, una sensación que se asemeja, de manera sospechosa, a la excitación.

Quitándome esa idea de la cabeza, cruzo los brazos y apoyo la cadera en la encimera.

—Claro —respondo con calma, ignorando los latidos acelerados—. ¿A quién no?

Por muy atrayente que sea la idea de tirarle la comida a la cara, debo encontrar una nueva estrategia antes de provocarlo.

—Justo lo que pensaba. —Coloca los huevos y el beicon en el plato con destreza y, luego, sirve una taza de café para cada uno.

Pienso que debería echarle una mano, por lo que cojo las tazas y las llevo a la mesa mientras él trae los platos y nos sentamos a tomar el desayuno.

Los huevos están exquisitos, sabrosos y esponjosos, y el beicon está crujiente en su punto. Hasta el café está inusualmente bueno, como si hubiera utilizado una receta secreta con la cafetera. Tampoco es que esperase algo distinto, todas las comidas que me ha servido han sido magníficas.

Si lo de ser acosador y asesino no funciona, mi torturador podría plantearse empezar una carrera como cocinero.

Ese pensamiento resulta tan ridículo que dejo escapar una risita, provocando que Peter levante la mirada del plato con las cejas arqueadas a modo de pregunta silenciosa.

—Estaba pensando que podrías dedicarte a esto de forma profesional —le explico antes de introducirme una porción de huevos en la boca. Quizá esta es otra traición más a la memoria de George, pero no recuerdo una sola vez en la que mi marido me preparase el desayuno. Un par de veces cuando salíamos juntos intentó organizar una cena romántica, pidió comida china y colocó algunas velas, pero, salvo eso, todo lo cocinaba yo o salíamos a comer.

—Gracias. —Una sonrisa se posa en los labios de Peter al escuchar el halago—. Me alegro de que te gusten.

—Sí. —Me concentro en acabar lo que queda en el plato, a la vez que trato de no sonrojarme al recordar lo que sentí cuando esos labios esculpidos me besaron el cuello, los pechos, los pezones… Quiero creer que anoche me pilló con la guardia baja, que mi respuesta hacia él fue el resultado de una mente adormecida, pero la excitación que bullía en mis venas esta mañana desmiente esa premisa.

Una parte retorcida de mí se alegra de verlo y se siente aliviada porque siga con vida.

«Idiota», me reprocho. Peter Sokolov es un fugitivo en busca y captura, un monstruo que ha matado a dos personas delante de mí después de torturarme y asesinar a George. Un acosador cuya presencia en mi vida trae innumerables complicaciones y supone una amenaza para cualquier persona de mi entorno.

No solo está mal que quiera que siga aquí, directamente es patológico.

Aun así, mientras termino los huevos y bebo el café, me doy cuenta de que siento una ligereza peculiar en el pecho. La casa ya no parece gigantesca y asfixiante, la cocina luce brillante y cálida, en lugar de fría y amenazadora. Ahora es él el que llena ese espacio, dominándolo con su figura enorme y con la fuerza aterradora de su personalidad, y, a pesar de que es la última persona a la que debería recurrir como compañía, no siento la presión devastadora de la soledad cuando estoy con él.

«Un perro», recuerdo. «Solo necesitas un perro». Y enseguida me doy cuenta de que podría haber un problema con eso, con la nueva planificación de mi vida en general.

—Sabes que me mudo en unas semanas, ¿no? —digo dejando sobre la mesa la taza vacía—. Ya he firmado el contrato para vender la casa.

La expresión de Peter no cambia.

—Sí, lo sé.

—Por supuesto que lo sabes. —Cierro los puños sobre la mesa y las uñas se me clavan en las palmas de las manos—. Seguro que me pusiste vigilancia mientras no estabas. Esos ojos siguiéndome... no eran fruto de mi imaginación, ¿verdad?

—No podía dejarte desprotegida —contesta encogiéndose de hombros sin un ápice de arrepentimiento.

—Claro. —Respiro hondo y relajo las manos—. Pronto me voy a mudar a un piso y estoy bastante segura de que no vas a poder ir y venir como hasta ahora, al menos no sin que los vecinos te vean todos los días. Así que más te vale buscarte a otra mujer a la que torturar y acosar. Hay muchas que viven en zonas semirrurales.

Se le contraen las comisuras de la boca.

—No lo niego, pero es una lástima que no me interese ninguna de ellas.

Tamborileo con los dedos sobre la mesa.

—¿En serio? ¿Y qué pasa con el resto de los nombres de tu lista? ¿Has asesinado ya a todos?

—Solo uno sigue con vida y está resultando ser muy escurridizo —responde. Lo miro atónita un momento antes de sacudir la cabeza.

No estoy preparada para tratar ese tema hoy.

—Vale —digo, intentando recomponerme—. ¿Qué tengo que hacer para que me dejes en paz?

—Pegarme un tiro en la cabeza o en el corazón —responde sin pestañear y el estómago me da un vuelco al percatarme de que va totalmente en serio.

No tiene intención de irse de mi lado. Jamás.

La ligereza y la excitación se desvanecen y me dejan con el terror visceral de mi realidad. Ninguna de sus deliciosas comidas ni de los orgasmos impresionantes ni de los momentos acurrucados con ternura compensa el hecho de que soy la prisionera de este hombre mortífero, un asesino que ni pestañea a la hora de ser violento o torturar a alguien. Su obsesión conmigo es tan peligrosa como él mismo y sus sentimientos son tan retorcidos como nuestro pasado en común.

Un monstruo se ha fijado en mí y no hay escapatoria.

Siento que me tiemblan las piernas cuando me levanto tras empujar la silla hacia atrás.

—Tengo que irme a trabajar —le informo, y, antes de que pueda oponerse, tomo el bolso y me apresuro hacia el garaje.

Peter no se mueve para detenerme, pero, mientras subo al coche, aparece en la puerta, con una expresión indescifrable en ese rostro bello.

—Nos veremos cuando vuelvas —dice mientras pongo el coche en marcha. Sé que va en serio.

Mi torturador ha vuelto y no se va a ir.

38

ara

Siendo fiel a su palabra, Peter sigue en casa cuando vuelvo del trabajo y estoy tan cansada y estresada que me siento tentada a dejarme llevar y comerme la cena que ha hecho: un arroz *pilaf* con champiñones y guisantes que huele que alimenta. Pero no puedo. No puedo seguirle el juego, no puedo seguir con esta locura de actuar como si todo fuera normal.

Si mi acosador no me va a dejar en paz, no tiene sentido que colabore con él. ¿Por qué no complicarle las cosas un poco mientras pueda?

Ignorando la mesa preparada por él, subo las escaleras mientras sirve vino en unas copas. Nada más entrar al dormitorio, cierro la puerta y me dirijo al baño a echarme agua fría en la cara.

He probado de todo salvo la resistencia directa y ahora estoy tan desesperada como para intentarlo.

Salgo del baño con la cara recién lavada y me siento en la cama, esperando a ver qué ocurre. No tengo ninguna intención de abrir la puerta y dejarle entrar ni de cooperar de ninguna manera.

Estoy harta de jugar a las casitas con este monstruo. Si me desea, va a tener que forzarme.

Me ruge el estómago por el hambre y me regaño a mí misma por no haber comido antes de venir aquí. Estaba tan agotada de pensar en Peter durante todo el día que he conducido hasta casa como un autómata, con la mente ocupada por esta situación imposible. Ahora que sé lo de su equipo y sus misiones de asesino, estoy incluso menos convencida de que el FBI fuera capaz de protegerme si lo denunciase ante ellos.

Creo que nadie en el mundo puede protegerme de él.

Un golpe en la puerta de la habitación me saca del ensimismamiento desesperado.

—Baja, *ptichka* —dice Peter desde el otro lado de la puerta—. La cena se está enfriando.

Se me tensa el cuerpo, pero no respondo.

Otro golpe. El pomo de la puerta se agita.

—Sara. —El tono de Peter es más severo—. Abre la puerta.

Me levanto, demasiado inquieta para seguir sentada, pero tampoco me acerco.

—Sara. Abre la puerta. Ahora.

Sigo de pie, con las manos tensas sobre ambos

costados. Pensé en comprar un arma antes de venir, pero recordé lo que me contó sobre que sus hombres monitorizaban sus constantes vitales y deseché la idea. No sé cómo va lo de monitorizar, pero es muy posible que lleve algún dispositivo que le mida el pulso o la tensión arterial, quizá un implante. He oído hablar de chismes así, aunque nunca los he visto. Sea lo que sea, si lo que me dijo Peter era cierto, no puedo hacerle daño de ninguna manera significativa sin poner en riesgo mi propia vida y posiblemente la de mis seres queridos.

Los hombres que matan por dinero no se lo pensarían dos veces antes de vengar a su jefe de la forma más despiadada que existe.

—Tienes cinco segundos para abrir la puerta.

Luchando contra la sensación de *déjà vu,* me muerdo el labio, pero permanezco quieta, sintiendo taquicardia y un sudor frío que me recorre la espalda. Aunque no quiero que me haga daño, tampoco quiero vivir de esta manera, demasiado asustada como para enfrentarme a él por mí misma y seguir sumisa a las órdenes de este loco. La última vez que le cerré una puerta con llave estaba en *shock,* tan fuera de mí y aterrorizada por haber visto cómo mataba a dos hombres que actué sin pensar. Ahora, por el contrario, soy consciente de lo que hago.

Necesito saber hasta dónde puede llegar, lo que está dispuesto a hacer para conseguir lo que quiere.

Esta vez no cuenta en voz alta, así que lo hago yo mentalmente: «uno, dos, tres, cuatro…». Espero que tire la puerta abajo de una patada, pero, en su lugar, escucho unos pasos que bajan a la entrada.

La respiración contenida sale en forma de suspiro de alivio. ¿Es posible? ¿Se habrá rendido y optará por dejarme sola esta noche? No esperaba que pasase eso, pero ya me ha sorprendido alguna vez. Quizá aún se resista a forzarme, quizá romper la puerta es un límite que no quiere cruzar, quizá…

Los pasos vuelven y el pomo se mueve de nuevo, justo antes de que algo metálico choque contra él. Se me para el corazón por unos instantes. Luego, palpita agitado.

Está forzando la cerradura.

Esa fría acción deliberada es, de alguna manera, más aterradora que si hubiera tirado la puerta abajo de una patada. Mi acosador no está actuando movido por la rabia; lo tiene todo bajo control y sabe con exactitud lo que está haciendo.

El sonido metálico dura menos de un minuto, lo sé al mirar los números que parpadean en el despertador que tengo sobre la mesita de noche. Entonces, la puerta se abre de par en par y Peter entra. La forma de andar irradia ira contenida y muestra una expresión fría y severa.

Luchando contra las ganas de huir, levanto la cabeza y lo miro fijamente cuando se detiene delante de mí, con el cuerpo enorme erigiéndose sobre mi figura, mucho más baja que la suya.

—Ven a cenar. —Su voz es queda, incluso dulce, pero puedo notar la oscuridad latente que esconde. Su autocontrol pende de un hilo y, si me quedase algo de esperanza, retrocedería para protegerme. Pero ya no tengo ninguna estrategia y, en algún punto, la protección debe dejar paso al respeto por una misma.

Niego de forma imprudente con la cabeza.

—No voy a hacerlo.

Tuerce un poco el gesto.

—¿El qué? ¿Comer?

El estómago decide que es el momento de rugir de nuevo y me sonrojo por lo inoportuno que es.

—No voy a comer contigo —contesto con toda la calma posible—. Tampoco me acostaré contigo ni nada parecido.

—¿No? —Un velo oscuro de diversión atraviesa el gris gélido de su mirada—. ¿Estás segura, *ptichka*?

Cierro los puños a ambos costados.

—Quiero que te vayas de mi casa. Ahora.

—¿O qué? —Da un paso al frente, acercándose con el cuerpo enorme hasta que no tengo otra opción que retroceder hacia la cama—. ¿O qué, Sara?

Quiero amenazarle con llamar a la policía o al FBI, pero ambos sabemos que, si hubiera podido denunciarlo a las autoridades, lo habría hecho ya. No hay nada que pueda hacer para sacarlo de mi vida, eso es el quid de la cuestión.

Hago caso omiso al sudor frío que me recorre la espalda y alzo más la cabeza.

—Estoy harta de esto, Peter.

—¿Esto? —Avanza otro paso e inclina un poco la cabeza hacia un lado.

—Esta fantasía de relación enfermiza que te has montado —le aclaro. Está demasiado cerca para que me sienta cómoda e invade mi espacio personal como si fuera suyo. El aroma masculino me envuelve, el calor que desprende ese cuerpo enorme hace que me suba la temperatura y yo retrocedo otra vez, haciendo lo posible para no prestar atención a la sensación ardiente entre los muslos y la dureza dolorosa de los pezones.

No puedo tenerlo así de cerca sin recordar cómo es estar aún más juntos, unidos de la forma más íntima que existe.

—¿Fantasía enfermiza? —Enarca las cejas de forma burlona—. Eso es un poco duro, ¿no te parece?

—Estoy. Harta —le repito, articulando cada palabra. El corazón me palpita con fuerza contra las costillas, pero no estoy dispuesta a retractarme ni dejar que me distraiga con un debate sobre esta relación horrible—. Si te apetece utilizar la cocina, adelante, pero no puedes obligarme a comer contigo, no puedes obligarme a que haga nada por voluntad propia.

—Oh, *ptichka*. —La voz de Peter es dulce y su mirada casi refleja empatía—. No tienes ni idea de lo equivocada que estás.

Curva los labios en esa sonrisa imperfecta, magnética, y se me encoge el estómago cuando da otro paso al frente. Estoy desesperada por tener algo más de espacio, por lo que retrocedo, pero siento que la parte trasera de mis piernas chocan con la cama.

Estoy atrapada de nuevo entre sus garras.

Avanza sin compasión y el sexo se me encoge al notar que me agarra de los hombros.

—Baja conmigo, Sara —me ordena con suavidad—. Tienes hambre, te sentirás mejor cuando hayas comido. Y, mientras lo haces, podemos hablar.

—¿Sobre qué? —pregunto con un hilo de voz. El calor de sus palmas me quema a través de la tela gruesa del jersey. No puedo hacer nada para calmar mi respiración mientras una excitación dañina me recorre el cuerpo—. No tenemos nada de qué hablar.

—Yo creo que sí —contesta y vislumbro al monstruo tras el velo gris oscuro de su mirada—. Mira, Sara, si no quieres estar aquí conmigo, podemos estar juntos en otro sitio. Esta fantasía puede hacerse realidad, pero solo bajo mis condiciones.

39

eter

Tiembla mientras la guío escaleras abajo y reconozco que es tanto de rabia como de miedo. Imagino que su reacción debería molestarme, pero ya estoy bastante enojado. Juraría que ayer y esta mañana en el desayuno se alegraba de verme, que se sentía aliviada de que hubiera regresado. Pero esta noche se ha vuelto fría y distante de nuevo y no lo voy a tolerar.

Se acabaron las contemplaciones.

—Siéntate —le digo al llegar a la mesa de la cocina. Se deja caer en la silla con una expresión desafiante en esa cara bonita. Está dispuesta a ponerme las cosas difíciles y yo, a no permitírselo en ninguna circunstancia.

Respiro hondo para calmarme mientras apago las

luces deslumbrantes del techo y enciendo las velas. Luego, le sirvo el *risotto* que he preparado y se lo llevo antes de servirme una porción. Estoy tan hambriento como ella, por lo que como con ganas en cuanto me siento, pensando que la conversación sobre la relación puede esperar unos minutos.

Por desgracia, Sara no opina lo mismo.

—¿Qué querías decir con que «esta fantasía puede hacerse realidad»? —me pregunta con voz tensa mientras juguetea con el tenedor—. ¿A qué te refieres, exactamente?

Le hago esperar hasta que termino de masticar. Entonces, dejo el tenedor en el plato y la miro con calma.

—Me refiero a que tu vida en esta casa, que puedas ir a trabajar y lo de quedar con tus amigos son privilegios que te permito tener —contesto con un tono pausado mientras veo cómo empalidece—. Otros hombres, en mi lugar, no te habrían permitido tantas concesiones. Yo tampoco tendría por qué hacerlo. Te deseo y tengo poder sobre ti para hacerte mía, tan simple como eso. Si no te gusta cómo funciona nuestra relación, lo puedo cambiar, pero no te gustará que lo haga.

Le tiembla la mano al acercarla a la copa de vino que le serví antes.

—¿Y qué se supone que harás? ¿Secuestrarme? ¿Alejarme de todo el mundo?

—Sí, *ptichka*, eso es exactamente lo que haré si no puedo mantener la situación actual. —Comienzo a comer de nuevo para darle tiempo a que asimile mis palabras. Sé que estoy siendo muy duro, pero necesito aplastar este pequeño acto de rebelión, hacer que entienda que su posición es muy precaria.

No hay límite que no esté dispuesto a cruzar por ella. Será mía de una forma u otra.

Sara me mira fijamente y le tiembla la copa en la mano. Luego, la vuelve a dejar sobre la mesa sin tomar ni un sorbo.

—¿Y por qué no lo has hecho aún? ¿Por qué toda esta parafernalia? —Hace un amplio gesto con la mano, casi tira la copa y uno de los candelabros.

—Ten más cuidado —digo apartando ambos objetos de su alcance—. Si no te conociera, pensaría que intentas drogarme otra vez.

Rechina los dientes de forma audible.

—Dime —me pregunta, cerrando el puño junto al plato aún sin empezar—, ¿por qué no me has secuestrado todavía? No tendrías ningún reparo en hacerlo.

Suspiro y dejo el tenedor sobre la mesa. Quizá debería haberme comprometido a hablar después de la cena, no durante.

—Porque me gusta lo que haces —le contesto mientras tomo la copa de vino y le doy un sorbo—. Con recién nacidos, con mujeres… Me parece que tu trabajo es digno de admiración y no quiero apartarte de él o de tus padres.

—Pero lo harás si es necesario.

—Sí. —Suelto la copa y vuelvo a coger el tenedor—. Lo haré.

Me observa durante unos segundos, luego, toma el tenedor y, durante unos minutos, cenamos rodeados de un incómodo silencio. Casi puedo oírla pensar, escuchar cómo su mente ágil se agita en busca de una solución.

Es una lástima que esta no exista.

Cuando el plato de Sara está medio vacío, lo aparta y me pregunta con un hilo de voz:

—¿A ella también la acosaste?

Levanto las cejas al tiempo que tomo la copa.

—¿A quién?

—A tu mujer —dice Sara. Entonces, tenso tanto la mano sobre el fuste de la copa que casi rompo en dos el frágil cristal. Me preparo para el dolor agonizante y la furia por instinto, pero todo lo que siento es un eco apagado de pérdida, seguido de una punzada agridulce por los recuerdos.

—No —le digo, sorprendiéndome por la profunda sonrisa que muestro—. No lo hice. Como mucho, ella me acosó a mí.

40

ara

Miro fijamente a mi torturador sorprendida porque no me esperaba esa sonrisa dulce, casi llena de ternura. Lo que esperaba era que estallase de ira por la pregunta, estaba segura de que lo haría al ver cómo ha apretado el fuste de la copa.

En vez de eso, ha sonreído.

Me planteo dejar el tema mientras me muerdo el labio inferior, pero, incluso bajo la posibilidad de que me secuestre, no puedo resistirme a conocer algo más sobre él.

—¿Qué quieres decir? —le pregunto a la vez que cojo la copa de vino. El *risotto* está delicioso, pero tengo un nudo en el estómago que no me permite terminarlo. En cambio, vino puedo tomar todo el que quiera…

Quizá, si me emborracho lo suficiente, me olvide de esa promesa tan terrible.

—Nos conocimos cuando estaba de paso por su aldea hace casi nueve años. —Peter se reclina en la silla, moviendo la copa de vino levemente con la mano enorme. La luz de las velas le ilumina los rasgos hermosos con un resplandor suave y cálido. Tanto que, si no fuera por la adrenalina que me recorre las venas por el estrés, me creería esa ilusión de que esta era una cena romántica. Me creería toda esta fantasía para la que se está esforzando tanto.

—Mi equipo le seguía la pista a un grupo de insurgentes en las montañas —continúa, con la mirada perdida mientras rememora los recuerdos—. Era invierno y hacía frío, muchísimo frío. Sabía que nos tendríamos que meter en algún sitio cálido para dormir, así que pregunté a algunos habitantes si nos podían alquilar un par de habitaciones. Sólo una mujer tuvo el arrojo de hacerlo: Tamila.

Le doy un sorbo al vino, embelesada por el relato a pesar de mi situación.

—¿Vivía sola?

Peter asiente.

—Entonces, tenía solo veinte años, pero ya poseía una casita que le legó su tía al morir. Que una mujer joven viviera sola era algo inaudito en la aldea, pero a Tamila no le gustaba mucho seguir las normas. Sus padres querían casarla con uno de los ancianos, un hombre que estaba dispuesto a darles una dote de cinco cabras, pero para Tamila era un hombre repulsivo e hizo lo posible por retrasar el enlace. Ni qué decir tiene que a sus padres no les agradaba aquello y, para cuando mis hombres y yo llegamos a la aldea, Tamila estaba desesperada por cambiar su situación.

Me bebo el resto del vino mientras continúa:

—Yo no sabía nada de esto, claro. Solo veía a una muchacha bella que, por algún motivo, había abierto las puertas de su casa a tres Spetsnaz medio congelados. A mis compañeros les dejó su dormitorio y a mí me llevó al segundo cuarto, uno más pequeño, diciendo que ella dormiría en el sofá.

—Pero no fue así —supongo mientras él se acerca a servirme más vino. Noto un poco de tensión en el estómago, como si algo incómodo parecido a los celos me revolviera por dentro—. Aquella noche fue a tu cuarto.

—Exacto. —Vuelve a sonreír y yo oculto mi incomodidad tomando más vino. No sé por qué me molesta imaginarlo con esa «muchacha bella», pero es así y no puedo hacer otra cosa que escuchar con atención lo que dice—. Yo no la rechacé, por supuesto, ningún hombre heterosexual lo haría. Era tímida y no tenía mucha experiencia, pero no era virgen y, cuando nos fuimos a la semana siguiente, le prometí que me pasaría por la aldea a la vuelta. Eso hice dos meses después, y entonces me enteré de que estaba embarazada de mí.

Pestañeo atónita.

—¿No usasteis protección?

—Lo hice, la primera vez. En la segunda, yo estaba

dormido cuando empezó a restregarse contra mí y, al despertarme del todo, ya estaba dentro de ella y era demasiado tarde para ponerme el condón.

Boquiabierta, pregunto:.

—¿Se quedó embarazada aposta?

Se encoje de hombros.

—Ella negó que fuera así, pero yo sospecho lo contrario. Vivía en una aldea musulmana conservadora y ya había tenido un amante antes. Nunca me dijo quién era, pero, si hubiera llevado a cabo el matrimonio con el anciano o si lo hubiera rechazado para casarse con otra persona de la aldea, la habrían señalado públicamente y su marido la habría repudiado. Un extranjero no musulmán como yo era su mejor opción para evitar ese destino y aprovechó la oportunidad cuando la tuvo a su alcance. En realidad, es admirable, lo arriesgó todo y le salió bien.

—Porque te casaste con ella.

Asiente.

—Lo hice, después de que la prueba de paternidad confirmase que decía la verdad.

—Es... muy noble por tu parte. —Siento un alivio inexplicable porque no se enamorase perdidamente de esta chica—. No muchos hombres habrían estado dispuestos a casarse con una mujer a la que no amaban solo por el bien de su hijo.

Peter vuelve a encogerse de hombros.

—No quería que se burlasen de mi hijo ni que creciese sin un padre, casarme con su madre era la mejor forma de asegurarme de que aquello no ocurriera. Además, aprendí a querer a Tamila después de que naciese mi hijo.

—Ya veo. —Me vuelven los celos. Para distraerme, acabo con la segunda copa de vino y tomo la botella para servirme más—. Así que te atrapó, pero al final todo salió bien. —Me sudan las manos y la botella casi se me resbala, el vino golpea la copa con tanta fuerza que parte del líquido se derrama por el borde.

—¿Tienes sed? —Veo un brillo de burla en los ojos grises de Peter cuando se acerca a apartar la botella de mi alcance—. Quizá debería ponerte un vaso de agua o un poco de té.

Niego en redondo y me doy cuenta luego de que el movimiento ha hecho que la habitación empiece a darme vueltas. Quizá tenga razón, no he comido mucho y debería frenarme un poco con el vino, pero, con cada sorbo, la ansiedad se esfuma y me hace sentir demasiado bien como para dejarlo ahora.

—No hace falta —digo mientras vuelvo a coger la copa. Es posible que mañana en el trabajo me arrepienta, pero, en estos momentos, necesito ese zumbido cálido que trae el alcohol—. Así que aprendiste a querer a Tamila… ¿Y ella siguió viviendo en la aldea?

—Sí. —Muestra una expresión tensa porque debemos estar acercándonos a los recuerdos dolorosos. Confirmando mis sospechas, continúa su relato con dificultad—: Pensé que Pasha, así llamamos a mi hijo, y ella estarían más seguros allí. Tamila quería vivir conmigo en el piso de Moscú, pero yo viajaba todo el tiempo por razones de trabajo y no quería dejarla sola en una ciudad con la que no estuviera familiarizada. Le prometí que la llevaría a visitar Moscú cuando Pasha fuera mayor, pero, hasta entonces, pensaba que lo mejor sería que siguiera cerca de su familia, así mi hijo se criaría respirando el aire fresco de las montañas, en lugar de la polución de la ciudad.

El sorbo de vino que acabo de tragar me quema el nudo de la garganta.

—Lo siento —susurro, dejando la copa en la mesa. Y lo siento de verdad. Odio a Peter por lo que me está haciendo, pero me duele el corazón ante su sufrimiento, ante la pérdida que le ha llevado por este camino sombrío. No puedo ni imaginar la culpa y la agonía que debe sentir al saber que tomó las decisiones equivocadas sin darse cuenta, que el deseo de proteger a su familia los llevó a su fin.

Es algo con lo que me identifico, solo que yo maté a mi marido dos veces, no una.

Peter asiente, aceptando mis palabras, y se levanta para recoger la mesa. Yo sigo tomándome el vino mientras él mete los platos sucios en el lavavajillas. El zumbido cálido en las venas se intensifica y las velas que tengo delante atraen mi atención con la danza hipnótica de las llamas.

—Vamos a la cama —dice y, cuando levanto la mirada, lo veo secándose las manos con el paño de cocina. Creo que me he quedado embobada bastante tiempo observando las velas. Eso, o que él es muy rápido recogiendo. Lo más probable sea lo primero, lo que significa que estoy más ebria de lo que pensaba.

—¿A la cama? —Me obligo a centrarme cuando viene hasta mí y me sujeta por la muñeca para ponerme de pie. A pesar de la niebla en los bordes de mi visión, provocada por el vino, vuelvo a sentir la tensión en el estómago y se me acelera el pulso—. No quiero dormir contigo.

Me mira y me aprieta un poco más la muñeca.

—No tengo intención de dormir.

Mi ansiedad aumenta.

—Tampoco quiero acostarme contigo.

—¿No? —Se detiene al comienzo de las escaleras y me hace girar para mirarle de frente—. Así que, si te metiese la mano en los pantalones ahora mismo, ¿no tendrías las bragas empapadas? ¿Tu coñito no está caliente y hambriento, esperando que lo llene con mi polla?

El calor me sube hasta el cuello y el nacimiento del pelo. Sí que estoy húmeda, tanto por lo de antes como por cómo me está mirando ahora mismo. Es como si quisiera devorarme, como si hablar sucio le pusiera a él tanto como a mí. El embotamiento mental por el vino tampoco ayuda y me doy cuenta del error que he cometido intentando ahogar mis penas.

Resistirme a él con la mente despejada es difícil, pero tal y como estoy ahora es imposible.

Da igual, tengo que intentarlo.

—Yo no…

—*Ptichka...* —Levanta la mano, me sujeta la

mandíbula con la palma y me acaricia la mejilla con el pulgar mientras me mira desde arriba, con esos ojos del color del acero fundido—. ¿Hace falta que hablemos otra vez de cambios en nuestra relación?

Lo miro fijamente y se me hiela la sangre en las venas. Por primera vez entiendo hasta dónde llega su ultimátum. No solo quiere que deje de pelear en las comidas, quiere que sea obediente en todo, que lo reciba en la cama como si estuviéramos en una relación de verdad, como si no hubiera asesinado a mi marido ni invadido mi vida.

—No —susurro, cerrando los ojos, mientras él inclina la cabeza y me deposita un beso en los labios... Suave, con cuidado. Su ternura me rompe en pedazos, contraponiéndose al terror inminente de su amenaza. Si me enfrento a él en esto, me secuestrará, llevándose todo rastro de mi libertad.

Si me resisto, perderé todo lo que me importa y, si no, me perderé a mí.

TROPIEZO CUANDO PETER ME GUÍA HACIA ARRIBA, ASÍ que me coge entre los fuertes brazos para llevarme por las escaleras con facilidad. Su corpulencia es tanto aterradora como seductora. Sé lo que es tenerla en mi contra, pero hay algo primitivo en mí que me empuja hacia ella, atraída por la promesa de seguridad que da.

Cuando llegamos al dormitorio, me baja al suelo ¡y me desnuda, tirando con suavidad y sin prisas del jersey y los vaqueros. Solo un calor oscuro en su mirada plateada deja entrever esas ansias, el deseo por el que no parará ante nada hasta satisfacerlo.

Cuando estoy desnuda, se quita la ropa y veo un brillo metálico en el interior de la chaqueta al colgarla en la silla. ¿Es una pistola? ¿Un cuchillo? La idea de que traiga armas al dormitorio me debería aterrorizar, pero estoy demasiado abrumada para reaccionar. Mis emociones pasan bruscamente de la sorpresa a la ira y al miedo terrible. Y, bajo todo eso, yace un alivio extraño e ilógico.

Si no tengo más opciones, me puedo dejar llevar.

Es la única manera.

Una lágrima me recorre la mejilla cuando se acerca, totalmente desnudo y excitado. Ese cuerpo enorme es un cúmulo de ángulos duros y músculos esculpidos, de belleza violenta y masculinidad peligrosa. Los monstruos no deberían ser así, tan embelesadores como letales.

Es demasiado para la cordura.

—No llores, *ptichka* —susurra tras detenerse delante de mí. Me roza la mejilla con cuidado para secarme las lágrimas—. No te haré daño, no es tan malo como crees.

¿Que no es tan malo como creo? Quiero echarme a reír, pero, en su lugar, niego con la cabeza, con la mente todavía confusa por el vino que he tomado y el calor que genera al estar tan cerca. Tiene razón, lo deseo. Me duele no tenerlo, el cuerpo me arde con un deseo tan fuerte que casi no puedo contenerlo. Y, al mismo tiempo, lo odio.

Lo odio por lo que está haciendo, por las emociones que me provoca.

Me introduce los dedos en la melena, llegando a abarcar mi cráneo, y cierro los ojos mientras me besa de nuevo, agarrándome la cadera con la otra mano para atraerme contra él. Me presiona el estómago con la erección grande y dura, pero me da besos suaves y deja escapar las sensaciones a través de los labios, en lugar de forzarlas.

Me siento bien, tan increíblemente bien, que durante un instante olvido que no tengo ninguna opción. Le agarro los costados con las manos, sintiendo esos músculos duros y tonificados, y separo los labios a medida que el calor se acumula en mi interior. Aprovechándose de esto, me lame el interior de la boca, trayendo con la lengua el sabor embriagador del vino y la dulce seducción. Esta no es nuestra primera vez, pero, en este beso, hay algo de exploración, un descubrimiento sensual y un tierno asombro.

Me besa como si fuera lo más preciado, lo más deseado que haya visto nunca.

La cabeza me da vueltas por un deseo que me llega hasta los huesos y me tienta a dejarme llevar por completo, ceder al espejismo de su cariño. La forma en la se aferra a mí indica puro deseo, pero también algo más profundo, algo que resuena en consonancia con el rincón más vulnerable de mi corazón, algo que llena el pozo de soledad que dejaron los escombros de mi matrimonio.

No sé durante cuánto tiempo me besa de esta manera, pero, cuando levanta la cabeza, ambos respiramos de forma entrecortada y el calor que me rodea el cuerpo se convierte en incendio.

Aturdida, abro los ojos y me encuentro con su mirada mientras me lleva a la cama. No hay frialdad en esa profundidad gris metálica ni oscuridad furiosa, solo ternura hambrienta. Mientras se coloca entre mis muslos y me cubre con su poderoso cuerpo, sé que podría ser fácil.

Podría dejar de resistirme y ceder a la fantasía, aceptar esta versión oscura del cuento de hadas.

—Sara… —Me enmarca la cara con una delicadeza dolorosa con esa mano fuerte. El dolor que siento es un cúmulo de lanzas que me atraviesan el pecho, tan potentes como perversas. Me mira como si fuera todo para él, como si quisiera cumplir cada uno de mis sueños. Es lo que siempre he querido, lo que he necesitado, pero no con el asesino de mi marido.

Recojo los pedazos fragmentados de mi cordura, cierro los ojos y alejo de mí el encanto plateado de esa mirada hipnótica. «No tengo opción», me recuerdo cuando baja los labios hacia los míos para depositar otro beso abrasador. «No tengo opción», me repito en silencio mientras oigo que rasga un envoltorio de aluminio y siento la presión de las piernas rugosas por el vello en la carne blanda de mis muslos, cuando abro las piernas para dejar que la polla anide junto a mi sexo. «No tengo opción», me lamento mentalmente mientras se introduce en mí, dilatándome, llenándome... haciendo que arda con un deseo abrasador.

Está mal, es enfermizo, pero en menos de un minuto me corro con el ritmo duro y seductor que me lleva más allá de mis límites con una intensidad que me arranca un grito de la garganta y hace que se me salten las lágrimas. El cuerpo me tiembla por un éxtasis oscuro, apretado alrededor de su gruesa longitud y clamo su nombre, arañándole la espalda con las uñas mientras me sigue follando, llevándome al clímax dos veces más antes de correrse él.

Cuando todo ha terminado, me cubre y nos acurrucamos con los brazos y las piernas entrecruzados mientras me acaricia la espalda con un gesto vago. Con la cabeza apoyada en su hombro, le escucho el latido constante del corazón y el fulgor de la satisfacción sexual se desvanece para dejar paso a la familiar maraña de vergüenza y desolación.

Lo odio y me odio a mí.

Me odio porque algo perverso en mi interior me dice que me agrada su ultimátum.

Me siento bien al no tener opción.

—No te vas a mudar en unas semanas —susurra, sin detener las caricias—. Esta casa ya no pertenece a la pareja de abogados. Es mía o de una de mis empresas fantasma.

Debería sorprenderme, pero no lo hago, quizás me

esperaba algo por el estilo. Tenso los dedos para apretar el borde de la almohada.

—¿Les amenazaste? ¿Los has matado?

Se ríe haciendo que el pecho fuerte se mueva debajo de mí.

—Les pagué el doble de lo que vale la casa, al igual que a tu casero. Le he compensado bien por el alquiler que anulaste.

Cierro los ojos con tanto alivio que podría llorar. No sé qué hubiera hecho si otra persona más hubiera sufrido por mi culpa, cómo habría podido vivir con eso.

Cuando tengo claro que no me temblará la voz, me echo hacia atrás y le miro a esos ojos sombríos.

—¿Así que ya está? ¿Vamos a seguir de esta manera?

—Lo haremos… por ahora. —Los ojos le brillan con un reflejo oscuro—. Después, ya veremos.

Y, tras cobijarme de nuevo en su hombro, me rodea con los brazos, abrazándome como si ese fuera el lugar que me corresponde.

PARTE III

41

Sara

A MEDIDA QUE PASAN LOS DÍAS, CAEMOS EN UNA extraña monotonía doméstica. Cada noche, Peter prepara una cena deliciosa para los dos y la comida me espera en la mesa cuando llego. Comemos juntos y, después, me folla, a menudo dos o más veces, antes de quedarnos dormidos. Si está por la mañana cuando me levanto, y normalmente es así, también me hace el desayuno.

Es como si hubiese contratado a un amo de casa, solo que a uno que, en su tiempo libre, se dedica a misiones encubiertas para asesinar personas.

—¿Qué haces durante el resto del día? —pregunto cuando vuelvo a casa después de una jornada especialmente agotadora en el hospital para encontrarme con una cena *gourmet* con chuletas de cordero y ensaladilla rusa con remolacha—. No solo te quedas en casa y cocinas, ¿verdad?

—Por supuesto que no —dice mientras me dedica una mirada divertida—. Hacer lo que hacemos requiere mucha planificación logística, así que trabajo con mis colegas y me ocupo de la parte de los negocios.

—¿La parte de los negocios?

—Comunicaciones con el cliente, garantías de pago, inversiones y distribución de fondos, adquisición de armas y cargamento, ese tipo de cosas —me contesta y le escucho fascinada mientras me muestra un ápice de un mundo donde se manejan grandes cantidades de dinero y el asesinato es un método de expansión del negocio—. Hacemos un gran trabajo para los cárteles y otras organizaciones e individuos poderosos —dice mientras nos acabamos el cordero—. Para el trabajo de México, por ejemplo, el líder de un cártel nos contrató para eliminar a su rival y que no pudiese actuar en su territorio. Otros de nuestros clientes son oligarcas rusos, dictadores con distintas ideas políticas, miembros de la realeza de Oriente Medio y alguna que otra mafia de la que es mejor huir. A veces, entre misión y misión, aceptamos algún trabajo más pequeño, en los que lidiamos con matones locales y tal, pero por eso no nos pagan casi nada, así que los consideramos trabajos sin beneficios, una manera de mantenernos en forma en épocas de descanso.

—Entiendo, sin beneficios. —No intento ocultar el sarcasmo—. Como mi trabajo en la clínica.

—Exacto, como eso —me dice Peter mientras sonríe. Sabe que me está dejando impactada y lo está haciendo a propósito. Es un juego con el que se divierte a veces, me horroriza y, luego, me seduce para que acepte su contacto, a pesar de la repulsión que siento, o que debería sentir.

Es parte de nuestra relación enfermiza, casi nada de lo que pueda decir o hacer merma mi deseo por él. Siento mi incapacidad para resistirme como una úlcera sangrante en el pecho que es imposible curar haga lo que haga. Cada vez que como lo que cocina, que duermo entre sus brazos y encuentro placer en su tacto, las heridas se reabren, dejándome enferma de vergüenza y paralizada por el autodesprecio.

La vida doméstica con el asesino de mi marido me hace dichosa y no es, ni de lejos, tan terrible como debería ser.

Parte del problema es que, después de nuestra primera vez, Peter no me ha hecho daño. Al menos, no físicamente. Puedo ver la violencia en él, pero, cuando me toca, lo hace con cuidado, controlándose a sí mismo, bloqueando la oscuridad para que no salga. Ayuda que no pueda resistirme por completo; con la amenaza de secuestro pendiendo sobre la cabeza, no tengo otra opción que satisfacer sus necesidades… o eso me digo a mí misma.

Es la única forma de justificar lo que está pasando, el modo en que empiezo a necesitar al hombre al que odio.

Si todo lo que quisiera fuese sexo, sería sencillo,

pero Peter parece decidido a velar por mí también. Desde las comidas románticas que prepara en casa hasta los momentos en los que nos acurrucamos por las noches, estoy colmada de atención, mimada e incluso, a veces, cuidada. No tenemos citas, supongo que porque no quiere enseñar la cara en público, pero, por la manera en la que me trata, podría parecer fácilmente una novia malcriada.

—¿Por qué te gusta hacer esto? —le pregunto mientras me cepilla el pelo después de ducharme—. ¿Es uno de tus vicios raros?

Me dedica una mirada divertida en el espejo.

—Quizás. Contigo parece que sí, desde luego.

—No, en serio, ¿qué consigues con todo esto? Sabes que no soy una niña, ¿verdad?

Peter aprieta los labios, y me doy cuenta de que, sin querer, le he dado donde más le dolía. No hablamos mucho de su familia, pero sé que su hijo era solo un bebé cuando lo mataron. ¿Podría ser que, de una manera retorcida, yo sea la sustituta de su familia muerta? ¿Que se haya obsesionado conmigo porque necesitaba cuidar de alguien, fuera quien fuera?

¿Puede que mi asesino ruso necesitase tanto amor que se haya conformado con su perversión?

Es un pensamiento tentador, sobre todo porque, desde finales de la segunda semana, siento una adicción creciente al confort y al placer que Peter me ofrece. Tras un turno largo, anhelo físicamente los masajes en el cuello y en los pies que a veces me da y me resulta difícil no salivar cada vez que entro en el garaje y huelo el aroma delicioso que proviene de la cocina.

No solo estoy acostumbrándome a la presencia de este acosador en mi vida, sino que está empezando a gustarme.

O, al menos, algunas partes. Sigue sin entusiasmarme la presencia de los guardaespaldas allá adonde voy. Casi nunca los veo, pero puedo sentir cómo me espían y eso me inquieta y me irrita.

—No voy a huir, ¿sabes? —le digo a Peter cuando nos tumbamos en la cama una noche—. Puedes deshacerte de los perros guardianes.

—Están para protegerte —contesta y me doy cuenta de que es algo a lo que no tiene intención de renunciar. Por alguna razón, está convencido de que estoy en peligro y de que él, entre todas las personas, debe protegerme de algo.

—¿De qué tienes miedo? —pregunto mientras le acaricio los abdominales firmes con el dedo—. ¿Crees que algún loco puede irrumpir en mi casa? ¿Quizá para torturarme y matar a mi marido?

Levanto la cabeza y veo cómo sonríe, como si hubiese dicho algo gracioso.

—¿Qué? —le digo molesta—. ¿Crees que es una broma?

Su expresión se torna seria.

—No, *ptichka*. No lo creo en absoluto. Por si sirve de algo, siento haberte hecho daño entonces, debí encontrar otra manera.

—Cierto, otra manera de matar a George.

Me encuentro mal, por lo que le empujo y corro hacia el baño, el único lugar donde mi torturador me deja tranquila. A veces se me olvida cómo empezó todo y mi mente obvia los horrores del inicio de nuestra relación.

Es como si algo dentro de mí quisiera alinearse con la fantasía de Peter y fingir que esto es real.

—Nunca me has contado qué pasó entre George y tú —comenta Peter un domingo mientras disfrutamos de un almuerzo de lujo tres semanas después de que volviese—. ¿Por qué no eráis la pareja perfecta que creía todo el mundo? No sabías lo que hacía realmente, así que ¿qué salió mal?

Me atraganto con el trozo de huevo escalfado que estoy masticando y tengo que beberme casi el café entero para poder tragármelo.

—¿Qué te hace pensar que algo fue mal? —digo con voz muy aguda, pero Peter me ha cogido con la guardia baja. Suele evitar el tema de mi difunto marido, probablemente para reforzar la ilusión de que estamos en una relación normal.

—Porque eso es lo que me dijiste —responde con calma—, mientras estabas bajo los efectos de la droga que te di.

Le miro boquiabierta, incapaz de creer que haya vuelto a sacar el tema. Desde nuestra conversación de la semana pasada sobre los guardaespaldas y mi consecuente llanto en el baño, hemos pasado de puntillas sobre el tema de lo que me hizo porque ninguno quería meter el dedo en la llaga.

—Eso no es... —Reprimo la sorpresa y me repongo —. Eso no es de tu incumbencia.

—¿Te pegaba? —Peter se acerca y se le oscurecen los ojos metálicos—. ¿Te hizo daño de alguna manera?

—¿Cómo? ¡No!

—¿Era un pedófilo? ¿Un necrófilo?

Respiro hondo para relajarme.

—¡Por supuesto que no!

—¿Te engañó? ¿Se drogaba? ¿Abusaba de animales?

—Empezó a beber, ¿vale? —grito de golpe, enfadada —. Empezó a beber y no paró.

—Ah. —Peter se reclina en la silla—. Un alcohólico entonces. Interesante.

—¿Sí? —le pregunto molesta. Cojo el plato para tirar los restos del desayuno a la basura y lo dejo en el lavavajillas—. ¿Te gusta escuchar que el hombre al que conocí y del que estaba enamorada desde los dieciocho años, el hombre con el que me casé, se transformó tras la boda sin razón aparente? ¿Que, en cuestión de meses, se convirtió en alguien al que ni siquiera reconocía?

—No, *ptichka*. —Se coloca detrás de mí y me quedo sin respiración cuando me aprieta contra él antes de apartarme a un lado el pelo y besarme el cuello. Siento el aliento cálido sobre la piel mientras murmura—: No me gusta escucharlo en absoluto.

—Yo solo... No llegué a entenderlo. —Me doy la

vuelta entre sus brazos y el antiguo dolor me llena los ojos de lágrimas mientras le sostengo la mirada a Peter—. Todo estaba yendo tan bien. Terminé los estudios de medicina, compramos esta casa y nos casamos... Él viajaba mucho por trabajo, por lo que no le molestaban las horas como residente y, por eso, a mí no me importaban todos esos viajes. Y entonces... —Me detengo al darme cuenta de que me estoy confiando al asesino de George.

—¿Y entonces qué? —pregunta, pasándome los dedos por la palma de la mano—. ¿Qué pasó entonces, Sara?

Me muerdo el labio, pero la tentación de contárselo todo, de exponer la verdad al completo por primera vez, es demasiado fuerte para negarla. Estoy cansada de fingir, de llevar la máscara de perfección que todo el mundo espera ver.

Retiro la mano de su alcance y me siento a la mesa. Peter se une a mí y, tras un momento, empiezo a hablar.

—Todo cambió unos meses después de que nos casásemos —continúo en voz baja—. En unas semanas pasó de ser un marido cariñoso y divertido a volverse un extraño frío y distante, uno que seguía apartándome hiciese lo que hiciese. Empezó a tener esos estados de ánimo tan raros, dejó de hacer viajes de trabajo y... —Cojo aire—. Empezó a beber.

Peter levanta las cejas.

—¿No había bebido nunca?

—No de esa manera. Solía tomarse algo cuando

salíamos con amigos o una copa de vino en la cena. Nada fuera de lo normal, nada que yo misma no hiciese. Esto era distinto. Hablo de beber hasta perder el conocimiento tres y cuatro veces a la semana.

—Eso es mucho. ¿Alguna vez le dijiste algo?

Una risa amarga me rasga la garganta.

—¿Decirle algo? No hacía más que hablar del tema con él. Las primeras veces, las justificó por el estrés del trabajo. Luego, por una noche con los chicos o un «necesito relajarme», y entonces… —Me muerdo el labio—. Entonces, empezó a echarme la culpa.

—¿A ti? —Peter frunce el ceño—. ¿Cómo podía echarte la culpa a ti?

—Porque no le dejaba en paz. Seguí insistiendo, quería que fuese a rehabilitación, a una reunión de Alcohólicos Anónimos, que hablase con alguien, con quien fuera, que pudiese ayudarle. Le hice las mismas preguntas una y otra vez, tratando de entender qué estaba pasando, qué le había hecho cambiar así. —Siento una presión en el pecho por los recuerdos dolorosos—. Todo iba tan bien antes, ¿sabes? Mis padres, nuestros amigos, todos estaban muy felices con nuestro matrimonio y teníamos un futuro brillante por delante. No había razón para que eso pasase, nada a lo que me pudiera aferrar para explicar esa transformación tan repentina. No paré de husmear y presionarle, pero él bebía más y más. Y entonces yo… —Cojo aire forzándolo a través del nudo de la garganta—. Entonces le dije que no podía seguir viviendo así, que tenía que decidir entre nuestro matrimonio y la bebida.

—Y escogió la bebida

—No. —Niego con la cabeza—. Al principio, no. Terminamos envueltos en el clásico círculo de consumo de sustancias, en el que él me suplicaba que me quedase, me prometía que lo iba a hacer mejor y yo le creía, pero, después de una semana o dos, las cosas volvían a ser como antes. Y, cuando le hablaba de sus estados de ánimo y le decía que fuese a un psiquiatra, me atacaba diciendo que yo era la razón por la que bebía.

Peter frunce el ceño aún más.

—¿Sus estados de ánimo?

—Así era como yo los llamaba. Quizá era depresión clínica o alguna otra enfermedad mental, pero, como se negó a ver a un psiquiatra, nunca tuvimos un diagnóstico real. Los estados de ánimo empezaron justo antes de comenzar a beber. Estábamos haciendo algo juntos y, de pronto, parecía fuera de la actividad, como si su mente estuviera en otro mundo. Se distraía y sentía una ansiedad extraña, casi asustadiza. Era como si estuviese enganchado a algo, pero no creo que fuese así. Al menos no parecía que estuviese consumiendo drogas. Solo se abstraía mentalmente y no había forma de hablar con él cuando estaba así, no había manera de calmarlo y devolverlo al presente.

—Sara... —Una expresión extraña se apodera de la cara de Peter—. ¿Cuándo dices que empezó todo eso?

—Unos meses después de que nos casásemos —

respondo con el ceño fruncido—. Hace ahora unos cinco años y medio. ¿Por? —Entonces, se me ocurre una idea—. No querrás decir que…

—¿Que quizá la transformación de tu marido tiene algo que ver con su papel en la masacre de Daryevo? ¿Por qué no? —Peter se inclina hacia delante mientras empequeñece los ojos—. Piénsalo. Hace cinco años y medio, Cobakis dio información que tuvo como resultado el asesinato de docenas de personas inocentes, incluidos mujeres y niños. Sea por ambición, avaricia o simplemente estupidez, la jodió y la jodió bien. ¿Dices que era buena persona? ¿Alguien con conciencia? En ese caso, ¿cómo se sentiría un hombre así tras causar el asesinato de multitud de inocentes? ¿Cómo podría vivir con tanta sangre en las manos?

Retrocedo a medida que la realidad terrible encerrada en sus palabras me atraviesa como una bala. No sé por qué no até antes los cabos, pero, ahora que Peter lo ha dicho, tiene mucho sentido. Cuando descubrí el engaño de George, se me ocurrió que su trabajo real podría estar detrás de su transformación, pero estaba tan ocupada sobrellevando la intromisión de Peter en mi vida e intentando no obsesionarme con sus revelaciones que no desarrollé el pensamiento hasta su conclusión lógica.

No consideré que los sucesos trágicos que llevaron a mi torturador a entrar en mi vida pudiesen ser los mismos que habían arruinado mi matrimonio… que nuestros destinos estuviesen entrelazados mucho antes de lo que pensaba.

Sintiendo que estoy a punto de vomitar, me levanto con las piernas temblorosas.

—Tienes razón —digo con voz ronca y ahogada—. Tuvo que ser el sentimiento de culpa lo que le llevó a beber. Todo este tiempo he pensado que fue algo que dije o hice, que nuestro matrimonio lo había decepcionado de alguna manera y, en realidad, era eso.

Peter asiente con un semblante serio.

—A no ser que tu marido causara múltiples masacres a lo largo de su carrera, es lo único que tiene sentido.

Respiro de manera irregular y me doy la vuelta para acercarme a la ventana y mirar el patio trasero. Fuera, los robles enormes se erigen como guardianes con las ramas casi desnudas a pesar del aire cálido de primavera. Ahora mismo, me siento como esos robles, desnuda, desnuda en mi fealdad. Y, al mismo tiempo, más ligera.

El alcoholismo, al menos, no fue culpa mía.

—El accidente sí fue culpa mía, ¿sabes? —digo con un hilo de voz mientras Peter se acerca a mí. No me mira, tiene el semblante serio y rígido y, a pesar de que está luchando contra sus propios demonios, su presencia me reconforta de alguna manera.

No estoy sola si está a mi lado.

—¿Cómo? —me pregunta sin girar la cabeza—. El informe decía que estaba solo en el vehículo.

—Bebió la noche anterior. Bebió tanto que vomitó varias veces a lo largo de la noche. —Me estremezco al recordar el olor a vómito, a enfermedad, a mentiras y a esperanzas rotas. Me recompongo, pendiendo de un hilo, y continúo—. A la mañana siguiente, estaba harta. Estaba harta de excusas, de las interminables acusaciones salpicadas de promesas de mejora. Me había dado cuenta de que George y yo ya no éramos especiales; solo éramos una pareja formada por un alcohólico y una esposa lo bastante estúpida para no percatarse de ello. No era una mala racha que teníamos que pasar. Nuestro matrimonio estaba simplemente roto.

Me detengo porque me tiembla la voz demasiado como para continuar. Una mano grande y cálida envuelve la mía. La expresión de Peter no ha cambiado, su mirada sigue fija en las vistas exteriores a través de la ventana, pero el gesto silencioso de apoyo me reconforta, dándome fuerzas para continuar.

—Estaba aún inconsciente cuando me fui a trabajar, así que me enfrenté a él cuando volví —continúo tan firme como puedo—. Le dije que hiciese las maletas y que se fuera, que iba a firmar el divorcio al día siguiente. Tuvimos una pelea fuerte y ambos dijimos cosas horribles y… —Trago el nudo de la garganta—. Le obligué a irse de casa.

Peter me mira de reojo ligeramente asombrado.

—¿Cómo pudiste obligarle a irse de casa? No era el hombre más corpulento que haya visto, pero debía sacarte más de veinte kilos.

Parpadeo, distraída ante una pregunta tan extraña.

—Tiré las llaves del coche y las maletas al garaje y le grité que se fuese.

—Ya veo —Para mi sorpresa, una leve sonrisa roza las comisuras de la boca de Peter—. ¿Y crees que es culpa tuya porque iba conduciendo cuando tuvo el accidente?

—Es culpa mía. La policía dijo que llevaba el doble de la tasa legal de alcohol en sangre. Estuvo bebiendo y le obligué a conducir. Lo eché de casa y…

—Echaste las llaves fuera, no a él —comenta Peter, haciendo desaparecer la sonrisa a la vez que me aprieta la mano con los dedos—. Era un adulto, más mayor y fuerte que tú. Si hubiese querido quedarse en casa, podía haberlo hecho. Además, ¿sabías que había estado bebiendo cuando le dijiste que se fuese?

Frunzo el ceño.

—No, claro que no. Acababa de llegar de trabajar y no parecía estar borracho, pero…

—Pero nada. —Su voz es dura, como su mirada—. Hiciste lo que tenías que hacer. Los borrachos pueden parecer funcionales, a pesar de llevar bastante alcohol en el organismo. Lo sé porque he visto muchos en Rusia. No era responsabilidad tuya asegurarte de su nivel de alcohol en sangre antes de echarlo. Si estaba demasiado borracho para conducir, no tenía por qué haberse puesto detrás del volante. Pudo haber llamado a un taxi o haberte pedido que le llevases a un hotel. Hostia, podía haberse quedado en el garaje durmiendo hasta que se le pasase y, después, conducir.

—Yo… —Ahora me toca a mí mirar por la ventana — Lo sé.

—¿Seguro? —Me suelta la mano y me coge de la

barbilla para obligarme a que nuestros ojos se encuentren—. No me lo acabo de creer, *ptichka*. ¿Le has contado a alguien lo que pasó de verdad?

Siento un nudo en el estómago, un incómodo y fuerte dolor se me asienta en el vientre.

—No del todo. Quiero decir, los policías sabían que estuvo bebiendo, pero…

—Pero no sabían que era habitual, ¿verdad? —supone Peter, bajando la mano—. Nadie lo sabía excepto tú.

Miro hacia otro lado, sintiendo el calor familiar de la vergüenza. Sé que es el clásico error de la esposa, pero no podía dejar que saliesen nuestros trapos sucios y admitir que el matrimonio que le gustaba a todo el mundo estaba podrido por dentro. Al principio, era orgullo mezclado con la misma cantidad de negación. Se suponía que debía ser inteligente, una joven doctora con un futuro brillante por delante. ¿Cómo podía haber cometido ese error? ¿No había sabido ver las señales de alerta? Y, si no era así, ¿cómo podía pasarle eso al hombre maravilloso con el que me había casado, al chico de oro del que todo el mundo decía que era un gran partido? Seguro que era una situación temporal, un contratiempo en una vida perfecta. Y, cuando me di cuenta de que la bebida había venido para quedarse, surgió otra razón por la que callar.

—Mi padre tuvo un ataque al corazón un año después de la boda —comento, fijándome en las ramas desnudas moviéndose por el viento—. Uno muy grave.

Casi se muere. Después del triple baipás, los médicos le dijeron que redujese el estrés al mínimo.

—Ah. Enterarse de que el amado esposo de su hija se había vuelto un alcohólico empedernido podría haber sido estresante.

—Sí. —Podría haberme detenido ahí, dejar que Peter creyera que era una buena hija, pero algún impulso extraño me hace soltarlo todo—. Pero eso no es todo. Tuve miedo de lo que la gente pudiese decir y los juicios que pudiesen hacer. George era muy bueno escondiendo su adicción al resto. Ahora que lo pienso, supongo que las habilidades como actor eran un indicio de que podía ser un espía y yo también me volví una profesional en fingir. La naturaleza de nuestro trabajo ayudó con eso. Siempre podía estar «de guardia» si necesitábamos cancelar una salida a última hora o le podía surgir a George una «historia urgente» cuando estaba teniendo problemas para espabilarse.

Peter no dice nada durante unos segundos y me pregunto si me está condenando por mi cobardía, por no buscar ayuda antes de que fuese demasiado tarde. Eso también me pesa: la posibilidad de haber hecho algo si hubiese estado más abierta a aceptar nuestros problemas. Quizá podría haber llevado a George a rehabilitación o a un psicólogo y la tragedia del accidente se habría evitado.

Claro, el hombre que tengo a mi lado lo hubiese matado de todas maneras, así que de qué hubiese servido.

Incapaz de lidiar con ese pensamiento, lo alejo de mí cuando Peter me pregunta:

—¿Y su trabajo? ¿Cómo pudo seguir con él estando así? A no ser que... ¿Dijiste que dejó de aceptar encargos en el extranjero?

—Más o menos, sí. —Respiro hondo para calmar el revuelo en el estómago y me centro en observar el movimiento hipnótico de las ramas del exterior—. Viajó algunas veces más después de la boda, pero, en su mayoría, investigó historias locales, como la de la mafia que sobornó a la policía de Chicago y a los oficiales del gobierno.

—Que fue la razón por la que necesitabas protección, según te dijeron.

Asiento, sin sorprenderme de que lo sepa. Es probable que tuviera algún tipo de micrófono parabólico para escuchar mi conversación con el agente Ryson. Según lo que he descubierto estas últimas semanas sobre mi acosador, es muy posible.

Con los millones que gana por cada golpe dado con éxito, tiene acceso a cualquier tipo de equipamiento.

—Debió dejar de trabajar para la CIA, entonces —dice Peter mientras levanto la mirada para verle observar también las ramas de los árboles—. Bien porque lo echaron, bien porque no pudo superar las secuelas de su cagada. Eso explicaría los pocos encargos en el extranjero.

—Exacto. —Me palpita la cabeza por la tensión acumulada y aún tengo el estómago revuelto y agitado, como si me estuvieran rasgando las entrañas cada vez más. También me duele la parte baja de la espalda, por lo que hago cálculos mentalmente a toda velocidad.

Por supuesto, estoy a punto de tener la regla.

Nos quedamos en la ventana un poco más, observando los árboles de la calle, y, entonces, voy al armario de las medicinas y cojo dos ibuprofenos antes de tragármelos con un vaso de agua.

—¿Qué pasa? —pregunta Peter, siguiéndome con el ceño fruncido por la preocupación—. ¿Te encuentras bien?

—No es nada —le respondo porque no quiero entrar en detalles. Luego, me percato de que más tarde se dará cuenta y añado—: Es ese momento del mes.

—Ah. —Al contrario que otros hombres, no parece estar incómodo con la información—. ¿Te suele doler?

—Por desgracia, sí. —Mientras hablo, siento que los calambres empiezan a ser peores y doy gracias a los dioses del horario por no estar de guardia hoy. Iba a ir de voluntaria a la clínica esta tarde, pero cambio el plan para acurrucarme en la cama con una bolsa de agua caliente.

—¿Por qué no te tomas la píldora? —pregunta Peter, siguiéndome mientras voy escaleras arribas—. No te he visto tomar nada este tiempo y creo que podría ayudarte con los periodos dolorosos.

—Un experto en salud reproductiva femenina, ¿no?

Peter no se inmuta ante mi sarcasmo.

—Ni de lejos, pero le conseguí una receta a Tamila porque tenía calambres. Supongo que habrá alguna razón por la que tú no haces lo mismo, ¿no?

Suspiro, entrando en la habitación.

—La hay. Soy una de las pocas mujeres que no pueden tolerar las hormonas anticonceptivas, me dan migrañas y náuseas, hasta las dosis pequeñas. Incluso los DIU me producen jaquecas, así que tengo que decidir entre sufrir un par de días al mes o sufrir todo el tiempo.

—Ya veo. —Peter se reclina contra el marco de la puerta mientras comienzo a desnudarme. Puedo ver el calor en su mirada cuando me quito la ropa interior y espero que no tenga intención de unirse a mí en la cama. Rara vez deja pasar la oportunidad de follarme.

Ignorando su atención, tomo el cojín térmico del cajón de la mesilla y me pongo en posición fetal, abrazándolo bajo la manta y esperando a que los ibuprofenos hagan efecto.

Escucho unos pasos silenciosos y, entonces, la cama se hunde junto a mí.

«No, no, no. Vete. No tengo ganas de sexo ahora mismo». Cierro los ojos con fuerza, deseando que mi torturador capte la idea, pero, unos instantes después, la manta cae sobre nosotros y una mano robusta de hombre me acaricia la espalda desnuda.

—¿Quieres que te traiga algo? —Su voz profunda y con un ligero acento se torna calmada y baja—. ¿Quizá tostadas o té?

Sorprendida, me giro sobre la espalda, abrazando el cojín térmico contra el estómago.

—Em, no, gracias. Se me pasará.

—¿Estás segura? —Me quita el pelo de la cara—. ¿Quieres que te dé un masaje en el estómago?

Parpadeo.

—Em...

—Ven. —Con delicadeza, me retira el cojín térmico y lo reemplaza por la palma caliente de su mano—. Vamos a intentarlo. —Mueve la mano con movimientos circulares, ejerciendo una ligera presión y, tras un par de minutos, la sensación de tirantez y los calambres desaparecen. El calor de su piel y el masaje ahuyentan la mayor parte de la tensión dolorosa.

—¿Mejor? —murmura cuando cierro los ojos ante el alivio maravilloso. Asiento y mis pensamientos empiezan a ir a la deriva mientras el sueño se apodera de mí.

—Muy bien, gracias —balbuceo y, a medida que el masaje relajante continúa, me sumerjo en la neblina cálida del sueño.

42

eter

Observo unos minutos a Sara mientras duerme antes de levantarme con cuidado e irme de la habitación. Podría pasarme horas a su lado, en la cama, sin hacer nada más que mirarla, pero tengo una llamada con un cliente potencial al mediodía y debo discutir algunas cosas de logística con Anton antes de eso.

Tardo solo un par de minutos en limpiar la cocina y, después, me pongo en camino tras escaparme por la puerta trasera y cruzar el patio del vecino. El SUV acorazado de Ilya está aparcado a dos manzanas de aquí y, mientras camino, le presto atención a todo: el ladrido distante de un perro pequeño, una ardilla corriendo a toda velocidad por la calzada, la marca de las zapatillas del corredor que acaba de girar la esquina... La hipervigilancia forma parte de mí tanto como mis reflejos rápidos como la luz y ambos me han mantenido vivo más veces de las que podría contar.

Ilya arranca el coche mientras me acerco y, tan pronto como me monto en él, acelera, paseándonos por las calles silenciosas de los suburbios a, exactamente, cinco kilómetros por hora más de lo permitido.

Cree que, para camuflarse, se necesita actuar como un ciudadano más, incluso cometer pequeñas infracciones de tráfico.

—¿Algún problema? —le pregunto en ruso y él niega con la cabeza afeitada.

—Todo tranquilo, como siempre.

Al contrario que su hermano gemelo y Anton, Ilya no parece decepcionado cuando dice eso. Creo que se divierte con nuestro breve período en los suburbios, aunque nunca lo vaya a reconocer en alto. De los cuatro que formamos el equipo principal, Ilya se acerca más el prototipo de matón por sus tatuajes de calaveras y esa mandíbula marcada por el coqueteo juvenil con los esteroides. Su hermano gemelo Yan, por otro lado, podría pasar por un profesor de universidad o un banquero por la ropa planchada y el pelo marrón cortado con un estilo conservador y empresarial. Sin embargo, respecto a su personalidad, Yan disfruta más de nuestro estilo de vida desenfrenado que Ilya, quien prefiere centrarse en la estrategia y trabajar entre bambalinas.

Creo que, si Ilya no hubiese seguido a su hermano al ejército, hubiese terminado siendo programador informático o contable.

—¿Se sabe algo de los americanos? —le pregunto mientras paramos en un semáforo. Dado que mis chicos están bastante ocupados, he usado a los locales como respaldo en la seguridad. Su trabajo es vigilar a Sara cuando no está conmigo y avisarnos si hay alguna actividad inusual en el barrio.

—No. Tu chica no se desvía mucho de su rutina, pero estoy seguro de que eso ya lo sabes.

Asiento, examinando la fila de jardines cuidados al detalle mientras conducimos junto a ellos de camino al refugio. Algo no me cuadra, pero no sé exactamente qué es. Quizá esté todo demasiado tranquilo, sin grandes trabajos en el horizonte y un progreso mínimo en la localización del general de Carolina del Norte, el último de mi lista. El hijo de puta desapareció con su familia e hizo tan buen trabajo ocultando las pistas que incluso los *hackers* que he contratado están teniendo problemas para encontrarlo.

A lo mejor tengo que ir a Carolina del Norte en algún momento y ver qué puedo adelantar en persona.

—Diles que quiero revisar los informes siguientes yo mismo —le comento a Ilya al entrar en el refugio—. Y avísales de que quiero expandir el perímetro a veinte manzanas, en vez de diez. Si alguien estornuda en el barrio de Sara o cerca del hospital, quiero saberlo.

—Hecho —confirma Ilya y salto del coche.

Quizá esté paranoico, pero no puedo dejar que nada joda lo que tengo con Sara.

La necesito demasiado como para perderla.

Está tirada en el sofá con el cojín térmico y la *tablet* cuando llego a casa. Tiene las extremidades delgadas colocadas con elegancia y el pelo castaño recogido en un moño desaliñado sobre la cabeza. Incluso vestida con unos pantalones deportivos y una camiseta grande, mi pequeño pajarito parece salido de una película en blanco y negro, con la delicadeza de sus atributos acentuada por los rizos sueltos que le rodean la cara en forma de corazón.

Me falta el aire cuando me mira fijamente con esos dulces ojos color avellana. Cada vez que la veo, la deseo, la necesidad por ella es como un ansia desgarradora en el pecho. A lo largo de estas últimas tres semanas, me he acostado con ella tantas veces que el ansia debería haber desaparecido, pero, en lugar de eso, ha aumentado, se ha intensificado a niveles que no se pueden medir.

La deseo y deseo todo esto: el pequeño placer de compartir su vida, de saber que puedo abrazarla en medio de la noche y verla al otro lado de la mesa de la cocina por la mañana. Quiero cuidarla cuando se ponga enferma y disfrutar de su sonrisa cuando esté bien. Y, a veces, cuando el dolor aparece, quiero hacerle daño, una necesidad que reprimo con todas mis fuerzas.

Es mía y la voy a proteger.

Incluso de mí mismo.

—¿Cómo estás? —le pregunto, acercándome al sofá. No he tenido la oportunidad de follármela esta mañana y casi se me pone dura solo con aproximarme a ella. Sin embargo, dejo la lujuria en un segundo plano para centrarme en la necesidad de asegurarme de que está sana y bien.

Sara no va a morir de dolores menstruales, pero no quiero verla sufrir.

—Mejor, gracias —responde, dejando la *tablet* a un lado. Al parecer, estaba viendo un vídeo musical, algo que, según he observado, hace a veces para relajarse.

—Puedes seguir con eso —digo, señalando la *tablet* con la cabeza—. Tengo que preparar la cena, así que no lo dejes por mí.

No se mueve para coger la *tablet,* solo inclina la cabeza y me observa mientras voy al fregadero para lavarme las manos y preparar los ingredientes para la cena sencilla que voy a cocinar esta noche: pechugas de pollo que mariné anoche y verduras frescas para una ensalada.

—Oye, no respondiste a mi pregunta —dice un momento después—. En serio, ¿por qué estás haciendo esto? ¿Qué ganas con todas estas tareas domésticas? ¿No tiene un hombre como tú algo mejor que hacer con su vida? No sé… ¿quizá hacer rápel desde lo alto de un edificio o explotar algo?

Suspiro. Ya está otra vez. Mi doctora joven y ambiciosa no entiende que me gusta hacerlo, por ella y por mí. No puedo volver atrás y pasar más tiempo con Pasha y Tamila, no puedo advertir a mi yo joven de que renuncie al trabajo por lo que de verdad importa, ya que todo podría desaparecer en un segundo. Solo puedo centrarme en el presente y mi presente es Sara.

—Mi mujer me enseñó a hacer algunos platos sencillos —le digo, poniendo las pechugas de pollo en la sartén antes de empezar a cortar la ensalada—. En su cultura, las mujeres solían cocinar, pero ella no era de tradiciones. Quería asegurarse de que pudiera cuidar a nuestro hijo si algo le pasaba, así que, para complacerle, acepté aprender algunas recetas y me di cuenta de que me gustaba preparar la comida. —Un dolor familiar me sacude el pecho ante los recuerdos, pero expulso toda la pena para centrarme en la curiosidad compasiva de los ojos color avellana que me miran desde el sofá.

A veces, estoy convencido de que Sara no me odia.

Al menos, no siempre.

—¿Así que empezaste a cocinar por tu mujer? —me pregunta cuando me quedo en silencio durante unos segundos. Asiento, pasando las verduras de la tabla de cortar a un bol.

—Lo hice, pero, antes de que muriera, solo sabía lo básico —contesto y, a pesar de todo, me tiembla la voz y la siento en carne viva por la agonía contenida—. Dos meses después de la masacre, pasé por una escuela culinaria en Moscú y, movido por un impulso, entré y asistí a una clase. No sé por qué lo hice, pero, cuando terminé, con el *borscht* hirviendo a fuego lento en el fogón, me sentí un poquito mejor. Era algo distinto en lo que podía centrar mi atención, algo tangible y real.

Algo que calmó la rabia hirviente que tenía dentro, que me ayudó a planear una estrategia para mi venganza, como una receta, compuesta por pasos y cantidades necesarias.

No digo esta última parte porque la mirada de Sara se ablanda más. Supongo que mi pequeño pasatiempo me humaniza ante sus ojos. Me gusta, así que no le diré que estaba en Moscú para matar a mi antiguo jefe, Ivan Polonsky, por participar en el encubrimiento de la masacre o que, una hora después de la clase, le rajé la garganta en un callejón.

Ese día su sangre se parecía mucho al *borscht*.

—Supongo que nunca sabes lo que tienes hasta que lo pierdes —murmura Sara, abrazando el cojín térmico, y siento una punzada de celos ante la melancolía de su voz.

Espero que no esté pensando en su marido porque, hasta donde tengo entendido, no ha sido una gran pérdida.

Ese *sookin syn* se merecía todo lo que le pasó y más.

Cuando la comida está lista, Sara se une a la mesa. Comemos mientras le hablo sobre algunas de las ciudades en las que asistí a clases de cocina: Estambul, Johannesburgo, Berlín, París, Génova... Y, después de describir la gastronomía, comparto con Sara historias sobre algunos chefs con carácter, haciéndola reír con una sonrisa genuina que le ilumina la cara mientras me escucha. Para evitar estropear el ambiente, no le cuento todas las partes oscuras, como que la Interpol me encontró en París y tuve que salir a tiros del edificio en el que se daban las clases de cocina o que hice volar el coche de uno de mis objetivos en Berlín antes de asistir a la clase, y terminamos la comida de una manera sociable mientras Sara me ayuda a limpiar antes de que le diga que se vaya.

—Ve a relajarte. Dúchate y métete en la cama. Estaré arriba enseguida.

Su expresión se vuelve recelosa.

—Vale, pero, solo para que lo sepas, me acaba de bajar la regla.

—¿Y qué? ¿Crees que me da asco un poquito de sangre? —sonrío al verle la cara—. Estoy de broma. Sé que no te encuentras bien. Solo nos acurrucaremos, como en los viejos tiempos.

—¡Lo pillo! —Una sonrisa, genuina y cálida, se le dibuja en la cara—. En ese caso, te veo arriba enseguida.

Se apresura en salir de la cocina y yo permanezco ahí, incapaz de respirar, sintiendo como si me acabasen de clavar un cuchillo en el estómago.

«Joder, esa sonrisa...» Esa sonrisa lo es todo.

Por vez primera, entiendo por qué me siento así cerca de ella.

Por vez primera, me doy cuenta de cuánto la quiero.

43

Sara

El domingo por la mañana me siento mejor y decido ir a ver a mis padres. Solo los he visitado una vez desde que volvió Peter, ya que he estado ocupada con mi acosador y preocupada por ponerlos en peligro. De cualquier manera, estoy convencida de que Peter no les haría daño sin razón. Valora demasiado a la familia como para hacerme esto.

Mientras cumpla con sus exigencias, mis padres estarán a salvo.

Mi madre está eufórica cuando la llamo y planeamos ir a comer *sushi*. Cuando informo a Peter, asiente con la cabeza como ausente y escribe algo en el móvil.

—¿Qué haces? —pregunto con cautela.

—Tan solo les digo a mis chicos que al final hoy me uno a ellos —contesta, dejando el teléfono a un lado—. ¿Por? ¿Querías que os acompañase? —Le brillan los ojos grises cuando me mira.

Me río.

—No, creo que la parte en la que el FBI revoluciona el restaurante para capturar a uno de los delincuentes más buscados quita un poco el hambre.

Peter no me devuelve la sonrisa y me doy cuenta de que iba en serio.

—Tú... ¿saldrías en público conmigo?

—¿Por qué no? —Levanta las cejas con frialdad—. Me reuní contigo en un Starbucks, ¿no?

—Bueno, sí, pero eso era antes. Quiero decir... Bueno, nada. —Tomo aire—. Supongo que entonces no tienes miedo de que te vean en público.

—No haría un desfile delante de la oficina del FBI, pero puedo ir a una comida o una cena de vez en cuando si reviso antes el sitio y me aseguro de que no hay cámaras.

—Oh. —Me muerdo el interior del labio mientras cojo el bolso—. Bueno, quizá podamos ir a cenar esta semana...

—Pero hoy no —dice y yo asiento, sintiéndome avergonzada al no saber qué hacer. Ni en broma les presentaría a mis padres al asesino de George.

Ya es suficiente que me haya ofrecido a ir a cenar con él.

—Entonces, vale. Te veo cuando vuelvas —comenta y me escabullo antes de que pueda sugerir nada más, como hacernos tatuajes conjuntos o una boda en la playa.

Esto es una locura total y la peor parte es que comienza a parecer normal. Estoy empezando a acostumbrarme a tener a Peter en mi vida.

DURANTE LA COMIDA, INFORMO A MIS PADRES DE QUE HE decidido no vender la casa. Ya les dije hace dos semanas que la pareja de abogados había anulado su oferta, por lo que no se sorprenden al escuchar mi decisión. De hecho, parecen bastante contentos, dado que la casa está a veinte minutos en coche y el apartamento nuevo estaría, al menos, a cuarenta y cinco.

—Es una casa preciosa —dice mi padre tras servirse un poco de salsa de soja—. Creo que lo del nuevo apartamento era una exageración. Eres joven, pero los años pasan rápido y, en algún momento cercano, empezarás a pensar en formar una familia. Ya sabes, saldrás y conocerás a un hombre…

—Oh, Chuck, para —le interrumpe mi madre—. A Sara le queda aún mucho para eso. —Luego, se gira hacia mí y añade con voz dulce—: Tómate todo el tiempo que necesites, cariño. No dejes que tu padre te presione en nada. Estamos contentos de que te quedes con la casa, pero eso no significa que esperemos que nos des nietos pronto.

—Por favor, mamá. —Me resisto a poner los ojos en

blanco como si aún estuviera en el instituto. Mis padres están jugando al policía bueno y al malo, probablemente con la intención de meterme en la cabeza lo de «salir y conocer a un buen hombre»—. Cuando esté a punto de daros nietos, seréis los primeros en enteraros.

Mi madre le dedica una sonrisa benévola a mi padre.

—¿Ves? Saldrá cuando esté lista.

—Exacto. —Me entretengo separando los palillos de madera—. Cuando esté lista. —Con todo lo que está ocurriendo en mi vida, es posible que no sea nunca. O, al menos, no hasta que Peter se aburra de mí, lo que parece cada vez más improbable que ocurra en un futuro cercano. En cualquier caso, creo que ahora está más obsesionado conmigo, mirándome con una luz extraña en esos ojos grises que me provoca escalofríos cálidos que me recorren la columna vertebral.

Antes de que pueda analizar el porqué, el camarero trae una fuente de *sushi* y mis padres se deshacen en exclamaciones por la disposición artística del pescado, dándome un respiro con sus conspiraciones tan poco sutiles. Ojalá pudiera contarles la verdad, pero no hay manera de que les hable de Peter sin aterrorizarles.

Sigo sin saber cómo estoy lidiando con todo eso yo sola.

~

Al final de la semana, ya no hay rastro de la regla y vuelvo a mi ritmo normal con dos turnos de guardia al comienzo de la semana siguiente y tres horas en la clínica el miércoles, además de mis horas habituales de consulta. Trabajo tanto que apenas paso por casa, pero Peter no se queja, a pesar de que siento que no le hace ni pizca de gracia la situación. Aunque tenía la regla, follamos durante los últimos días de período, ya que no mentía acerca de su poca aprensión, y, cada vez parece más lujurioso, tocándome de manera descontrolada y rozando la dureza.

Es como si tuviese miedo de perderme de alguna manera, como si pudiese oír el tictac de un reloj.

El viernes, paso la mayor parte del día en la consulta atendiendo a pacientes, pero, cuando estoy a punto de irme a casa, recibo un mensaje urgente diciendo que una de mis pacientes se ha puesto de parto. Reprimo un suspiro de agotamiento y me dirijo a toda velocidad a las taquillas para cambiarme, donde me encuentro con Marsha, que ha acabado su turno.

—Hola —me dice con un gesto compasivo—. ¿Acabas de empezar?

—Eso parece —respondo, metiendo la ropa en la taquilla—. ¿Vais a salir esta noche?

—Qué va. Andy no puede y Tonya está ocupada con el camarero guapo. ¿Te acuerdas de él?

Me hago una coleta.

—¿El de la discoteca a la que fuimos? —Ante el asentimiento de Marsha, le pregunto—: Sí, ¿por qué? ¿Están enrollados?

—Lo has adivinado. —Marsha sonríe—. De todas maneras, te veo con prisa, así que te dejo. Llámame si quieres hacer algo este fin de semana. Andy está preparando una barbacoa para mañana por la noche y estoy segura de que le encantaría que vinieses.

—Gracias. Te llamaré si puedo ir —contesto y me apresuro a salir de la sala de las taquillas. Sé que no voy a llamarla y, esta vez, no será porque quiera proteger a mis amigos.

Aunque la barbacoa suena tentadora, lo que más deseo este fin de semana es estar tranquila en casa.

Con Peter.

El hombre al que me está costando odiar.

UNAS HORAS MÁS TARDE, REGRESO EXHAUSTA AL CUARTO de las taquillas. El útero de mi paciente se ha rasgado y he tenido que hacer una cesárea para salvar a la madre y al bebé. Por suerte, ambos han salido adelante, pero tengo un horrible dolor de cabeza por el hambre y el cansancio extremo.

Estoy deseando llegar a casa, calentar lo que sea que haya preparado Peter para cenar y, con suerte, quedarme dormida mientras me hace un masaje.

—¿Doctora Cobakis?

La voz femenina me suena vagamente familiar y me doy la vuelta con el pulso acelerado. En efecto, veo a Karen, la agente y enfermera del FBI que estaba con el agente Ryson cuando me desperté después del ataque de Peter. Como la última vez, va vestida con la ropa quirúrgica de enfermera, a pesar de que sé que no trabaja en el hospital.

Debe estar intentando camuflarse.

—¿Karen? —Intento no parecer nerviosa—. ¿Qué estás haciendo aquí?

Se acerca a mí y se detiene a unos centímetros.

—Quería hablar con usted en algún lugar en el que no nos vigilasen y esta parecía la mejor oportunidad.

Echo un vistazo a la sala de taquillas. Está en lo cierto: somos las únicas que estamos aquí ahora mismo.

—¿Por qué? —Vuelvo a prestarle toda la atención—. ¿Qué pasa?

—Hace un par de meses, contactó con el agente Ryson —susurra—. Dijo que sentía que la estaban vigilando. En aquel momento, desestimamos sus preocupaciones, pero, desde entonces, hemos recibido nueva información.

El nudo en la garganta se me tensa aún más.

—¿Qué...? ¿Qué nueva información?

—Tiene que ver con Peter Sokolov, el fugitivo que asaltó su casa.

—Oh —contesto con la voz una octava más aguda de lo normal.

—Se le ha visto en la zona, a tan solo unas manzanas de este hospital. Una cámara oculta de tráfico captó su rostro en una esquina y nuestro programa de reconocimiento facial marcó la foto. —

Inclina la cabeza a un lado—. Usted no sabe nada de esto, ¿verdad, doctora Cobakis?

—Yo… —Puedo oírme los latidos del corazón en los oídos y un frenesí de ideas me da vueltas por la cabeza. Ahora tengo oportunidad de conseguir ayuda sin que Peter sepa que he hablado con nadie. El FBI está al tanto de que está aquí y no van a descansar hasta que lo encuentren. Puedo incrementar sus opciones de éxito, diciéndoles que, probablemente, esté en mi casa y, si consiguen capturar a Peter y a sus hombres, todo esto terminará.

Mi vida volverá a ser mía otra vez.

—No se preocupe, doctora Cobakis. —Karen me posa la mano con delicadeza sobre el brazo—. Sé que todo esto es muy estresante para usted, pero vamos a asegurarnos de que está a salvo. Solo eche la vista atrás unas semanas. ¿Hay alguna posibilidad de que alguien la haya seguido? ¿Se ha sentido observada en algún momento?

«Todo el tiempo porque siempre me observan», quiero decirle, pero las palabras no me salen; en su lugar, la respiración se me acelera hasta que empiezo a hiperventilar.

Peter no se quedará quieto cuando los agentes vayan a por él; luchará y morirá gente. Él mismo podría morir. Las náuseas me suben por la garganta mientras me imagino su cuerpo poderoso agujereado por las balas y esos intensos ojos metálicos sin brillo y apagados por la muerte. Debería ser una imagen que me hiciese feliz, pero, en lugar de eso, me siento mal.

Noto una presión dolorosa en la caja torácica al imaginarme cómo sería mi vida sin él.

Lo libre y sola que estaría otra vez.

—Yo… no. —Doy un paso atrás mientras niego con la cabeza. Sé que no estoy pensando con claridad, pero no me atrevo a decírselo. Soy incapaz de articular las palabras con la boca—. No he notado nada.

Karen frunce el ceño.

—¿Nada? ¿Está segura? Tenemos entendido que usted y su difundo marido son lo único que lo relaciona con esta zona.

—Sí, estoy segura. —Es como si una extraña estuviese diciendo esas mentiras. El dolor de cabeza se intensifica hasta convertirse en un tambor que me repiquetea en el cráneo y siento que estoy a punto de vomitar. Mis pensamientos pasan de una alternativa a otra como si el cerebro fuera una rata dentro de un laberinto. No sé ni por qué estoy mintiendo. Se acabó. De una manera u otra se acabó porque, ahora que saben que Peter está en esta zona, van a venir a por él, con independencia de lo que les diga. Y, si no consiguen matarlo o capturarlo, podría pensar que lo he traicionado y cumplir su amenaza de raptarme, incluso enseñarme una lección castigando a mis seres queridos.

Debería ayudar al FBI.

Es mi mejor oportunidad para ser libre.

—Está bien —dice Karen cuando me mantengo en silencio—. Si se le ocurre algo, aquí tiene mi número. —Me da una tarjeta, que cojo con dedos entumecidos, mientras añade—: No queremos ahuyentarlo si la está vigilando por alguna razón, así que no vamos a ponerle un dispositivo de protección policial ahora mismo. Pero sí le pondremos un guardaespaldas discreto y si ve algo, cualquier cosa fuera de lo normal, actuará rápido para asegurar su seguridad. Mientras tanto, por favor, siga con su vida con normalidad y descanse segura de que el asesino de su marido pagará por lo que hizo.

—Está bien. Lo... Lo haré. —Conservo la compostura como puedo, cojo el bolso de la taquilla abierta y doy un portazo antes de apresurarme a salir del cuarto.

Estoy cerca del coche cuando me doy cuenta de que aún llevo el traje quirúrgico.

Gracias a la emboscada de Karen, me he olvidado de ponerme la ropa.

LA MÚSICA HEAVY RETUMBA EN LOS ALTAVOCES CUANDO salgo del aparcamiento, castigándome por mi estupidez. Incluso con el dolor de cabeza, la música es, de alguna manera, relajante, el ritmo violento resulta más tranquilo que el embrollo de mis pensamientos. Es increíble que no haya confiado en Karen y no le haya rogado al FBI que me ayude cuando he tenido la oportunidad. Ahora no sé qué hacer, cómo actuar ni a dónde ir. ¿Voy a casa con el FBI observándome? Y, si lo hago, ¿se darán cuenta de que Peter está allí o, gracias a las precauciones que toma, como no dejar el coche en mi aparcamiento, conseguirá pasar desapercibido? Quizá debería ir a casa de mis padres, a un hotel o simplemente quedarme en algún lugar del hospital. Pero, entonces, ¿qué pasaría con los chicos de Peter que siempre me siguen a todos lados? Sabrán que algo no va bien y Peter podría venir a por mí. ¿Quién sabe lo que pasaría después? ¿Será el FBI el que detecte a mis perseguidores o serán ellos los que descubran a los agentes y avisen a Peter? Si vuelvo a casa, ¿se habrá ido ya, evadiendo a las autoridades una vez más?

¿Cómo he podido joderla tanto?

Tengo los nudillos blancos de agarrar tan fuerte el volante mientras la mente le da vueltas a la conversación con Karen, repitiéndola una y otra vez. Joder, he tenido tantas oportunidades de decirle la verdad, de explicarle la complejidad de la situación y dejar a los expertos manejarlo todo. ¿Por qué no lo he hecho? ¿Cómo he podido ser tan estúpida? Después de darme cuenta de que no me había cambiado, he vuelto a las taquillas, diciéndome que, si Karen estaba allí todavía, haría lo correcto, pero ya se había ido.

Se había ido, haciéndome sentir aliviada porque, dentro de mí, sabía que no lo haría.

Incluso con la amenaza de Peter acechándome sobre la cabeza, no me atrevo a acelerar un enfrentamiento que podría dar como resultado su muerte.

Con Metallica gritando de fondo, conduzco como un autómata, tan embelesada en mis propios pensamientos que no me doy cuenta de que el subconsciente ya ha escogido mi destino. Solo cuando giro en mi calle me percato de adónde voy y, para entonces, es demasiado tarde.

Estoy en casa.

44

Al entrar en casa desde el garaje, estoy temblando, siento un nudo en la garganta por la ansiedad y los latidos del corazón se han sincronizado con el dolor punzante de la cabeza. Ya es más de medianoche y todas las luces están apagadas, pero huelo el aroma delicioso de lo que Peter ha cocinado. Me ruge el estómago, mi cuerpo demanda combustible a pesar de que la adrenalina me destroza los nervios. Tengo que comer algo pronto, pero primero debo averiguar dónde se encuentra Peter y si sabe lo que está sucediendo.

—¿Tienes hambre? —Una voz profunda y familiar me sorprende tanto que me sobresalto y se me escapa un chillido de pánico.

Se enciende una luz que ilumina la figura de Peter sobre el sofá del salón. A pesar de que la temperatura en la habitación es agradable, lleva puesta una chaqueta de cuero y el cuerpo alto y poderoso adopta una pose casual que recuerda a un depredador estirándose de manera perezosa.

—Mmmm, sí. —Dios mío, ¿lo sabe? ¿Por qué está sentado aquí en mitad de la oscuridad?—. Una de mis pacientes se puso de parto y me perdí la cena.

—¿No has cenado? —Peter se pone de pie con un movimiento rápido—. Eso no puede ser. Ven, vamos a comer algo antes de que te desmayes.

Lo sigo hacia la cocina con piernas temblorosas. Que él esté aquí, calentándome la comida, debe significar que sus hombres no han visto al agente del FBI que iba detrás de mí. ¿Eso significa que tampoco ha ocurrido al revés? ¿Puede que el agente del FBI que me han asignado para protegerme no haya reparado en quienes me siguen por órdenes de Peter?

Tengo los pies y las manos helados por el estrés y sé que debo parecer un cadáver mientras me lavo las manos y me siento a la mesa. Espero que Peter atribuya mi palidez al agotamiento, en lugar de a que el FBI podría asaltar mi casa en cualquier momento.

Deja un gran tazón de sopa de verduras y una rebanada de pan crujiente de masa madre frente a mí. Luego, se sienta al otro lado de la mesa, en el lugar de siempre. Muestra un rostro inexpresivo mientras me ve tomar la cuchara y sumergirla en la sopa. Las manos me tiemblan un poco, de lo que se dará cuenta, pero con suerte también lo atribuirá al cansancio. Si sospecha algo, las cosas se podrían torcer rápidamente. Me podría maniatar y llevar a algún escondite internacional más rápido de lo que los perros guardianes del FBI tardaran en pedir refuerzos.

Mierda, ¿por qué me estoy arriesgando? ¿Por qué no le he contado todo a Karen?

Sin embargo, incluso mientras me torturo a mí misma, sé la respuesta a esa pregunta y está sentada frente a mí. Me mira fijamente a través de los ojos grises con una intensidad que me enfría y me calienta por dentro al mismo tiempo. Debería querer liberarme de mi torturador, hacer todo lo que estuviera en mi mano para que desaparezca de mi vida, pero no puedo. No estoy lo bastante loca como para advertirle y arriesgarme a que me secuestre, pero no soy capaz de acelerar el momento en el que la justicia lo alcance y tenga que huir o luchar.

De cualquier forma, pasará; lo único que tengo que hacer es sobrevivir.

—Trabajas demasiado —murmura Peter, inclinando la cabeza, mientras me penetra con la mirada y yo exhalo un suspiro tembloroso. Menos mal. Está atribuyendo mi ansiedad al cansancio—. Deberías relajarte, *ptichka,* tomarte las cosas con calma de vez en cuando —continúa y yo asiento, mirando el cuenco para así poder escapar de la intensidad de su mirada.

—Sí, supongo. —Tomo un bocado de pan y me trago una cucharada de sopa, centrándome en el sabor para intentar calmar el ruido de la cabeza. Es solo una victoria temporal, pero es suficiente para permitirme comer una cucharada tras otra.

Ya me he terminado la rebanada de pan y casi la mitad del tazón de sopa cuando tengo el coraje de mirar hacia arriba de nuevo.

—¿Por qué me esperabas ahí? —le pregunto, recordando lo oscura que estaba la casa cuando entré —. Pensé que estarías en la cama, duchándote o algo así.

—Porque apenas te he visto estos últimos días, *ptichka,* y te he echado de menos. —Le brillan los ojos con esa suavidad tan peculiar que he observado toda la semana.

Se me revuelve el estómago y me crece un nudo en la garganta.

—¿Me has... echado de menos? —Nunca me había dicho eso; aunque ambos sabemos que está obsesionado conmigo, nunca ha reconocido ningún tipo de sentimiento real.

—Mmm. Toma, aquí tienes un poco más. —Empuja otra rebanada de pan hacia mí—. Todavía estás muy pálida.

Cojo el pan y lo muerdo, mirando otra vez hacia abajo para ocultar mi expresión. El nudo en la garganta se hace más grande y los ojos se me llenan de lágrimas irracionales. ¿Por qué, de entre todos los días, tiene que elegir hoy para decirme estas cosas? Necesito que sea malo conmigo, no encantador. Necesito recordar que es un monstruo, un asesino, un hombre que ha hecho cosas que harían estremecerse a Ted Bundy.

Necesito que me saque de esta fantasía para no extrañarlo cuando se haya ido.

Me las arreglo para contener las lágrimas y comerme el resto de la sopa mientras Peter me mira en silencio. Es inquietante la forma en que puede mirarme sin hacer nada, como si mi imagen lo fascinara. Lo he pillado haciéndolo en más de una ocasión. Incluso una vez, me desperté y lo encontré mirándome así.

Es desconcertante y halagador a la vez, como su deseo insaciable por mí.

Cuando el cuenco está vacío, me levanto para ponerlo en el lavavajillas, pero Peter me lo quita de las manos.

—Déjamelo a mí —dice con suavidad y me besa en la frente—. Sube y comienza a prepararte para meterte en la cama. Estaré allí en un minuto.

Asiento, parpadeando para contener una nueva oleada de lágrimas, y subo sin resistirme. Peter suele hacer eso también: liberarme de todas las tareas cuando estoy cansada, por muy pequeñas que sean. Debe darse cuenta de que poner un cuenco en el lavavajillas no me produce estrés, pero aun así me trata como si fuera una inválida en lugar de una doctora agotada después de su jornada de trabajo.

Me cuida y eso me encanta, aunque no debería. Debería odiar todo lo que hace porque nada de esto es real.

No puede serlo.

~

YA HE TERMINADO DE DUCHARME CUANDO PETER SUBE las escaleras y me arrincona en el baño, atrapándome contra el lavabo justo cuando termino de lavarme los dientes. Tengo la toalla envuelta alrededor del cuerpo, pero me la quita para dejarla caer al suelo y nuestra imagen en el espejo empañado, yo, pálida y desnuda por completo y él, vestido con ropa oscura, hace que el corazón me palpite debido a los nervios y a la excitación.

Está especialmente caliente esta noche, y un poco más salvaje de lo normal.

De hecho, me pasa una de esas manos grandes alrededor de la garganta y, aunque no la aprieta, siento la oscuridad detrás del velo delgado de su control, la amenaza implícita en este gesto. Al mismo tiempo, me coge el pecho con la otra mano y siento que el borde áspero del pulgar me roza el pezón duro. Me sostiene la mirada en el espejo y veo un deseo extraño en las profundidades plateadas, la lujuria mezclada con la posesividad y ese algo intenso que me debilita las rodillas y me provoca escalofríos cálidos.

—Mírate —me susurra al oído y aparto los ojos de su hipnótica mirada para centrarme en nuestra propia imagen: él, tan grande y mortalmente guapo, yo, pequeña y femenina, tan frágil entre sus brazos—. Mira qué preciosa eres, qué dulce, suave y pura. Esa piel tan sedosa que tienes, tan delgada y delicada, tan fácil de magullar... —Me acaricia la garganta mientras trago y el pulso se me acelera aún más ante sus palabras—. ¿Sabes qué me pregunto a veces? —continúa susurrando y me agarro al borde del lavabo mientras me pellizca el pezón con dedos duros, retorciéndolo con cruel determinación—. Me pregunto si debería poner una cadena alrededor de este cuello hermoso, cerrarla y tirar la llave. ¿Llorarías entonces, *ptichka*? ¿Te enfadarías? —Me muerde el lóbulo de la oreja y me roza la piel con los dientes blancos mientras retira la mano del pecho para posarla sobre el sexo—. ¿O en secreto te gustaría?

Respiro hondo, temblando, tan caliente que podría prender en llamas. La imagen que me está ofreciendo es aterradora y, a la vez, excitante, tan oscura y erótica como nuestra imagen en el espejo. Mientras me rodea con los brazos, puedo oler el cuero de la chaqueta, sentir la cremallera metálica contra la espalda y una sensación de vulnerabilidad enorme se apodera de mí cuando me separa los pliegues húmedos de piel con los dedos y me toca el clítoris; un fuerte latigazo de placer me sacude, haciendo crecer la sensación de impotencia y de estar completamente fuera de control.

—Por favor. —Me tiembla la voz—. Peter, por favor...

—Por favor, ¿qué? —Empuja los dedos y los retuerce dentro de mí, presionándolos contra el punto G mientras me roza el cuello con los dientes de nuevo —. ¿Por favor, qué, *ptichka*? ¿Por favor, tócame? ¿Por favor, fóllame? ¿Por favor, vete?

Cierro los ojos.

—Por favor, fóllame. —Ya me dan igual la vergüenza y todas las veces que le he dicho que no en el pasado. Siento cada célula del cuerpo latiendo de necesidad, ardiendo con el deseo oscuro que despierta en mí. Tal vez, en otras circunstancias me mantendría fuerte, trataría de aferrarme a lo que fuera por dignidad, pero estoy demasiado agotada y demasiado consciente de algo.

Esta noche podría ser nuestra última vez juntos.

—Abre los ojos —ruge y obedezco aturdida, luchando contra la droga del placer.

La mirada de Peter en el espejo es oscura e intensa y muestra el rostro tenso, reflejando una necesidad violenta. Debajo, noto algo inquietante, esa ternura que no puedo definir del todo.

—Dime, Sara. Dime cómo quieres que te folle. ¿Lo quieres duro? —Presiona los dedos aún más con crueldad—. ¿O suave? ¿Duro? —Me aprieta la palma de la mano sobre el sexo—. ¿O suave? —Atenúa la presión, baja la cabeza para lamerme el lóbulo y el aliento cálido me calienta la piel cuando me dice con voz ronca al oído—: ¿Quieres flores y palabras bonitas, *ptichka*? ¿O prefieres tener algo crudo y real, aunque la sociedad lo considere mal... incluso aunque no sea lo que siempre has querido?

Mi respiración sale en forma de siseo entre los dientes mientras hace círculos con el pulgar sobre el clítoris, el calor que me vibra bajo la piel hace que sea difícil pensar. Se me tensan los músculos internos alrededor de esos dedos ásperos y usurpadores y no entiendo lo que está pidiendo, lo que quiere de mí. Necesito más de este doloroso placer y, al mismo tiempo, necesito aliviar esta tensión que se hace cada vez más fuerte.

—Peter, por favor... —Se me va a salir el corazón del pecho —. Dios, por favor...

Me aprieta más el cuello cuando sus dedos se curvan dentro de mí, presionando de nuevo el punto G.

—Dímelo y te follo. —Me roza el cuello con los dientes, haciendo que me estremezca—. Te lo haré exactamente como quieras, llenaré ese coño pequeño y apretado hasta que pidas más. Dime lo que necesitas de mí y te lo daré, Sara. Te daré todo y más.

—Fóllame duro —jadeo y deslizo las manos del borde de la encimera para agarrar las columnas de acero que tiene por muslos, cubiertos por los vaqueros. Se me contrae el sexo alrededor de sus dedos mientras presiono la pelvis contra su mano, desesperada por una presión más firme sobre el clítoris. No sé lo que estoy diciendo, pero sí lo que necesito—. Fóllame duro, Peter. Por favor…

Tensa la mandíbula y vislumbro el brillo de sus ojos en la oscuridad. De repente, me suelta y pasa la mano sobre la encimera para tirar al suelo todo lo que hay sobre ella. Me levanta y me gira para posarme sobre el granito frío con los muslos abiertos. Parpadeo sobresaltada, pero ya está desabrochándose los vaqueros y tirando de mí hacia delante hasta que el trasero casi se me queda suspendido del borde.

—Dios, Peter. —Jadeo cuando se introduce dentro de mí y noto el miembro tan grueso y duro que lo siento como si me estuviera arañando las entrañas. No ha sido tan brusco desde nuestra primera vez, pero hoy estoy tan húmeda que sus acciones violentas no me asustan, la amenaza constante de dolor solo hace aumentar mi placer. En lugar de reprimirme, permanezco flexible y relajada alrededor de su polla y, cuando establece un ritmo duro y constante y me clava los dedos en la carne suave del trasero, le envuelvo las piernas alrededor de las caderas y enrollo los brazos en torno al cuello, aferrándome a él como si fuera un ancla en una tormenta. Y bien podría serlo. Me folla con tanta furia que me siento como una astilla de madera en mitad de un huracán, abrumada por su violencia, sacudida por las olas de su lujuria. Es demasiado, demasiado intenso, pero el sentimiento de impotencia solo se suma a la tensión que se retuerce dentro de mí. Con un grito llego al orgasmo, apretándome más contra él, pero Peter no se detiene. Continúa hasta que me corro otra vez y, después, otra más.

Hasta que no me desplomo contra él, jadeando y aturdida por mi tercer orgasmo, no se libera a sí mismo. Con una última embestida, se corre y choca la pelvis contra la mía mientras un gemido profundo le retumba en la garganta. Siento su polla palpitar dentro de mí mientras me aferro a él, temblando, y se me contrae el sexo por última vez, exprimiendo un último escalofrío de placer.

Al terminar, estoy tan fuera de mí que apenas puedo sostenerme cuando me levanta de la encimera del baño para ponerme en pie. Vagamente me doy cuenta de que siento una humedad inusual entre las piernas, que estoy empapada, pero solo cuando Peter retrocede y siento que la humedad se desliza por el muslo entiendo de dónde procede.

—Oh, Dios. —Bajo la mirada hasta la polla, todavía un poco dura y brillante por la humedad de ambos—. Peter, se nos ha...

—¿Olvidado usar un condón? Sí.

No parece muy preocupado. Es más, mientras yo le miro horrorizada, se lava con indiferencia, mete su polla de nuevo en los vaqueros y se cierra la bragueta. Luego, humedece una toallita y me limpia con suavidad el semen de los muslos.

—Ya está todo limpio. —Deja caer la toallita en el lavabo mientras se gira hacia mí con los ojos brillantes —. No te preocupes. Acabas de tener la regla, por lo que aún no deberíamos estar en la zona de peligro. Y estoy limpio. Siempre uso condón y me hago pruebas con regularidad. Supongo que tú igual, ¿no?

—Sí. —Le sostengo la mirada, aturdida tanto por lo que acaba de pasar como por su actitud. En teoría, deberíamos estar a salvo, pero el mero hecho de que haya ocurrido, con él... La cabeza me vuelve a palpitar como antes y el agotamiento regresa multiplicado por diez. ¿Cómo he podido ser tan tonta? Con George siempre detenía todo para recordarle que se pusiera un condón y, durante los llamados días de riesgo, no solíamos mantener relaciones sexuales, no queríamos exponernos al quince por ciento de error que tienen los condones hasta que estuviéramos preparados para tener un bebé. Sin embargo, con el asesino de mi marido no he sido tan cuidadosa al mantener relaciones sexuales durante todo el mes. Y ahora esto...

Es como si una parte enfermiza de mí quisiera estar atada a él para mantener esta farsa de relación.

—No tiene por qué pasar nada —dice Peter, acercándose a mí—. Aunque...

Hace una pausa, mirándome con expresión pensativa.

—¿Aunque qué? —Le pregunto mientras permanece en silencio. El corazón me martillea con un ritmo sordo y rápido—. ¿Aunque qué?

—Aunque no me importaría. —Sus palabras son ligeras, casuales, pero no hay rastro de humor en su voz—. Contigo no.

—Tú... ¿qué? —El dolor de cabeza se intensifica, siento que me va a explotar el cráneo. Quizás no quiera decir lo que está diciendo—. ¿Por qué no te importaría? ¡Eso no tiene sentido!

—Ah, ¿no? —Un destello divertido le aparece en los ojos—. ¿Por qué, *ptichka*?

—Porque... porque tú eres tú. —Se me quiebra la voz por la incredulidad—. Me drogaste y torturaste antes de matar a mi marido para así forzar tu entrada en mi vida. No sé lo que te estarás imaginando, pero no estamos saliendo. Esta no es una especie de historia de amor...

—¿No lo es? —Se le endurece la expresión, todos los indicios de diversión desaparecen—. Entonces, ¿qué crees que siento por ti? ¿Por qué no puedo pasar una hora sin pensar en ti, deseándote... anhelándote todo el tiempo? ¿Crees que es la lujuria lo que me mantiene aquí, día tras día, sin pensar en nada más mientras mis hombres se arrastran de aburrimiento por las paredes? —Se acerca aún más y se me acelera la respiración cuando da un golpe contra la encimera con las palmas de las manos a ambos lados de mí, apretándome contra el lavabo. Le brillan los ojos ferozmente mientras se inclina y dice con voz áspera—: ¿Crees que estoy aquí en lugar de buscar al último *ublyudok* de mi lista solo porque nunca tengo suficiente de tu coño pequeño y apretado?

La cara me arde cuando lo miro, sus palabras vulgares intensifican mi confusión. No sé qué decir, cómo asimilarlo todo. Parece que está cabreado, pero la forma en que lo dice me recuerda a...

—Sí, veo que lo entiendes. —Se le curva la boca en una sonrisa oscura y burlona—. Puede que para ti esto no sea una historia de amor, *ptichka*, pero, por jodido que parezca, eso es precisamente lo que es para mí. Empecé odiándote, pero en algún momento te has convertido en lo único que me preocupa, la única persona que todavía me importa. Y sí, eso significa que te amo, por muy malo que eso sea. Te amo, aunque fueras suya... aunque creas que soy un monstruo. Te amo más que a la vida misma, Sara, porque, cuando estoy contigo, siento mucho más que agonía y rabia y quiero algo más que muerte y venganza. —Se le expande el pecho con una respiración profunda y su expresión se vuelve sombría mientras dice en voz baja—: Cuando estoy contigo, *ptichka,* estoy vivo.

No soy consciente de que estoy llorando hasta que su rostro se vuelve borroso. Siento una presión en el pecho y la respiración se me vuelve superficial. Sabía que Peter estaba obsesionado conmigo, pero nunca imaginé que en su mente esa obsesión fuera amor, que él quisiera un futuro conmigo, uno en el que estemos juntos como una familia.

Un futuro en el que los agentes del FBI no estén a punto de asaltar la puerta.

—No llores, *ptichka.* —Con el pulgar, me acaricia la mejilla humedecida y veo que la sonrisa burlona le vuelve a los labios—. Esto no cambia nada. Aún puedes odiarme. No soy menos monstruo solo porque te ame y no voy a desaparecer de tu vida.

Pero lo vas a hacer. Quiero gritar la verdad, pero no puedo. No puedo advertirle, a pesar de que siento que se me desgarra el corazón. No lo amo, no puedo amarlo, pero duele como si lo hiciera, como si perderlo fuera lo peor que pudiera pasarme. Un sollozo ahogado me rasga la garganta, luego, otro, y, al final, acabo entre sus brazos, apretándome con fuerza contra su pecho mientras me saca del baño.

Cuando llega a la cama, se sienta y me sostiene sobre el regazo, mientras lloro, con la cara enterrada en su cuello. Me acaricia la espalda, con lentitud y dulzura. Tiene razón; la confesión de su amor por mí no debería cambiar nada, pero, de alguna manera, empeora las cosas. Me hace sentir que estoy perdiendo algo real... como si lo estuviera traicionando, a él, a nosotros.

¿Cómo puede abrazarme un monstruo con tanta ternura? ¿Cómo puede amar un psicópata?

Siento como si el cráneo se me estuviera abriendo desde el interior, el llanto hace que el dolor de cabeza empeore y empujo el pecho de Peter antes de girarme para poder escapar de su abrazo, solo para caer sobre la cama, gimiendo, mientras me agarro las sienes.

Se inclina sobre mí mientras la preocupación oscurece sus rasgos.

—¿Qué pasa, *ptichka*? —pregunta, acariciándome el brazo, y me las arreglo para murmurar algo sobre un dolor de cabeza antes de cerrar los ojos con fuerza. Lo que siento es más parecido a una migraña, pero me duele demasiado como para poder explicarlo.

La cama se hunde cuando él se pone de pie y escucho pasos mientras sale de la habitación. Al cabo de un par de minutos, regresa con un Ibuprofeno y un vaso de agua. Abro los párpados hinchados lo suficiente como para tragar la medicina y, luego cierro los ojos otra vez, esperando que el violento golpeteo del cráneo se calme y pase a ser un rugido soportable.

Espero que se vaya o que se acueste conmigo o lo que sea que tuviera pensado hacer, pero, en su lugar, oigo que se abre la puerta del baño y, un minuto después, me cubre los ojos y la frente con una toalla fría y húmeda, trayendo con ella una grata sensación de alivio.

Una vez más, me está cuidando, aliviándome cuando más lo necesito.

Las lágrimas regresan, deslizándose por debajo de la toalla, mientras me tapa con la manta y se sienta en el borde de la cama, deslizando la mano por debajo del cuello para masajearme los músculos tensos de la nuca. Esta forma tan tierna de cuidarme es una tortura muy diferente. Alivia el dolor de cabeza, pero intensifica el dolor punzante en el pecho. Me he estado engañando al llamar a lo que tenemos una «fantasía enfermiza». Puede ser enfermizo, pero es real y, cuando se haya ido, lo echaré de menos, tal y como lo extrañé cuando se fue a México. No es amor lo que siento por él, el amor no puede ser tan oscuro, tan ilógico e insano, pero seguro que es algo.

Es algo más que odio, algo profundo, perturbador y adictivo.

Un perro ladra a lo lejos y escucho el portazo de un coche. Es muy probable que sean los vecinos de la calle de al lado, pero se me acelera el corazón y el estómago se me revuelve al imaginarme a un equipo de los SWAT atravesando la puerta y disparando a Peter junto a la cama. Todo se desarrolla como una película en mi mente: las figuras vestidas de negro se apresuran, las balas desgarran las sábanas, las almohadas, su pecho, su cráneo...

La bilis me sube por la garganta y la cabeza explota de agonía.

Dios, no puedo hacerlo.

No puedo quedarme quieta y dejar que eso suceda.

—Peter... —Me tiembla la voz mientras muevo las manos debajo de la manta. Sé que lo lamentaré de mil formas, pero no puedo evitar que las palabras se me escapen de la boca—. Te han visto. Vienen a por ti.

Detiene la mano sobre mi nuca a mitad de camino y, después, reanuda el delicado masaje.

—Lo sé, *ptichka* —murmura y siento que me roza la mejilla húmeda con los labios antes de notar que me pincha el cuello con algo frío y duro—. Lo sé.

El letargo se me precipita por las venas y, con un extraño alivio, me doy cuenta de que esto es todo.

Ha sabido lo del FBI desde el principio.

Lo sabía y jamás volveré a ser libre.

45

eter

—Date prisa —sisea Anton desde la ventana del copiloto cuando me acerco al SUV, llevando el cuerpo de Sara envuelto en una manta contra el pecho—. ¿No has recibido ninguno de mis mensajes? Están a menos de diez manzanas.

Aprieto con más fuerza el bulto humano.

—No podía irme hasta que supiera lo que necesitaba.

—¿Qué era? —pregunta Yan al abrir la puerta trasera desde el interior. Se mueve a un lado y me subo al coche con Sara con cuidado de no golpearle la cabeza.

Ya es bastante malo que tuviera jaqueca cuando la he drogado.

Ignorando la pregunta de Yan, coloco la figura inconsciente de Sara entre nosotros y cierro la puerta antes de mirar a Ilya por el espejo retrovisor.

—Al aeropuerto, rápido.

—Estoy en ello —murmura Ilya, apretando el acelerador, y avanzamos a toda velocidad, alejándonos por la tranquila calle suburbana.

—¿Qué necesitabas saber? —insiste Yan, mirando la cara de Sara, la única parte que no está envuelta con la manta. Con las gruesas pestañas desplegadas sobre las pálidas mejillas, parece una princesa de Disney dormida y no culpo a mi compañero de equipo por la expresión de interés en su rostro. No le culpo, pero, aun así, quiero matarlo—. ¿Tiene algo que ver con ella? —continúa sin darse cuenta hasta que me mira a la cara y empalidece.

—Sí —digo con voz gélida—. Tiene algo que ver con ella.

Asiente mirando hacia otro lado y paso el brazo alrededor de los hombros de Sara para acomodarla contra mí. A lo lejos, escucho sirenas, acompañadas por el rugido de las hélices del helicóptero, pero, a pesar del peligro que se aproxima, me siento tranquilo y contento.

No, más que contento, feliz.

Sara me lo advirtió.

Me eligió cuando tenía todos los motivos para no hacerlo. Puede que aún no me quiera, pero no me odia y, mientras la abrazo con fuerza, respirando la fragancia delicada de su cabello, estoy seguro de que, algún día, me amará. Algún día, lo conseguiré, tendré todo de ella.

Me advirtió, eligió ser mía y ahora lo será.

La quiero y me voy a quedar con ella.

Cueste lo que cueste.

ANTICIPO

¡Gracias por leer! Si quieres dejar tu valoración, te lo agradeceré muchísimo.

La historia de Peter y Sara continúa en *Mi obsesión*.

Si quieres que te avise cuando se publique el próximo libro, no dudes en visitar mi página web www.annazaires.com/book-series/espanol/ y apuntarte a la newsletter.

Y ahora, por favor, pasa la página para leer unos fragmentos de *Secuestrada* y *El titán de Wall Street*.

EXTRACTO DE SECUESTRADA

Nota del autor: *Secuestrada* es una trilogía erótica oscura sobre Nora y Julian Esguerra. Los tres libros se encuentran ya disponibles.

~

Me secuestró. Me llevó a una isla privada.

Nunca pensé que pudiera pasarme algo así. Nunca imaginé que ese encuentro fortuito en la víspera de mi decimoctavo cumpleaños pudiera cambiarme la vida de una forma tan drástica.

Ahora le pertenezco. A Julian. Un hombre que tan despiadado como atractivo, un hombre cuyo simple roce enciende la chispa de mi deseo. Un hombre cuya ternura encuentro más desgarradora que su crueldad.

Mi secuestrador es un enigma. No sé quién es o por qué me raptó. Hay cierta oscuridad en su interior, una oscuridad que me asusta al mismo tiempo que me atrae.

Me llamo Nora Leston, y esta es mi historia.

~

Tengo diecisiete años cuando lo conozco.

Diecisiete años y estoy loca por Jake.

—Nora, vamos, me aburro —dice Leah, sentada conmigo en las gradas viendo el partido. Fútbol americano. No sé nada de fútbol, pero finjo que me encanta porque es donde puedo verlo. Allí, en ese campo, mientras entrena cada día.

No soy la única chica que mira a Jake, claro. Es el quarterback y el más buenorro del mundo… o por lo menos de Oak Lawn, un barrio residencial de Chicago, Illinois.

—No es aburrido —le digo—. El fútbol es divertidísimo.

Leah pone los ojos en blanco.

—Ya, ya. Anda y ve a hablar con él. No eres tímida. ¿Por qué no haces que se fije en ti?

Me encojo de hombros. Jake y yo no nos movemos en los mismos círculos. Las animadoras se le pegan como lapas y llevo observándolo bastante tiempo para saber que le van las rubias altas y no las morenas bajitas.

Además, por ahora es divertido disfrutar de esta atracción. Sé qué nombre tiene este sentimiento: lujuria. Hormonas, así de simple. No sé si me gustará Jake como persona, pero me encanta como está sin camiseta. Cuando pasa por mi lado, noto que se me acelera el corazón de la alegría. Siento calor en mi interior y me entran ganas de removerme en el asiento.

También sueño con él. Son sueños sensuales y eróticos donde me coge la mano, me acaricia la cara y me besa. Nuestros cuerpos se tocan, se frotan el uno contra el otro. Nos desvestimos.

Trato de imaginar cómo sería el sexo con Jake.

El año pasado, cuando salía con Rob, casi llegamos hasta el final, pero entonces descubrí que se había acostado, borracho, con otra chica en una fiesta. Acabó arrastrándose cuando me enfrenté a él, pero ya no podía fiarme y rompimos. Ahora me ando con mucho más ojo con los chicos con los que salgo, aunque sé que no todos son como Rob.

Pero puede que Jake sí lo sea. Es demasiado popular para no ser un mujeriego. Aun así, si hay alguien con quien me gustaría hacerlo por primera vez, ese es Jake, sin duda alguna.

—Salgamos esta noche —dice Leah—. Noche de chicas. Podemos ir a Chicago a celebrar tu cumpleaños.

—Mi cumpleaños no es hasta la semana que viene —le recuerdo, aunque sé que tiene la fecha marcada en el calendario.

—¿Y qué? Podemos adelantar la celebración.

Sonrío. Siempre está a punto para la fiesta.

—No sé. ¿Y si vuelven a echarnos? Esos carnets no son muy buenos…

—Iremos a otro sitio. No tiene por qué ser el Aristotle.

El Aristotle es el club más molón de la ciudad. Pero Leah tenía razón… había otros.

—De acuerdo —digo—. Hagámoslo. Adelantemos la fiesta.

~

Leah me recoge a las nueve.

Va vestida para salir de fiesta: unos vaqueros ceñidos oscuros, un top brillante sin tirantes de color negro y botas de tacón hasta las rodillas. Lleva la melena rubia completamente lisa y suave, que le cae por la espalda como una cascada radiante.

Sin embargo, yo aún llevo puestas las zapatillas de deporte. Tengo los zapatos de tacón dentro de la mochila que dejaré en el coche de Leah. Un jersey grueso esconde el top sexi que llevo. No me he maquillado y llevo la melena castaña recogida en una coleta.

Salgo de casa así para no levantar sospechas. Digo a mis padres que me voy con Leah a casa de una amiga. Mi madre sonríe y me dice que me lo pase bien.

Ahora que casi tengo dieciocho años, no tengo toque de queda. Bueno, quizá sí, pero no es oficial. Siempre y cuando llegue a casa antes de que mis padres empiecen a preocuparse, o por lo menos les diga dónde voy a estar, no pasa nada.

Cuando subo al coche de Leah empiezo a transformarme.

Me quito el jersey, que revela el ajustado top que llevo debajo. Me he puesto un sujetador con relleno para aprovechar al máximo mis encantos, algo pequeños. Los tirantes del sujetador están diseñados inteligentemente para ser bonitos, así que no me da vergüenza que se me vean. No tengo unas botas tan llamativas como las de Leah, pero he conseguido sacar a hurtadillas mi mejor par de zapatos negros de tacón. Me añaden unos diez centímetros de altura. Y como necesito hasta el último centímetro, me los pongo.

Después, saco mi neceser de maquillaje y bajo el visor para mirarme al espejo.

Unos rasgos familiares me devuelven la mirada. Mis ojos grandes y marrones y las cejas negras y muy definidas dominan mi pequeño rostro. Rob me dijo una vez que parecía exótica, y sí, algo así es. Aunque solo tengo una cuarta parte de latina, siempre estoy algo bronceada y mis pestañas son más largas de lo normal. Leah dice que son postizas, pero son auténticas.

No tengo ningún problema con mi aspecto, aunque a veces me gustaría ser más alta. Es por los genes mexicanos. Mi abuela era bajita y yo también lo soy, aunque mis padres tienen una altura normal. Y no me preocupa, lo que pasa es que a Jake le gustan las altas. Creo que ni siquiera me ve en el pasillo porque estoy por debajo del nivel de su vista.

Suspiro, me pongo brillo de labios y sombra de ojos. No me paso con el maquillaje porque a mí me funciona más lo sencillo.

Leah sube el volumen de la radio y las nuevas canciones pop llenan el coche. Sonrío y empiezo a cantar con Rihanna. Leah se une y ahora las dos estamos cantando a voz en grito la de S&M.

Sin casi darme cuenta, ya hemos llegado al grupo.

Nos acercamos como si fuéramos las reinas del mambo. Leah sonríe al portero y le enseñamos nuestros carnets. Nos dejan pasar, sin problemas.

Nunca habíamos estado antes en este club. Está en una parte del centro de Chicago más vieja y deteriorada.

—¿Cómo descubriste este sitio? —grito a Leah para que me oiga por encima de la música.

—Me lo dijo Ralph —grita ella y yo pongo los ojos en blanco.

Ralph es el exnovio de mi amiga. Rompieron cuando él empezó a comportarse de forma extraña, pero, por algún motivo, siguen en contacto. Creo que ahora él está metido en las drogas o algo así. No lo sé seguro y Leah no me lo quiere contar por lealtad a él. Es un tío muy turbio, y que estemos aquí porque nos lo haya recomendado él no me tranquiliza en absoluto.

Pero, bueno, da igual. La zona de fuera no es lo mejor, pero la música es buena y me gusta la gente variada que hay.

Estamos aquí para pasárnoslo bien y eso es exactamente lo que hacemos durante la hora siguiente.

Leah consigue que un par de tíos nos inviten a unos chupitos. No nos tomamos más de una copa. Leah porque tiene que llevar el coche y yo porque no metabolizo bien el alcohol. Puede que seamos jóvenes, pero no somos tontas.

Después de los chupitos, bailamos. Los dos chicos que nos han invitado bailan con nosotras, pero poco a poco nos vamos alejando de ellos. Tampoco son tan monos. Leah encuentra a unos buenorros de edad universitaria y nos ponemos a su lado. Entabla conversación con uno y yo sonrío al verla en acción. Se le da muy bien esto del flirteo.

En esas que la vejiga me dice que tengo que ir al baño. Así que los dejo y allá que voy.

Ya de vuelta, pido al camarero un vaso de agua. Después de bailar me ha entrado sed.

El chico me lo da y me lo bebo de un trago. Cuando termino, dejo el vaso en la barra y levanto la vista.

Me topo con un par de ojos azules y penetrantes.

Está sentado al otro lado de la barra, a unos tres metros de mí. Y me está mirando.

Le devuelvo la mirada, no puedo evitarlo. Es el hombre más guapo que haya visto en mi vida.

Tiene el pelo oscuro y un poco rizado. Su rostro es de facciones duras y masculinas, con rasgos simétricos. Tiene las cejas rectas y oscuras por encima de los ojos, que son increíblemente claros. Y una boca que podría pertenecer a un ángel caído.

De repente me acaloro al imaginar esa boca rozando mi piel y mis labios. Si fuera propensa a ponerme roja, ahora mismo me habría puesto como un tomate.

Él se levanta y camina hacia mí sin dejar de mirarme. Anda sin prisa, tranquilo. Se lo ve muy seguro de sí mismo. ¿Y por qué no iba a estarlo? Es muy guapo y lo sabe.

Al acercarse, me doy cuenta de que es grande. Es alto y fornido. No sé qué edad tiene, pero supongo que se acerca más a los treinta que a los veinte. Es un hombre, no un chiquillo.

Se coloca a mi lado y tengo que acordarme de respirar.

—¿Cómo te llamas? —pregunta en una voz baja, pero audible por encima de la música. Oigo su tono profundo a pesar de este entorno tan ruidoso.

—Nora —respondo con voz queda, mirándolo. Me he quedado fascinada y estoy segura de que él lo sabe.

Sonríe. Al separar esos labios tan sensuales deja entrever unos dientes blancos y rectos.

—Nora. Me gusta.

Como él no se presenta, me armo de valor y le pregunto:

—¿Cómo te llamas?

—Puedes llamarme Julian —dice, y miro cómo mueve los labios. Nunca me había fascinado tanto la boca de un hombre.

—¿Cuántos años tienes, Nora? —me pregunta a continuación.

Parpadeo.

—Veintiuno.

Se le ensombrece la expresión.

—No me mientas.

—Casi dieciocho —admito a regañadientes. Espero que no se lo diga al camarero y me echen de aquí.

Asiente, como si hubiera confirmado sus sospechas. Entonces levanta la mano y me toca el rostro. Suavemente, con cuidado. Me roza el labio inferior con el pulgar como si sintiera curiosidad por su textura.

Estoy tan sorprendida que me quedo allí plantada. Nadie me lo había hecho antes, nadie me había tocado así, como si nada, de aquella forma tan posesiva. Siento frío y calor a la vez, y un escalofrío de miedo me recorre la espalda. No vacila en sus gestos. No pide permiso ni se detiene a ver si lo dejo tocarme.

Me toca sin más. Como si tuviera derecho a hacerlo. Como si yo le perteneciera.

Con la respiración agitada y entrecortada, doy un paso atrás.

—Tengo que irme —susurro, y él vuelve a asentir, mirándome con una expresión inescrutable en su hermoso rostro.

Sé que me deja ir y me siento agradecida porque algo en mi interior me dice que podría haber ido más allá, que no sigue las normas establecidas.

Que seguramente sea la persona más peligrosa que he conocido jamás.

Me doy la vuelta y me abro paso entre la muchedumbre. Me tiemblan las manos y el pulso me late con fuerza en la garganta.

Tengo que salir de allí, así que cojo a Leah y le pido que me lleve a casa en coche.

Al salir de la discoteca, miro hacia atrás y vuelvo a verlo. Sigue mirándome.

A su mirada se asoma una oscura promesa; algo que me hace estremecer.

Secuestrada ya está disponible. Para saber más y registrarte para mi lista de nuevas publicaciones, visita www.annazaires.com/book-series/espanol/.

EXTRACTO DE EL TITÁN DE WALL STREET

Un multimillonario que busca la esposa perfecta...

A los treinta y cinco, Marcus Carelli lo tiene todo: riqueza, poder y la clase de físico que deja a las mujeres sin aliento. Como multimillonario hecho a sí mismo, dirige uno de los mayores fondos de cobertura de Wall Street y es capaz de hundir a las compañías más importantes con una sola palabra. ¿Lo único que le falta? Una esposa que suponga un logro tan grande como los miles de millones de su cuenta bancaria.

Una loca de los gatos que necesita una cita...

A Emma Walsh, dependienta de una librería de veintiséis años, le han dicho que es la loca de los gatos y con motivos. Ella no está exactamente de acuerdo con esa afirmación, pero es difícil discutir los hechos. ¿Ropa harapienta cubierta de pelos de gato? Correcto.

¿Último corte de pelo profesional? Hace más de un año. Ah, y ¿tres gatos en un pequeño estudio de Brooklyn? Sí, también es el caso.

Y encima no, no ha tenido una cita desde... bueno, ni es capaz de recordarlo. Pero eso tiene solución. ¿No es precisamente para lo que sirven las webs de citas?

Un caso de confusión de identidad...

Una casamentera para la élite, una aplicación de citas, una confusión que lo cambia todo... Tal vez los opuestos se atraigan pero, ¿es posible que duren?

Respirando profundamente, entro en el café y miro a mi alrededor para ver si Mark podría estar ya por allí.

El sitio es pequeño y acogedor, con asientos estilo reservado dispuestos en semicírculo alrededor de una barra. El olor a granos de café tostados y productos de panadería es delicioso, y hace que mi estómago retumbe de hambre. Planeaba tomarme solo un café, pero también decido comprar un cruasán; mi presupuesto debería llegarme para eso.

Solo hay ocupados unos cuantos reservados, probablemente porque es martes. Los escaneo, buscando a cualquiera que pueda ser Mark, y me fijo en un hombre sentado solo en la mesa más alejada. Está de espaldas a mí, así que todo lo que puedo ver es la parte posterior de su cabeza, pero su cabello es corto y de color marrón oscuro.

Podría ser él.

Haciendo acopio de todo mi coraje, me acerco al reservado.

—Disculpa —digo—. ¿Eres Mark?

El hombre se da vuelta para mirarme y mi pulso se dispara hacia la estratosfera.

La persona frente a mí no se parece en nada a las imágenes de la aplicación. Su cabello es castaño y sus ojos son azules, pero esa es la única similitud. No hay nada redondeado o tímido en los marcados rasgos del hombre. Desde la mandíbula de acero hasta la nariz aguileña, su rostro es audazmente masculino, estampado con una seguridad en sí mismo que raya en la arrogancia. Un toque de barba sin afeitar ensombrece sus delgadas mejillas, haciendo que sus pómulos altos se marquen aún más, y sus cejas son gruesas barras oscuras sobre unos ojos penetrantes y pálidos. Incluso sentado detrás de la mesa, se ve alto y poderoso. Sus hombros parecen kilométricos enfundados en su traje hecho a medida, y sus manos son dos veces más grandes que las mías.

De ningún modo puede ser este el Mark de la aplicación, a menos que se haya pasado un montón de tiempo en el gimnasio desde que se hicieron esas fotos. ¿Es posible? ¿Podría una persona cambiar tanto? No indicó su altura en el perfil, pero supuse que la omisión significaba que era "verticalmente poco agraciado", igual que yo.

El hombre al que estoy mirando no es poco agraciado en ningún sentido, y ciertamente, no lleva gafas.

—Soy... soy Emma —tartamudeo, mientras el hombre continúa mirándome, con rostro serio e inescrutable. Estoy casi segura de que me he equivocado de persona, pero aun así me obligo a preguntar—: ¿Tú no serás Mark, por casualidad?

—Prefiero que me llamen Marcus —me responde, dejándome anonadada. Su voz tiene un sonido profundamente masculino que despierta algo femenino y atávico dentro de mí. El corazón me late todavía más deprisa, y las palmas de mis manos empiezan a sudarme cuando él se pone en pie y me suelta sin rodeos: —No eres lo que me esperaba.

—¿Yo? *—¿Qué demonios?* Una oleada de furia desplaza de un empujón a todas las otras emociones mientras miro boquiabierta al gigante maleducado que tengo delante de mí. El gilipollas es tan alto que tengo que estirar el cuello para mirarlo—. ¿Y tú? ¡No te pareces en nada a tus fotos!

—Creo que los dos hemos sido engañados —dice él, apretando la mandíbula. Antes de que pueda responder, hace un gesto hacia el reservado—. De todos modos, puedes sentarte igualmente y comer conmigo, Emmeline. No he venido hasta aquí para nada.

—Es *Emma* —corrijo, echando chispas—. Y no, gracias. Me voy a ir yendo.

Sus fosas nasales se ensanchan, y da un paso a la

derecha para bloquearme el camino.

—Siéntate, *Emma.* —Hace que mi nombre parezca un insulto—. Tendré una charla con Victoria, pero por ahora, no veo por qué no podemos compartir una comida como dos adultos civilizados.

Las puntas de mis orejas arden de furia, pero me deslizo en el reservado en lugar de montar una escena. Mi abuela me inculcó la cortesía desde una edad temprana, e incluso siendo una adulta que vive por su cuenta, me resulta difícil ir en contra de sus enseñanzas.

Ella no aprobaría que pateara a este idiota en las pelotas y le dijera que se fuese a la mierda.

—Gracias —dice, deslizándose en el asiento frente al mío. Sus ojos brillan con un azul gélido mientras coge el menú—. No ha sido tan difícil, ¿verdad?

—No lo sé, *Marcus* —digo, haciendo especial hincapié en su nombre formal—. Solo llevo cerca de ti dos minutos y ya tengo ganas de asesinar a alguien. —Suelto el insulto con una sonrisa propia de una dama, que mi abuela aprobaría, y arrojando el bolso a la esquina del reservado, cojo el menú sin molestarme en quitarme el abrigo.

Cuanto antes comamos, antes podré salir de aquí.

El titán de Wall Street ya está disponible. Para saber más y registrarte para mi lista de nuevas publicaciones, visita www.annazaires.com/book-series/espanol/.

SOBRE LA AUTORA

Anna Zaires es una autora de novelas eróticas contemporáneas y de romance fantástico, cuyos libros han sido éxitos de ventas en el New York Times y el USA Today, y han llegado al primer puesto en las listas internacionales. Se enamoró de los libros a los cinco años, cuando su abuela la enseñó a leer. Poco después escribiría su primera historia. Desde entonces, vive parcialmente en un mundo de fantasía donde los únicos límites son los de su imaginación. Actualmente vive en Florida y está felizmente casada con Dima Zales —escritor de novelas fantásticas y de ciencia ficción—, con quien trabaja estrechamente en todas sus novelas.

Si quieres saber más, pásate por www.annazaires.com/book-series/espanol.